2016年上海市高校本科重点教学改革项目"'全媒体时代'综合性大学影视课程的教学改革"结项成果

微电影编剧：观念与技法

龚金平／著

复旦大学出版社

序 言
九逸自恃正壮健，不用扬鞭也奋蹄

杨晓林[1]

---

[1] 杨晓林,同济大学电影研究所所长,编剧,博士生导师。

这是个神奇的时代，艺术生活化、影视日常化、创作平民化……所有这一切，皆拜设备数码化和播出平台网络化所赐。会拍短视频，就跟古代文人会写诗作词一样，正在成为网络时代自我表达的必备技能。拍一部微电影，也成了视频时代许多具有艺术理想的年轻人的中国梦。各行各业，有着表达冲动的创作者都想把自己对生活的一得之见诉诸影像，与人共享。只要有闲有想法，人人皆可以玩一把导演，人人都可以做一回编剧，微电影承载着网生一代的艺术梦想，以杂草丛生的状态野蛮成长，显示着不可遏止的强大生命力。但是，若要把微电影这个讨人喜欢的"杂耍"玩得高大上，玩成阳春白雪，玩成地道的艺术，则需要由"技"的层面上升到"道"的层面，需要懂些较为高深的创作规律和规则。

影院大电影是讲"大故事"的艺术，而微电影是讲"微故事"的艺术。"微"有"少、小"之谓，亦有"精深"之意，好的微电影，讲究的是言简义丰、见微知著。而讲好微电影故事，不但牵涉叙事的方法和技巧，而且涉及主题表达的深度和广度。金平兄的《微电影编剧》是一本顺应时代潮流的著作，也是一本非常及时的教材。本书不同于一般的编剧教材之处就是博而专、精而深，有极为个性化的思想和见解。前四章是剧本基础知识，旁征博引，举凡名片佳作，皆信手拈来，如数家珍，以之"解剖麻雀"，对剧本的主题、人物、情节、思想包装等进行了解析。后四章是创作实践，以具体案例详细讲述了微电影编剧技法及创作过程。本书不但讲述了编剧的基础知识和基本技能，而且指明了"技可进乎道，艺可通乎神"之修炼法门，在创作实战中很有实用价值。

就我的经验而言，编剧和小说创作，在很大程度是个可以无师自通的"活"，只要懂了入门的诀窍，习得了基本功夫如"蹲马步""冲拳""踢腿"的正确套路，高妙的绝技如"降龙十八掌""一阳指""空明拳""弹指神功""凌波微步""黯然销魂掌"等就可自行参悟。在大量观片的基础上悟出要言妙道，在开悟的同时要写,不断地写,多找名师高人指点,找同行切磋,只要有天赋,最终皆可达到"立门立户"的水平。而《微电影编剧》讲述的正是入门的诀窍和基本功夫。

复旦乃南国学府之冠,文脉源远流长。复旦的校训"博学而笃志,切问而近思"选自《论语·子张篇》,描绘出的是一个笃厚学子的视觉形象——甘于寂寞,踏踏实实地做学问,敢于怀疑,有独立的思想,此实乃金平兄之写照。他温文尔雅,敦厚朴实,躬耕于学苑,恒兀兀以穷年,处事低调,著述甚丰。金平兄多年从事编剧教学,又不显山露水地进行文学创作,把自己在写作过程中悟到的技能技巧,在电影作品研读中收获的真知灼见,一并荟萃斟酌,迤逦成文,真正做到了理论和实践相结合,教学和创作相贯通。《微电影编剧》不同于那些只有创作技巧,而理论素养欠缺的著述,也不同于高冷晦涩的叙事理论著作,在编剧理论和写作技巧之间找到一个很好的契合点,而这一点,对初学者尤为重要。因为对编剧而言,技能技巧只是入门功夫,而对编剧水平起决定作用的,是艺术素养和感悟能力,前者需要经过长期积累,而后者则和天赋有关。而艺术素养,在很大程度就是对艺术的理性认识,就是理论素养。

一直以为,中国大学的中国语言文学教学乃至诸多艺术教学之失,在于把万千怀有艺术梦想的才子教成了"学问家"而非"创作者":评人短长,褒得贬失,洋洋洒洒千万言,几乎倚马可就;但若叙事抒情,吟诗作赋写散文玩小说,则苦痛凄然如要抱炮烙,汗出如浆无所措手足。新世纪以来,特别是网络文学兴起后,玩小说弄出大IP者以非中文出身者居多,而沉雄厚重之作亦多不出学文学者之手。呜呼哀哉,此实乃我二十年目睹中国的文学院之怪现状,做学问和搞创作是生而为天敌?还是被"大学"成了冰火两重天?

我所敬仰的前辈学者,如文人的脊梁鲁迅,文学家之名几乎掩盖了小说史论家之名;如"文化昆仑"钱锺书,《围城》出而小说家之名成,以孤篇傲天下;如左翼电影的开拓者夏衍夏公,编剧之名亦是胜过其理论家之名……我偏执地认为,中国文学和诸艺术最为辉煌的时代,也是诸多理论家"兼职"搞创作的时代。我也固执地认为,只有玩过刀枪,中过箭矢,才能更为痛切地评述厮杀的血腥与残忍;只有下过水,在瀑布湍流、大江大河中恣情畅意被呛被淹过的弄潮儿,才能更为贴切地论述"泳者,勇者"的真正含义……对我们这个过度地"为理论而理论"的时代而言,艺术理论家和批评家"上上战场",

"下下水",不但必要,而且应该!只有这样,才能不"雾里看花花迷眼,水中望月月朦胧",所论才能切中肯綮,所述才能振聋发聩,所言才能让创作者恭而敬之,最终引为诤友知己。我执拗地认为,要研究电影产业,最好去做做营销和发行,亲近亲近影院经理;要研究导演,最好能摸摸摄影机,见见拍戏现场;要对剧作发言,最好能动手写几行讲故事的文字……这种亲力亲为的感性认知和艺术体验,是做电影外围研究和本体研究的根本和基础,在当下中国"为研究而研究"的氛围中,尤为必要和珍贵。而有志于以编剧为终身事业的学子,更要把"上上战场","下下水"作为生命的常态。

金平兄与我诸多为人为学之道心有戚戚焉,他厚积薄发,半生苦修而得的学养必然成就他的长篇小说创作,而创作亦会反哺学术研究。"九逸自恃正壮健,不用扬鞭也奋蹄",他这种锐意进取的精神,是"苟日新,日日新,又日新"的凤凰涅槃般的"更生"精神,也是"日月光华,旦复旦兮"的复旦精神。金平兄与我师出同门,受教于周斌教授,深得吾师钟爱。吾师勤恳治学,桃李盈门,"周虽旧邦,其命维新",周门有金平兄这样的弟子,吾师亦欢颜矣。

2017年4月18日于同济大学电影研究所

目 录

序言　九逸自恃正壮健，不用扬鞭也奋蹄 ………………………………… I

微电影编剧导论 ……………………………………………………………… 1
　　单元作业 ……………………………………………………………… 17

第一章　主题 ……………………………………………………………… 19
　1.1　主题先行 …………………………………………………………… 20
　1.2　确立主题才能为编剧指明方向 …………………………………… 21
　1.3　主题可以只是一种"感觉"吗？ …………………………………… 23
　1.4　主题能"全面开花"吗？ …………………………………………… 24
　1.5　主题不是靠说，而是靠呈现 ……………………………………… 28
　1.6　主题确立的方法与实践 …………………………………………… 31
　1.7　单元作业 …………………………………………………………… 36

第二章　人物 ……………………………………………………………… 37
　2.1　人物的三个维度 …………………………………………………… 38
　2.2　用电影化的方式揭示人物信息 …………………………………… 43
　2.3　维度清晰的人物使情节可信（一） ……………………………… 48
　2.4　维度清晰的人物使情节可信（二） ……………………………… 50
　2.5　人物的"弧光" ……………………………………………………… 52
　2.6　如何使观众对人物产生"认同" …………………………………… 57
　2.7　主动型人物与被动型人物 ………………………………………… 61
　2.8　让人物在"压力"下进行选择 ……………………………………… 65
　2.9　配角对于主角的意义 ……………………………………………… 70

CONTENTS

  2.10 如何选择与设置人物 ················· 73
  2.11 单元作业 ························· 82

第三章 情节 ····························· 83
  3.1 情节就是人物克服障碍追求动机的过程 ······· 84
  3.2 情节的起点：情节拐点 ················ 87
  3.3 情节的发展：升级冲突 ················ 94
  3.4 情节展开的经典方式：因果式线性结构 ······· 97
  3.5 情节设置的方法与实践 ················ 100
  3.6 单元作业 ························· 105

第四章 剧本的思想包装 ····················· 107
  4.1 真实地呈现、还原现象与题材 ············ 108
  4.2 在题材中寻找意义的增长点 ·············· 110
  4.3 思考题材与时代的关联 ················ 113
  4.4 微电影如何进行思想包装？ ·············· 117
  4.5 单元作业 ························· 119

第五章 电影编剧创作实践 ···················· 121
  5.1 电影编剧的思维过程 ················· 122
  5.2 电影素材的来源：身边的故事 ············ 123
  5.3 电影素材的来源：社会新闻（一） ·········· 126
  5.4 电影素材的来源：社会新闻（二） ·········· 129
  5.5 单元作业 ························· 131

第六章 电影编剧分析举例 ·········· 133
- 6.1 微电影《红雨》的编剧分析 ·········· 134
- 6.2 微电影《桃子》的编剧分析 ·········· 137
- 6.3 微电影《初吻》的编剧分析 ·········· 141
- 6.4 十分钟短片《百花深处》的编剧分析 ·········· 149
- 6.5 单元作业 ·········· 156

第七章 微电影编剧技法举例 ·········· 157
- 7.1 培养电影化的思维方式 ·········· 158
- 7.2 编写故事大纲 ·········· 169
- 7.3 电影剧本的格式、体例 ·········· 170
- 7.4 单元作业 ·········· 172

第八章 一次微电影创作的完整过程 ·········· 175
- 8.1 《镜中》故事大纲的评析 ·········· 176
- 8.2 从故事大纲《镜中》到微电影剧本《枸杞》 ·········· 182
- 8.3 微电影剧本《枸杞》第六稿 ·········· 189

附 学生微电影剧本 ·········· 203
- 浮华一梦 ·········· 204
- 锦鲤抄——画师与鲤 ·········· 216

后记 ·········· 229

微电影编剧导论

提到微电影创作,很多创作者可能会非常享受那个充满创造性的拍摄过程,或者陶醉于后期制作时各种特效方式的运用与探索,当然还有一个志同道合的团队齐心协力去追求一个梦想的激动与欣喜。对比之下,编剧阶段就显得枯燥又乏味,编剧是一个寂寞的工作。但是,编剧是电影创作的前提和基础,是一棵幼苗(一个想法)能长成一棵大树(一部影片)的根基和源头。换言之,如果电影剧本不扎实,没有新意,没有思考和突破,导演指望通过演员表演、场景设置和后期制作来诞生一部及格线以上的作品,几乎是痴人说梦。

从提高经济效益和工作效率的角度来说,导演也可以在编剧阶段评估一部影片是否值得拍摄,考察这部影片的题材选择、题材处理、主题表达、情节设置、人物塑造等方面是否具有一定的新意,是否符合一部影片的基本逻辑和要求,从而在综合考量之后决定下一步的工作方向,这样可以极大地节约时间,提高效率,并保证影片基本的艺术水准。比起在拍摄现场一遍遍地推倒重来,或者在剪辑阶段发现大部分素材无法使用,又或者等影片制作完成之后发现完全看不下去,在编剧阶段反复修改,反复推敲,不仅省钱,还省力。

即使了解了电影编剧的重要性,有些人可能还是对"编剧"持有某种偏见:编剧不就是编一个故事吗,我们每天都和很多精彩的故事擦肩而过,谁不会讲故事?中国早期电影根本就没有剧本,一个粗略的故事大纲就可以保证一部影片的顺利拍摄。而且,导演王家卫据说从来没有成熟的剧本,也没有影响影片的艺术成就。确实,电影题材的来源太丰富和广泛了,称得上是俯拾即是,各种社会新闻、历史故事、神话传说、民间故事、身边的奇人轶事,都可以跃然纸上。但我们必须意识到,一个故事原型、故事框架,一段奇闻轶事,离一个电影剧本仍然距离遥远,甚至可能遥远到永远无法抵达目标。

一直以来,我们都被电影通俗易懂的外表迷惑了,以为电影的门道如同它的直观呈现那样一览无遗,清晰明了,进而被一种成功的诱惑,虚荣的鼓舞投身到电影创作中去。这种盲目的热情和轻慢的态度必然导致创作者在艺术实践中撞得头破血流，一败涂地。只要设想一下，我们不会在听了无数经典音乐之后就豁然开朗，认为自己已经掌握了音乐作曲的全部奥妙，可以创作出一部伟大的音乐作品。音乐作曲必然有许多前提性和基础性的知识需要掌握，缺乏这些知识的话，我们永远不可能触及音乐的基本构成和编排规律。既然如此，我们为何可以如此轻视电影创作的专业性和困难程度呢？

在意识到电影编剧的专业性之后，许多有志于从事电影编剧的初学者可能又心存犹豫：电影编剧是否很神秘，很艰深？作为一门艺术，电影创作当然有其门槛，但也有其规律。在掌握了电影编剧的基本知识、基本规律之后，我们不仅可以缩短一个故事与一个剧本之间的距离，更能够保证方向正确，不至于在歧路和死路上浪费生命与才华。

要掌握电影编剧的知识，我们先要了解一个电影剧本的构成要素：主题、人物、情节。具体而言，一个电影剧本必须有一种明确的倾向性，无论是情感的倾向性还是思想的倾向性，必须表达出创作者对于世界、人生、人性的某种看法，某种观点（主题）；这种看法或者观点的表达必须通过真实可感的人物形象，在一段完整的情节发展中具体生动地呈现出来。作为电影编剧，必须仔细考量剧本的主题是否明确、集中，人物是否真实可感，情节是否富有节奏性、逻辑性和感染力。也有人对电影剧本下了一个简洁的定义：一个电影剧本就是通过画面、对白以及描写来讲述的故事，而故事被放置在一个戏剧性的情境之中。[1]

需要说明的是，电影编剧有一些普遍性的规律，我们必须在掌握了电影编剧的共通性知识之后才能讨论微电影编剧。在接下来的许多分析和讲解中，我们看起来谈论的都是故事片的编剧知识，但这些知识对于微电影编剧来说是通用的。

要掌握微电影编剧的方法，我们先要了解微电影为何物。也许，对于许多从事微电影创作的人士来说，微电影的定义是什么根本就不重要，就像我们每天都在吃饭但不需要对"饭"进行学理层面的描述一样。但是，只有深刻准确地理解并把握了微电影的艺术本体特征之后，才能目标明确、路径正确地创作

---

[1] [美]悉德·菲尔德著，《电影剧作者疑难问题解决指南——如何去认识、鉴别和确定电影剧本写作中的问题》，钟大丰，鲍玉珩译，北京：中国电影出版社，2002年出版，6页。

符合艺术规范的"微电影"。

有人认为:"微电影是指专门在各种新媒体平台上播放、适合在移动状态下观看、具有完整故事情节的'微时(30秒—3 000秒)放映''微周期制作(1—7天或数周)'和'微规模投资(几千元—数十万元/部)'的视频短片。"[1] 这个定义可能解释了微电影的播放平台、时长甚至创作周期和投资规模,但仍然没有更具体地说清楚微电影的艺术特点。

微电影的外部特征固然在于"微",但其内在生命力仍然是"电影",仍然应该具有诸如主题、情节、人物等电影元素。那些拿着机器随意记录的一些生活化的视频,或一些制作粗糙、内容轻佻的搞笑短片,根本不能叫作微电影。更进一步,一些有情节的广告片或歌曲的MV都不能算是微电影。要深入把握微电影与标准时长故事片的区别,我们可以回溯百年前胡适对短篇小说的界定来获得一些启发。

1918年,胡适在《新青年》四卷五号上发表了《论短篇小说》一文,大力在中国提倡最经济的体裁:短篇小说,并对短篇小说作了一个精炼的定义:"短篇小说是用最经济的文学手段,描写事实中最精彩的一段,或一方面,而能使人充分满意的文章。"[2] 胡适在这个定义中并没有过分强调"篇幅的短",而是强调文学手段的"经济",同时强调主题内涵上的"以小见大"。胡适在论证"事实中最精彩的一段,或一方面"时,这样说,"一人的生活,一国的历史,一个社会的变迁,都有一个'纵剖面'和无数'横截面'。纵面看去,须从头看到尾,才可见全部。横面截开一段,若截在要紧的所在,便可把这个'横截面'代表这一人,或这一国,或这一个社会。这种可以代表全部的部分,便是我所谓'最精彩'的部分。"[3] 胡适认为,凡是将一个长篇小说进行篇幅上的压缩,但仍可拉长成为章回小说的短篇小说,不是真正的短篇小说。与此相反,一个内容单薄、描写枯燥、主题模糊的篇幅短小的小说也不是短篇小说。

---

[1] 陆凤军,《微电影:动人的故事怎样讲》,《沈阳日报》,2011年4月11日A03版。

[2] 胡适,《论短篇小说》,见:胡适主编,《中国新文学大系·建设理论集》,上海:上海良友图书印刷公司,1935年出版,272页。

[3] 胡适,《论短篇小说》,见:胡适主编,《中国新文学大系·建设理论集》,上海:上海良友图书印刷公司,1935年出版,273页。

将胡适对短篇小说的论述延伸到微电影中来,就可得知,微电影真正的微妙处不在于时间短,而在于可以见微知著,可以通过一个"横截面"透视一人、一社会、一国,甚至普遍的人性与人情。若能达到这种境界,就是微电影,否则,就仅仅是时间比正常故事片短许多的视频短片。微电影的创作者若不能透彻地理解何为经济,只是一味求短,恐怕在创作的起点上就已经谬之千里了。

微电影相较于正常时长的故事片体现出这样的特点:(1)时间上的限制(30秒以上,30分钟以下)。(2)一般是借助网络平台播映,终端设备则包括电脑、智能手机、平板电脑,等等,特别适合在移动状态及短时休闲时观看。(3)仍然追求故事的完整性以及人物塑造的立体性,但可能只截取一个故事或一个人物的某一个截面,进而产生透视和折射意义。(4)微电影要表达创作者的生活感知,要反映社会现象,更要有对这些感知和现象的理性乃至哲学思考。(5)互动性。微电影可以在各类互联网平台即时观看并分享,可由网友创作、分享、讨论剧情。

微电影一般不能完成一个完整的故事,只能完成(一个故事中的)一段情节甚至一个场景,表达一种情绪或者概括一种现象。对于单情节微电影而言,人物设置也不宜过多,最多不能超过三个。同时,微电影的叙事或者编剧策略是将观众最感兴趣的部分无限放大,而淡化次要情节,以达到在情绪上与观众的快速共鸣。因此,微电影的开端与结局往往被无限压缩,发展甚至被省略,以大篇幅展现事件高潮。

我们可以通过美国影片《阳光小美女》(2006)来描述长故事片与微电影之间的区别。《阳光小美女》(图1)讲述了一个失败家庭的追梦之旅。

图1

这个家庭里的成员信息如下：奥利芙，戴眼镜，小肚腩，做着一夜成名的美梦，坚信自己有朝一日能当选美国小姐；爸爸，推销成功学课程的讲师，相信"世界上只有两种人，成功者和失败者"，四处贩卖他的"成功九部曲"；哥哥，自闭男，崇拜尼采，为了考上飞行学院发哑誓，九个月没有同家人说话；舅舅，自称是美国最好的普鲁斯特研究学者，同性恋，被恋人背叛，加上失业，自杀未遂，生活混乱；爷爷，被养老院赶出来的老流氓，满嘴脏话，吸毒；妈妈，是这个疯狂家庭唯一正常的人，但实际上是对婚姻和生活逐渐变得麻木不仁的绝望主妇。

这一天，奥莉芙得到一个机会，要参加一个选美大赛的决赛。于是，一家人驱车前往。在路上，舅舅看到他的前男友已有新欢，爷爷因吸食大麻过量而死亡，父亲的一个商业计划夭折，哥哥发现自己是色盲而绝不可能成为飞行员。到了选美大赛现场，奥莉芙跳了她爷爷教她的"艳舞"，家人也上台助兴，从而被大赛组织者驱逐出去，并不许他们再参加此类比赛（图2）。对于奥莉芙一家来说，选美大赛虽然铩羽而归，但每个人都获得了对生活、对自己的重新评价：敢于尝试就是成功，害怕失败而不敢去做才是真正的失败；做自己喜欢的，不管是否符合社会的标准与世俗的眼光；坦然面对不完美的自我，从容接纳布满缺憾的人生。

《阳光小美女》的情节主线虽然集中，但需要发展几条支线，且要通过一定的时间和空间来完成情节的推进和人物的变化，因而需要有一定的时间长度才能容纳这些情节。如果我们要用一部微电影来讲述《阳光小美女》

图2

这个故事,有三个选择:一是用省略、跳跃的方式将现有的故事快速讲一遍,其后果必然是情节不饱满,人物不立体,主题不突出;二是削减人物,只保留奥莉芙和她父母,同时压缩情节,只围绕奥莉芙选美落选之后的人生感悟挖掘主题,这种思路基本可行;三是不讲述一个完整的故事,直接从奥莉芙登上选美大赛的舞台进入情节,这相当于将原故事中的"高潮"部分按照"开端—发展—高潮—结局"的顺序重新编排,这是最符合微电影要求的编剧思路。

关于电影编剧,我们还要将其与文学创作区别开来。由于电影美学80%属于视觉,20%在于听觉,电影编剧写作每一个场景需要攻克的第一道难关应该是:我如何才能以一种纯视觉的方式写出这个场景,而不需搬用一行对白?至于文学写作,它可以借助描写、议论、抒情、哲理分析等手段,将人物的心理活动、作者的评价、主题的表达、人物性格的概括等抽象层面的内容直接诉诸文字。电影剧本对可视化的追求也使它区别于话剧创作。话剧剧本虽然也强调动作性,甚至画面感,但它的剧情推动、人物刻画、主题表达主要借助于对白或独白,而且是一种高度抒情化、哲理化,用舞台腔讲述出来的对白或独白。电影剧本则尽量减少对语言的依赖,而且人物的对白或独白追求生活化的特点,强调自然、亲切、随和的风格。

具体而言,电影剧本的写作要求包括以下几点:

(1)可视性。人物的情绪、性格、感觉,场景氛围等都尽量通过画面和动作来凸显,避免抽象性的描写、文学性的抒情或者哲理化的议论。

有些初学者分不清电影创作与文学创作的界限,喜欢在剧本中写上一些高度抒情化的语句,如"春天来了,空气中飘浮着温暖的气息,一派生机勃勃的景象刺激着人们的肾上腺素,蓬勃而又躁动的情绪在人们胸中奔涌着"。这样的语句出现在电影剧本中是极其不专业的表现。因为,你可以设身处地地替导演和摄影师想想:这些感觉该如何在银幕上呈现出来?

电影剧本对于语言的文学性要求并不高,至少文学性不是电影剧本第一位的要求,可视性的追求才是首位的。如果要在电影剧本中突出春天的气息,编剧必须设置一些画面让观众自己去感受。例如,翠绿的杨柳飘拂在河面上,不知名的鸟儿在枝头跳跃,几只风筝在天空中飞舞,等等。这些画面可能无法准确地描述出"蓬勃而躁动的情绪",那不是画面的错,而是我们还没有找到更能表情达意的细节和意象。这正是电影编剧的挑战之一：尽可能用文字来呈现最生动、最有创意的细节和画面。

相传，宋徽宗曾留下了"踏花归来马蹄香"的佳话。一天，宋徽宗赵佶踏春而归，雅兴正浓，便以"踏花归来马蹄香"为题，在御花园举行了一次别开生面的画考。这里的"花""归来""马蹄"都很好表现，唯有"香"是无形的东西，用画很难表现。许多画师虽有丹青妙手之誉，却面面相觑，无从下笔。有人画的是骑马人踏春归来，手里捏一枝花；有人还细腻地描摹马蹄上面沾着几片花瓣，但都表现不出"香"字来。独有一青年画匠的画构思很巧妙：几只蝴蝶飞舞在奔走的马蹄周围，这就形象地表现了踏花归来，马蹄还留有浓郁馨香的意味。此画之妙，妙在立意妙而意境深，把无形的花"香"，有形地跃然于纸上，令人感到香气扑鼻。

在文学的世界里，对"香"可以穷尽无数华丽的辞藻，可以充分调动人体的嗅觉甚至味觉、触觉器官，还可以运用联想、通感等手法将"香"铺陈开来。但是，对于绘画而言，"香"却要跃然纸上让人们能够感受得到。那位青年画匠用蝴蝶绕飞于马蹄的画面形象地传达了"香"的意境，正是一种视觉化的努力。电影编剧也要积极尝试这种将文学化的感觉用画面来实现的练习。

有了视觉化表达的能力未必能够创造出令人印象深刻或拍案叫绝的画面，这需要更为刻苦的训练和非凡的构思与创新能力。据说宋徽宗为了选拔优秀的画家，有一次以"万绿丛中一点红"作为画题，请应试的画家作画。当时，有的画家画的是绿草地上开一朵红花，有的画的是绿树丛中露一段红墙……这些画虽然都符合题目要求，但宋徽宗看了都不满意，他最终选中了这样一幅画：在一座翠楼上有一位少女倚栏沉思，她那鲜红的唇脂与大片绿树交相辉映，画面生气蓬勃，给人留下鲜明的印象。这幅画立意新颖，不落俗套，真正画出了"万绿丛中一点红"的诗意。可见，艺术创作的规律和技巧并不难以掌握，但要出众却绝非易事，这背后要进行的是刻苦的钻研、不懈的追求。

此外，初学者在电影剧本的创作过程中也容易满足于一般性甚至模糊性的描写。例如："他已经在那儿坐了很长时间。"这样的描写在日常生活中甚至在文学创作中都没有什么问题，但在电影剧本中却是不及格的，因为导演无法通过画面来暗示"他已经在那儿坐了很长时间"。编剧必须为这个意思的表达找到可视化的画面或动作。例如，改成这样的描述，"他坐在公园的长凳上，打着呵欠，脚边乱扔着七八个烟蒂"。在这句话里，演员的动作有了，画面的内涵和"他已经在那儿坐了很长时间"是一样的，导演可以轻易地完成场面设置。或者，编剧想突出人物的职业特点或性格特点的话，还可以进一步设置更具体的细节："他坐在公园的长凳上，打着呵欠，脚边扔着一张报纸，上面划满了各种编辑符号，一些错别字和用错的标点符号都被一一标注出来。"

没有经验的创作者容易在电影剧本中出现这样的描写：

当年风光无限，但如今穷困潦倒的李刚蜷缩在马路边的一个垃圾桶旁。他已经三天没有吃饭了，疲劳和饥饿使他的眼神变得游移而空洞，他面前摆放的碗内只有几个一角的硬币。

这种描写在小说创作中可能是合适的，但在电影剧本中就不专业，因为演员很难表演，摄影师也很难设计画面。换言之，文学性的语言淹没了动作性和可视性，导演无法完成影像呈现。

我们可以按照电影化的要求将这段文字进行修改：

李刚蜷缩在垃圾桶旁，颤抖的双手捧起面前的破碗，摸索着里面的几个硬币。

地上摆着一张纸，上面贴了几张照片，照片里的李刚西装革履，春风得意。照片下有标题：昔日白领遭人迫害，苍天无眼正义难伸。

修改之后，画面感更强了，每一句话都能用画面呈现出来，有利于演员表演，更利于导演和摄影师完成场景的设置和场面调度。而且，这段话里还体现了有层次的画面设计："李刚蜷缩在垃圾桶旁"可以用全景画面来表现，介绍环境和人物；"颤抖的双手捧起面前的破碗，摸索着里面的几个硬币"可以从中景过渡到近景和特写，有利于观众完成从整体到细节的关注。

同理，电影剧本中那些表示同意或否定的词语大多数时候是不需要的，因为一个点头或摇头的动作表达的是同样的意思。再进一步，一些表示情绪或状态的词语，如"悲伤""愤怒"，也要尽可能地还原为画面和动作。

（2）准确具体性。在描写人物的动作或感觉时，编剧要避免用一些过于感性或模糊的表述，以突出方向性和目的性，为导演和摄影师提供可以借鉴的画面设置方式；另一方面又要避免在剧本中对人物的行为、手势、语调等进行过于详尽的描写，以免将演员的表演固定化、刻板化。

我们在平时交谈或文学创作中常用到一些形容词：暴跳如雷、气急败坏、忘乎所以、丧心病狂、胆大包天，等等，编剧在使用它们时要谨慎。因为这些词语要么比较一般化，要么比较抽象，阅读时的感觉比较模糊，很难在脑海中浮现出一组画面或一个具体的动作。因为，性格不同的人、同样性格的人在不同处境中、不同年龄和教养的人，他们表现出来的"暴跳如雷"是不一样的。编剧笼统地用"暴跳如雷"来描述愤怒，就没有向导演准确具体地凸显特定个体的愤怒。编剧要学会"翻译法"，将"暴跳如雷"翻译成动作，如他将书本狠狠地砸向地面，他将茶杯摔在墙上，他将凑上来的狗狠狠地踢了一脚，等等。这些动作可能比较俗套，但至少通过画面和动作的方式完成了对"暴跳如雷"的"翻译"。

还有部分编剧喜欢在某些动作和场景前面加上详细的规定，包括人物具体的站位、走动的方向，甚至还包括机位、景别、光线等要求。这些都不是编剧的本职工作，它们有些是导演和演员的现场设计，有些是摄影师和灯光师的分内之事。对于编剧来说，写清楚一个场景，以及这个场景里的核心动作是最重要的工作，至于一些更具体的灯光、色彩、构图等要求，这是导演写分镜头剧本时考虑的事情。甚至，导演在分镜头剧本中也不会死板地规定演员的表情或动作，因为这容易局限演员的创造性和个性。

（3）简洁性（短句）。编剧描写场景或人物动作时，不宜用过于繁复冗长的句子。

电影剧本在某种意义上说只是电影拍摄的一个蓝本，这个蓝本用文字的方式提供一部影片的核心要素：主题、人物、情节。电影剧本的主要读者是投资商、导演和演员（也包括其他摄制组人员。正式出版发行之后，读者也不是将它当作一个文学作品来阅读的），这决定了电影剧本不用追求精致、华丽的文字表达，而应追求准确、简洁的形象呈现。为了提高阅读效率，更快地将文字还原为画面，也为了方便演员背诵台词，电影编剧在行文时要尽可能追求简洁的风格，大段的台词要尽可能地拆分为对话体的短句。

例如，某个剧本中这样的话语就不是很简洁：

> 北京火车站钟楼上的大钟传来的一下又一下的钟声渐渐被火车站内嘈杂的人群的喧闹声、时而爆发的鞭炮声以及广播喇叭播放的合唱（手风琴伴奏《大海航行靠舵手》）声音盖过……

我们可以对它做一些修改，以更符合电影剧本的要求：

> 北京火车站钟楼上的大钟指向8点整，传来沉重的"当——当——当"声。
>
> 火车站内人声鼎沸，大多数人穿着军绿色的衣服，胸前戴着大红花，还不时传来鞭炮声。广播喇叭播放着合唱《大海航行靠舵手》，入口处有一群人用手风琴在伴奏。

经过修改之后，句子更短了，层次也更清晰了，每句话都对应一个画面或一种声音，使得画面和声音能以一种相互配合的方式来丰富场景信息和时代气息，而且有一个从远景到全景、中近景和特写的景别过渡层次。

（4）对白的生活化与浓缩性。电影剧本中，一种情绪或氛围，如果能用画面、动作来实现，就应毫不犹豫地排斥对白。同时，如果对白的意思与画面的内涵重复了，就只能保留一种表达方式，且首选画面。而且，银幕对白必须具有日常谈话的形式，要求压缩和简约，但其内容必须远远超越寻常谈话。

虽然电影首先是一门视觉的艺术，其次才是一门听觉的艺术，但对白在电影中仍然是必不可少的。世界电影史上曾经出现了许多默片经典，这些影片中人物可能自始至终没有一句台词，以一种表演哑剧的方式完成了电影创作，但那毕竟是特殊技术背景下不得已的一种选择，大多数默片还是会用插入字幕卡片的方式将人物的对白告诉观众。

电影进入有声时代之后，人物在银幕上会有对白、独白或旁白。这些台词能够丰富画面的信息，推动情节发展，甚至能揭示核心的信息，从而使影片的内涵更加丰富。

与戏剧对比，电影的对白更接近生活化，演员尽可能地营造一种与朋友闲聊或被观众偷窥的现实搬演性，让观众以为在观看一段真实生活的银幕还原。但是，我们不能被电影对白的日常性、生活化的表象所欺骗。电影对白虽然拒绝舞台腔、（过分）哲理化，但这并不意味着这些对白没有经过任何艺术加工。优秀电影中的所有对白都是经过精心设置的，它们以一种看似漫不经心的方式传达出人物、情节或主题的诸多信息，甚至蕴含了多重潜台词。

我们可以看看美国电影《教父1》（1972）的开头一幕的对白：

（波拿塞那的女儿被两个流氓痛殴，但法庭只判了三年缓刑。波拿塞那大失所望，一直以来他信仰的美国法律和美国梦都破碎了，他来找教父堂科列奥帮忙。）

堂科列奥：波拿塞那，我们是多年的老相识了，可这还是你第一次来求助于我。你最后一次请我上你家喝咖啡是哪一年的事？我已记不清了……我们的老婆们也还都是老相识呢！

波拿塞那：你要什么条件，就请开吧。但你要满足我的要求。

堂科列奥：你的要求是什么？

波拿塞那凑向教父耳旁。

堂科列奥：不。这太过分了。

波拿塞那：我要求伸张正义。

堂科列奥：法院不是已经秉公处理了吗？

波拿塞那：不公平，我要求以牙还牙。

堂科列奥：可你女儿还活着。

波拿塞那：那么让他们跟我女儿同样地受罪！我该付你多少钱？

哈金和逊尼两人不禁注目而视。

堂科列奥：你从来没有想到要靠你真正的朋友来保护你。你认为，当了一个美国人，就会有警察局来保护你，就会有法院来为你伸张正义，你从未想到过需要我这样的朋友。但是，今天你终于来了，你要我为你伸张正义。可是你又不尊我为"教父";而你却偏偏又在我女儿今天这个大喜之日来要我搞暗杀……为了钱搞暗杀。

波拿塞那:美国待我不错……

堂科列奥:那么,找法官为你伸张正义吧!波拿塞那!品尝你的甜酸苦辣吧!不过,你如果是来和我交朋友的话,如果是来和我共聚大义的话,我们就同仇敌忾了,你的敌人就是我的敌人,他们就会闻风丧胆……

波拿塞那慢慢地躬身。轻声说:请你与我为友。

堂科列奥:好。你会从我这里得到正义。

波拿塞那:教父。

堂科列奥:可能有这么一天,我会要你为我效劳来作为报答,但这一天可能永远不会来到。

在一部90分钟的电影里,这一段对话够得上冗长了,但考虑到《教父1》175分钟的规模,加上全片沉静舒缓的节奏处理,这段对话也就不那么令人嫌恶了。更重要的是,这段对话放在影片的开头,肩负着异常艰巨的使命:间接揭示堂科列奥走上黑帮的外部原因和内在动机(对美国法律和司法公正的失望,对于凭借一己之力维护正义的渴望),揭示堂科列奥的性格、行事方式、人生理念和价值观念。

堂科列奥面对昔日朋友波拿塞那的求助,没有一开始就答应或拒绝,这表明了堂科列奥沉稳的性格,没有冲动暴躁的毛病(图3)。堂科列奥听完波拿塞那的长篇陈述之后,却与波拿塞那谈起了交情,以及波拿塞那主动远离他的家族的旧事。粗看起来,这是堂科列奥倨傲的表现,在别人有求于他时讥讽对方当年的势利冷漠。波拿塞那自觉理亏,"你要什么条件,就请开吧。但你要满足我的要求。"按照堂科列奥两个儿子的性格,这时可能会有受到侮辱的愤怒(他们自认是有道德底线的黑帮家族,而非见钱眼开的商人),甚至可能会大打

图3

出手。但是，堂科列奥依然不紧不慢地问波拿塞那有什么要求，这再次表明了堂科列奥的性格和胸怀。堂科列奥知道波拿塞那想避开交情直接谈交易，但堂科列奥能振兴黑帮家族却靠着一个朴素的理念：任何人都可能有用，对于看不起的人也不要将他变成敌人。基于此，堂科列奥继续慢条斯理地与波拿塞那周旋，并一针见血地指出波拿塞那的幼稚和愚蠢：盲目相信美国法律却不相信朋友；来他这里求救却不想把他当朋友。也就是说，堂科列奥拒绝将帮助波拿塞那当作一次交易，而是当作发展一个朋友的契机。在这两种理念和价值观念的碰撞中，堂科列奥最终获胜，他少了一个敌人，多了一个朋友。这就是教父的风范，也是他行为处事的原则和理念。这段对话看似云淡风轻，其中透露出的信息却异常丰富，体现了电影对白的生活化与浓缩性。

（5）为了保证影片内容的饱满，编剧除了致力于情节的设置之外，也要注意在剧本中设置令人深思的"潜台词"，从而引发观众的情感迁移和对思想内涵的自动修复、填充、升华。

我们常常有一个误区，认为电影就是讲故事，只要我能讲述出一个曲折离奇、扣人心弦的故事，这个剧本或者这部电影就是成功的。实际上，任何复杂的情节都可以浓缩为一句话或几句话，观众在观看这个故事时能否投入情感，除了情节本身的曲折和吸引力之外，还和填充情节主线的细节息息相关。这些细节，不仅为情节增添了血肉，为情节主干延伸了繁茂的枝叶，更为观众在掌握情节主线的过程中提供了诸多笑料和思考。

编剧在处理这些细节时，既要追求原创性和创新性，也要适当追求趣味性和思想性。当然，在世界电影已经发展了一百多年的今天，我们已经很难创造出前无古人的细节或构思，但是，在细节中蕴含丰富的"潜台词"却是每一位编剧所应追求的境界。

这种"潜台词"有时来自剧本中的对白。就如《教父1》的开头一样，看起来只是两个人物不着边际的对话，但其中却折射了不同的价值观和思维方式，暗示了教父的家庭观和工作伦理。此外，编剧还可以在一些意象和道具中寄寓情感和隐喻意味。这时，这些意象和道具就不再只是一些静态的物象，而是以其线索的作用串联起情节，以其情感投射的作用寄托了情感，甚至从隐喻象征的层面成为剧本主题表达的重要组成部分。

中国20世纪80年代有两部电影的片名就包含了重要的意象:《街上流行红裙子》(1984)、《红衣少女》(1985)。在这两部电影中,"红裙子"和"红衣"不仅仅是两件衣服,而是代表了某种思想观念的开放、某种性格的热情率真。美国电影《辛德勒的名单》(1993)中那位红衣女孩(图4),也不是单纯意义上的一位女孩,而是代表了黑暗时世的一抹希望。

图4

还有很多电影直接以某个地名或物件作为片名,如《看得见风景的房间》(1986,英国)、《白丝带》(2009,德国)、《芙蓉镇》(1987,中国大陆)、《红河谷》(1999,中国大陆)、《蓝色大门》(2002,中国台湾)、《可可西里》(2004,中国)、《孔雀》(2005,中国)等。显然,这些片名所指称的地点或物件都超越了其表面含义。

还有许多影片中的人物和人物命运设置都有一定的"潜台词"。最简单的情况是,一个人物代表"正义",另一个代表"邪恶",两个人物之间的冲突,实际上就是正义与邪恶的交锋,而一个人物的死亡或存活自然也带上了相应的隐喻意义。更抽象一些的话,一部影片看起来讲述的是几个人物之间的友情、分歧,但考虑到每个人物不同的性格、道德立场、人生观等因素,这部影片探讨的可能是不同价值观之间的碰撞与交融。

影片《少年派的奇幻漂流》(2012)中,少年派在海上求生时还保留了人类的人性、理性、善良等正面价值,与派同舟共济的老虎则只有动物性的求生本能。观众在情节主线上看到的是一个少年与一只老虎的关系,但我们也可将老虎视为少年派人性中动物性一面的现实投射。也就是说,老虎根本就不是一个实有之物,而是将抽象层面上的动物本能以具象化的方式加以呈现。

总之,电影剧本不能满足于已有之物,更要追求"言外之意";不能沉醉于抽象意义上的哲学玄思,而要通过台词、动作和道具、意象等元素来拓展剧本的"潜台词",对观众进行暗示、熏陶、浸染,丰富剧本的情感和主题内涵。

每一门艺术都有其特殊性和规律性,电影编剧的前提是对电影特性全面深入的理解与掌握,在此基础上才能探讨电影编剧的规律性。这些规律性的知识,从来都是大道至简的,看起来平淡无奇,却需要在长期、刻苦的训练中去慢慢内化,然后再追求个性化的创新与创造。

有必要加以说明的是,本书所涉及的(微)电影编剧的技法与规律绝非一成不变的万能公式,而是一些最基础的原理。我们不可能在掌握了电影编剧的规律之后就可以创作出一部优秀的电影剧本,但依照本书的方法我们有可能创作出一部合格的电影剧本。

同时也存在许多并不符合本书所论述的编剧规律的优秀电影,我们也不能因此认为这些规律和原理就失效了。以语法类比,语法是人们根据语言的使用情况,人为地总结和摸索出的一些规律。但是,语言在使用过程中会体现出许多个人情感因素和使用习惯,从而产生许多特例。

同样,电影编剧中也有规律与诸多例外。电影编剧的这些规律就像语言中的语法一样,也是理论工作者从无数的创作实践中归纳总结出来的。第一个从事电影编剧的人脑子里根本就没有"电影编剧的规律与技法"这一概念,他可能只是凭着自己的感觉,或者从小说、戏剧里借用了一些手法,就完成了一部电影的编剧工作。此后,他可能在创作实践中不断修正自己的观念,不断尝试新的技法,并下意识地进行创作上的总结。经过许多年的积淀之后,我们从无数的电影创作实践中得出了电影编剧的一些基本规律和技法。这些规律和技法就相当于语言中的语法。这些规律和技法被证明是有效的,甚至是卓有成就的,但它们不是禁锢,也不是不可冒犯、挑衅、颠覆的戒律。因为在这些规律和技法之外,一定有许多天才式或荒诞不稽的作品没有被包括进去,这些作品体现了一种个性或某种被逼无奈的"创新",但这些作品可能是不可复制,不可效仿的,即使是创作者本人可能也无法重复。对于初学者而言,我们要像学习一门语言一样,从最基础的语法着手,当你对这门语言已经掌握得炉火纯青之后,就可以尝试突破各种语法的制约,体现出自己的个性和独特的使用习惯。电影编剧同样如此,你可以追求个性或者创新,但前提是你对这些最基础的电影编剧规律和技法已经烂熟于心。

单元作业

1. 从电影编剧的角度,指出下列表述存在的问题,并试着按照电影化的要求进行修改:

① 他慢慢地走过来。

② 他心情沮丧,万念俱灰。

③ 道路像凿刀一样在山坡上切割着蜿蜒而上,奋力挣扎,直到达到山的边缘,然后还没来得及爆发到地平线上便在视野中消失了。

④ 男:(把杯子递给女,语气温和)你要不要来一杯咖啡,亲爱的?

2. 一对高中时的恋人在毕业20周年同学聚会时再次相见,他们会说些什么?

第一章

主 题

1.1 主题先行

许多电影编剧的初学者会认为，一个电影剧本的创作顺序应该是先有一个故事框架，再来选择人物，最后在情节发展和人物行动中突出主题。初看起来，这个过程比较符合从整体到细节、从具体到抽象的创作思路。但是，如果依照这个顺序进行电影编剧的话，其过程一定是杂乱无序、摇摆不定的，其最终效果一定是一片混沌，所有要素模糊不清，情节发展也毫无头绪。因为，主题才是剧本的主心骨，是人物塑造的方向标，是情节设置的试金石，它能够为一部影片的最终完成保驾护航。

电影编剧受某一个故事刺激，有了灵感和创作冲动之后，当务之急并不是奋笔疾书，而是冷静客观地评价、分析故事，明确自己要从故事中提炼出的主题。也就是说，创作者必须对故事有自己的判断，有自己的情感倾向和价值立场，并将这种倾向和立场用准确的句子清晰地表达出来，这就是主题。例如，"因为真诚和执着，他终于收获了心仪的爱情。""因为贪婪和自私，他遭到了毁灭性的打击。""只要坚持梦想，就能克服先天的缺陷取得成功。"

主题并不需要多么高深，也不需要多么辩证，甚至并不是真理，它只是创作者的一种价值立场和情感倾向。更极端的情况下，影片的主题明显有失偏颇（如"贫穷导致犯罪"），但只要影片通过真实的人物、合理的情节能够证明这个主题，观众能够信以为真，主题仍然是有效的。

我们以莫泊桑的短篇小说《项链》为例，来证明主题如何引导一个故事按既定的方向顺利发展。《项链》的主题是"过度的虚荣导致悲剧"，为此，莫泊桑紧紧围绕这个主题来塑造人物、设置情节：若不是因为虚荣，玛蒂尔德不会对参加舞会如此狂热；若不是因为虚荣，玛蒂尔德也不会去借项链；若不是因为虚荣，玛蒂尔德也不会在舞会结束时怕被人看到寒酸的外套而匆匆逃离，导致项链丢失；若不是因为虚荣，玛蒂尔德也不会在丢失项链后不敢向朋友说明真相，而是选择买一条相似的项链还回去；若不是因为虚荣，玛蒂尔德也不会在欠下巨债后仍不愿向朋友说明实情……

如果将《项链》视为一棵大树，主题就是大树的主干，其他的情节、细节都是主干上的枝蔓。这些枝蔓无论以怎样的方向生长，无论延伸到多么远的空中，它们的根基都没有远离主干，更无法喧宾夺主地取代树干的主体位置。这就是某些小说或者电影无论有多少条情节线索，有多么庞杂的细节内容，却能够做到主题凝练、集中的原因。

其实，《项链》的故事原型可以有多种主题定位，进而有多种人物刻画方向和情节走向：如果莫泊桑要突出玛蒂尔德的"诚信"，就会将借项链的动机设置为形势所迫或者丈夫自作主张，而将情节的重心放在玛蒂尔德欠下巨债后如何不畏艰辛，勇敢地承担责任，用十年时间来还债；如果小说的主题是批判社会不公，尤其是男权社会对女性的歧视，莫泊桑就会淡化玛蒂尔德性格中虚荣的成分，着重描写她欠下巨债后想到社会上找一份工作还债，却处处碰壁，受尽男人的歧视和骚扰；如果小说的主题是"真挚的爱情不会在苦难面前褪色"，莫泊桑就会强调玛蒂尔德夫妇在破产的边缘风雨同舟，在艰难困苦中仍然不离不弃，共同承担，并使爱情得到了升华……

可见，小说《项链》本来有多种人物塑造和情节发展的方向，并由此指向不同的主题定位，但莫泊桑牢牢地抓住"虚荣"做文章，凡是与这个主题不符的情节和人物性格都被舍弃，从而保证了小说的主题集中明确，具有深刻的凝聚力和冲击力。

小说《项链》的例子向我们证明了，在进行电影编剧时，主题先行是多么重要。

1.2 确立主题才能为编剧指明方向

我们以常见的校园爱情题材微电影为例，来说明在创作之初就确立影片的主题有多么重要。

有一位创作者在毕业季发现身边许多情侣都面临分手的结局，于是他想创作一部微电影来记录这种"毕业即分手"的校园爱情现象。此时，只能说创作者受到外界的刺激,产生了创作冲动,也得到了一些创作灵感,但这离一部影片成型还差得很远。创作者进一步思考,意识到指望通过一部微电影来记录校园爱情的全貌是愚蠢且不切实际的,他必须围绕某一个人的爱情或某一类型的爱情来表达他的某个观点。最终,他选定了一对情侣的故事:一位男生毕业后贪图老家生活的安逸,听从父母的安排回老家的一家事业单位工作;而他的女朋友则想留在上海,因为她认为上海有更多机会,能够为自己提供更好的平台。至此,一部微电影的故事框架算是有了,但这个框架还非常不结实。创作者需要提炼出由这个故事所引申出的主题才能进行下一步的人物设置、情节设置。

如果创作者希望通过这个故事表达"(相比于保守懦弱)积极进取的人生才配得上更美好的爱情"的主题,就要对题材进行符合主题要求的加工改造:这对情侣分手的原因不是感情出轨,或者父母阻挠,或者经济压力,而是两个人对于人生的态度不同,一个希望生活安逸平稳,另一个认为人生就应该积极进取,挑战自我。这时,男女主人公之间的冲突就不仅仅是爱情上的分歧,而是有了"潜台词",成为两种人生态度和价值观念之间的冲突。我们再设想两个人的结局:男主人公回到老家之后,很快适应了小县城的生活节奏和生活态度,日子过得悠闲而懒散,业余生活就是喝酒、打麻将,并终因陷入赌博骗局而一无所有;反观女主人公,在上海一切从零开始,努力完善自己,对工作和生活有很高的自我定位,最终完成了自我实现,收获了美好的爱情。两人的不同结局,其隐含的"潜台词"就是影片的主题。

如果创作者不在创作之初进行主题上的限定,进而规划影片的人物和情节,就有可能在创作过程中突然被其他情节所吸引,进而在情节的发展路径上误入歧途。例如,创作者意外地得知一个信息,男生不愿意留在上海,是因为他家境普通,承受不起上海高昂的房价,而且因为积分不够,他不能获得上海户口。如果创作者将这些因素作为他们分手的原因的话,那么影片的主题就要重新设定了,因为影片要批判严酷的现实如何扼杀一份真挚的情感。再假如,女生也对上海的高房价望而却步,对上海的户籍门槛无能为力,但又非常渴望能够留在上海,她最后选择嫁给一个离异的老男人,以一次性地解决房子和户口问题。这时,影片的主题已经是"现实的压力如何使一位姑娘放弃爱情和梦想"。

类似的假设我们还可以无限列举下去，每次情节要素变化之后就可能导致主题的转向。反之，主题的不同定位也必然影响情节的走向。这需要创作者一开始就牢牢地坚持一个主题，以保证情节和人物不会四处乱窜，而是紧密地团结在主题的周围。

1.3　主题可以只是一种"感觉"吗？

观赏网络上的一些微电影，我们发现，部分作品似乎没有主题，创作者只想记录一种现象，表达一种感觉，那么，一部电影的主题可以只是一种感觉吗？应该说，一种感觉支撑不了一部微电影，更支撑不了一部正常时长的故事片。如果创作者只停留在感觉层面，说明他对于题材的思考还不够深入，还未能从现象中提炼出清晰的观点或明确的立场。这样的后果是，影片的内容只停留在表面，只暴露了创作者的困惑、迷茫，或者毫无思想。

再重申一遍，主题是创作者对于世界、人生、人性的一种认识、判断和立场，包括价值立场和情感立场。电影编剧不是一架静态的摄像机，只负责记录和还原，他必须是一把解剖刀，一架窥视镜和透视镜，能够穿过物质世界的表面，从中挖掘出某些具有思想或情感层面的价值。更具体地说，电影的主题应该是一个陈述句，一个完整的陈述句，至少包括冲突和结果，有可能的话也包括人物。在一些看起来很高深、很玄乎的主题中，如果缺少这些要素，就不能构成一个主题。

一些初学者很容易以这样的主题为向导，开始一部微电影的创作："生活是沉重的""人生充满了无奈""爱情有太多不确定的因素"，等等。这些主题都不够具体，而且停留在感觉的层面，无法准确具体地概括出情节的冲突和结果。

假如，有这样一个题材：一个大学生在毕业前夕想出国留学，但是家境贫寒，无法支持他的梦想。他的老师也认为，他学的是中国文学，出国对他的专业发展并没有什么帮助，还不如早点毕业，在工作中锻炼自己。于是，这位大学生感慨：人生充满了无奈。在这个故事里，人物和情节框架虽然都有了，但难以发展成一部合格的微电影。因为，这个题材存在冲突平淡，人物性格不清晰，主题浮于表面等缺点。

　　这时，创作者需要突破感觉的层面，从题材中进一步挖掘。假设，这位大学生家境贫寒、专业不对口，但因为同寝室的人都出国而想出国，至于出国之后的就业方向没有什么打算，最后给自己、家人和朋友都带来压力甚至不幸。这时，创作者就可以将主题概括为：(一位大学生)因为虚荣和盲目，给自己和他人带来了灾难。在这个主题表述中，人物是一位即将毕业的大学生，情节的冲突(虚荣、盲目和现实处境之间的冲突)和结果也能大致知晓。这才是一个可行的主题。

　　主题不能是一种感觉，也不能过于抽象与神秘，而要用准确具体的话语陈述一个判断或一种立场，一定要包含冲突和结果两个要素，可能的话也将人物包括进去。

1.4　主题能"全面开花"吗？

　　我们在创作之初可能会发现，某个题材可以有多个主题，每个主题似乎都无法割舍。我们能否在一个剧本中保留这些主题？答案是否定的。无数优秀影片已证明，一部影片的主题应该是集中的，甚至是唯一的，不能贪多求全。编剧希望影片能在多个主题上全面开花的结果只能是全面失焦，没有一个主题是深入的，是得到了充分表达和论证的。

　　一个剧本可以有多条线索，多组人物。理想状态下，这些线索和人物能从不同的方面证明同一个主题，这样才能保证影片主题集中，情节和人物有向心力和凝聚力。正如议论文一样，它会有不同的论据，也会有不同的论证方法，但百川归海，这些论据和论证方法作用于共同的论点，从而使论点得到充分、深入、多角度的证明。在创作电影剧本时，如果剧本中几条线索之间找不到内在的主题呼应，或者几个人物之间没有主题上的关联，那就说明编剧没有以主题为试金石去一一检验这些线索和人物在剧本中存在的理由和意义。

　　以《美国美人》(1999，美国)为例，影片中的人物就以主题为参照物，以不同的方式和角度呼应了主题，从而使影片中的不同人物不仅在情节上产

图5

图6

生关联,更在意义上产生缠绕和对应。《美国美人》的主题是"人生的意义在于对自我内在价值的重新发现,而非依赖外界和他人的认可"。这个主题在影片中得到了充分的论证和反复强调:莱斯特一度以追求女儿的同学安吉拉作为拯救庸常中年生活的救命稻草,后来他超越了这种卑劣的情欲,获得了对自我和人生平静达观的面对,内心一片澄静(图5);上校的那两位邻居是同性恋,但他们从不隐瞒或引以为耻,反而非常坦然自信地拜访邻居,因为他们有清晰而强大的自我认同;莱斯特的女儿简没有意识到自己的美,却一直渴望隆胸以获得世俗的认可,这是自我的迷失;安吉拉不肯承认自己长相平常的事实,希望以高调的方式来得到他人的崇拜与尊敬,这同样是一种迷失(图6)。在这四组人物中,莱斯特和那对同性恋伴侣以正面的方式证明了主题,简和安吉拉则是对主题的反证,正反合一,影片的主题得到了强调。

或许,有观众会认为,《美国美人》中有些人物似乎不支持这个主题。例如,上校决定勇敢地接受自己是同性恋的事实时,却因会错意而变得神经质,甚至开枪杀人;莱斯特的妻子卡洛琳大胆地面对内心的情欲(图7),在婚外情中沉沦,但她被丈夫撞破偷情事实时顿时崩溃;上校的儿子瑞克一直被人当作神经病,莫名迷恋死亡的鸽子、飞舞的塑料袋,并通过贩

图7

毒积累了巨大的财富。初看起来,这三个人物的命运与主题表达的方向南辕北辙,但其实他们的故事仍然统摄在主题的范畴之内:上校需要有人接纳他的情感才能体验到勇气和自尊,否则就会恼羞成怒,这并未体现对自我的肯定与自信;卡洛琳也是通过对地产大亨的崇拜才确立了人生的意义,填补了生命的空虚,彰显的也不是自我的强大;瑞克看起来卓尔不群,自强自立,但先不论以违法的方式来攫取财富是否道德,他其实并不知道自己真正想要的是什么,也不明白自己人生真正的价值和意义在哪里,他只是追随着社会上对于财富的认可而积极地践行这种成功学。这三个人都是对主题的反证。可见,《美国美人》的主题是清晰而统一的,它牢牢地将所有人物都凝聚在它身边,让所有的人物和情节以合力的方式烘托、(正反)证明主题的唯一性和完整性。

再以电影《泰坦尼克号》(1997,美国)为例,影片的主题是"真正的爱情可以跨越时空,超越财富和生死"。这个主题是由杰克和露丝的爱情经历来实现的,这是影片的情节主线。除此之外,影片也在其他人物和一些支线上突出了另外的主题,如在老船长身上批判了人类的虚荣心,即想在最后一趟航行打破个人职业生涯的纪录;影片也通过泰坦尼克号没有配备足够的救生艇、工作人员认为泰坦尼克号永远不会沉没等细节表明了人类的自负;影片的现实时空里,是一艘打捞船准备打捞稀世珍宝"海洋之心",这是人类的贪婪和功利……似乎,《泰坦尼克号》主题庞杂,影响了主线的集中性和爱情主题的纯粹性,但是,从篇幅来看,爱情主线占据了绝对优势,其他线索和主题点缀在主线之上,不会喧宾夺主。更重要的是,几条支线都以不同的方式参与主题的建构:正因为人类的虚荣与自负,才会导致泰坦尼克号沉没;正因为没有足够的救生艇,杰克与露丝的爱情才有在生死一线间不离不弃的考验机会;正是现代人的贪婪,将"海洋之心"视为巨额财富,才反衬出老年露丝如何超越物质的层面将"海洋之心"视为永恒爱情的物证,并将"海洋之心"抛入海洋之中来祭奠那份刻骨铭心的爱情。因此,《泰坦尼克号》的主题仍然是集中而明确的,它像一根提纲挈领的红线,串联起所有情节和人物,编织成一张精妙而有包容性的网。

影片《卧虎藏龙》(2000)中,导演李安试图论证"人生是无法真正依照内心要求进行选择的两难"。影片通过几种不同的人生态度来证明这个主题：人生的选择完全听从内心的召唤，会是一场灾难（玉娇龙）；人生完全听从外界秩序的要求，则是一场苦难（俞秀莲）；想听从内心的声音，又要顾及外界的秩序要求，是一场空无（李慕白）。具体而言，玉娇龙代表的是"自由"，她想要完全的解放，实现内心的渴望和冲动，冲破各种束缚和樊篱，其后果自然是灾难性的（图8）。俞秀莲则是另一个极端，是"压抑"，她完全按照外界的戒律和秩序来生活，为此压制了内心对情感的渴求，人生变得灰暗而苍

图8

图9

白。夹在玉娇龙和俞秀莲中间的是李慕白，他代表"两难"，他不想完全屈服于现实秩序，但又不敢追求完全的自由，显得犹豫、动摇，甚至不知所措，就因为他在任何一个方面都无法做到彻底，或者说两个方面都想兼顾，最终一无所获（图9）。可见，影片中的三个人物代表了三种人生态度，这三种人生态度共同映照，交织成一个统一的主题：人夹在内心欲望和外界秩序之间的不自由。

  如果将一部影片比喻为一棵树，情节主线就是树干，主题只能存在于树干上；其他的情节和人物支线是大树的树枝，它们可能枝繁叶茂，但必须依附在树干上才能生长。正如一棵大树只有一个树干，一部影片也只有一个主题，不容模糊，不容犹豫，也不容贪多求全。

  在电影编剧的实践中，我们确立了一个主题之后，要以这个主题作为标准和参照物，对所有情节线索和人物一一进行检验。理想状态下，一部影片的几组人物、几条线索都是相互映照的，以烘托、强调、反衬的方式共同作用于主题，从而使主题更加饱满、突出、丰富。反之，如果一部影片中的某些人物或线索对于表达、强化主题没有作用，甚至与主题的方向产生了偏差甚至自我消解，编剧就应该将这些人物和线索果断地删除。

1.5 主题不是靠说，而是靠呈现

明白了主题的重要性之后，我们还要记住，一部影片的主题最忌讳通过第三人称的旁白，或者通过人物的独白宣讲出来。一百多年前，恩格斯在《致敏·考茨基》一文中就指出，"我认为倾向应当从场面和情节中自然而然地流露出来，而不应当特别把它指点出来。同时我认为作家不必要把他所描绘的社会冲突的历史的未来的解决办法硬塞给读者"。同理，在影片中，创作者的价值判断应该通过人物塑造和情节发展不动声色但又十分有力地表达出来，而不是创作者或者人物声嘶力竭地向观众"布道"。毕竟，电影是呈现而不是告诉。

影片《泰坦尼克号》的主题从来不曾由人物直接说出来，而是让观众通过杰克与露丝一见钟情，在面对死亡时不离不弃的细节强烈地感受到主题。在现实时空里，老年露丝将"海洋之心"抛入海洋来纪念杰克，纪念那份永恒的爱情，也是爱的宣言，但这份宣言是含蓄克制的，是自然而然的，不显得做作和直白。

反之，在影片《英雄》(2002)中，导演张艺谋试图表达"超越个体性的仇恨，才能具有天下的视野，拥有和平、统一的情怀"，这个主题在影片中表达得非常生硬和苍白：无名、飞雪、长空为了个体性的家仇国恨而想刺杀秦王，为此，他们积极奔走，甚至以性命相托，但这一切在残剑看来格局太小，自私心重，不值得赞赏；残剑在四个侠客中境界最高，他理解了秦王的雄图霸业，对于无名的刺秦大计不以为然，并以天下相劝。即使如此直白，创作者还是担心观众把握不住影片的主题，于是让秦王在无名面前对着残剑那幅书法直接将他的顿悟讲出来(图10)：

> 寡人悟到了，残剑的这幅字，根本就不含剑法招式，写的是剑法的最高境界。剑法，其第一层境界，讲求人剑合一，剑就是人，人就是剑，手中寸草，也是利器。其第二层境界，讲求手中无剑，剑在心中，虽赤手空拳，却能以剑气杀敌于百步之外。而剑法的最高境界，则是手中无剑，心中也无剑，是以大胸怀，包容一切。那便是不杀，便是和平。

图10

　　这段话看起来充满禅机与哲理,显得深沉而蕴藉,对"和平"主题的提炼看起来也具有超越性的视野与胸怀,但是,这一切都是人物说出来的,观众面对那幅书法根本看不出任何意义,更不可能悟出什么剑法的三重境界。这说明,《英雄》的主题不是通过呈现来实现的,而是通过宣讲来强迫观众接受,这是主题表达中最糟糕的处理手法。理想的状态是影片没有任何地方讲出了"和平"两个字,但观众通过情节和人物命运自然而然地概括出了影片的主题,这才是电影、文学等艺术样式所推崇的艺术境界。

　　在《英雄》的人物谱系中,观众最容易认可的是无名、飞雪、长空,这三人本着个体性的动机去行动,最疑惑残剑何以境界那么高,也高度怀疑秦王统一六国究竟是出于个人野心和权力欲,还是为了造福苍生,恩泽中华。最后,观众也难以索解无名为何在与秦王只有十步之遥时突然顿悟,意识到此前的自己是多么的狭隘。可见,影片的主题表达缺乏基本的情绪逻辑和人物内心的情感支撑,也没有通过情节和场景的推进不动声色地让观众领略并理解创作者的价值立场。

　　再以微电影《我是一条鱼》(2010,中国)为例,影片虽然不乏巧妙的构思、对比强烈的人物设置、风格化比较明显的场景设置,但影片在主题表达上仍然显得刻意而呆板,容易引起观众的反感。影片想突出"理想的生活只存在于遥不可及或不可久留的别处"的主题。影片设置了两个主要人物:生活在渔船上的海生;从上海来到乡村散心的欧阳珊珊。海生认为自己的生活环境闭塞、落后、孤单,像一潭死水,毫无生机和乐趣;珊珊则认为上海的环境里充满了虚伪和欺骗,乡村反而显得清新、质朴、纯粹、奔放。两个人都厌倦自己的生活环境,都有对于"生活在别处"的向往,但两人都宿命般地无力逃脱:海生在上海一无所长,可能颠沛流离;珊珊以游客的身份才会短暂地喜欢渔船,不可能将渔船作为安身立命之所。

《我是一条鱼》的主题设置没有问题,但在呈现方面却不尽如人意。影片并没有通过丰富的细节和场景向观众表明海生如何在渔船这个环境中活得有多么痛苦,更不可能通过画面的方式告诉观众上海的氛围如何让珊珊绝望。影片只好通过一些刻意的细节和台词尽可能地将主题讲述出来:

  海生:上海好吗?
  珊珊:好啊,你没有去过啊?
  海生:那你为什么来这里?
  珊珊:这里的海漂亮!我讨厌城市里的味道,还有人和人之间的那种关系。(图11)

借助珊珊的台词概括城市的生存环境和人文环境,这对于编剧来说是最简单和偷懒的方式,但这样的概括对于观众来说只有抽象的认识和被动的接受。

还有珊珊发现海生在那条鱼面前挂了一面镜子时,海生回答:鱼是很害怕孤单的,它看到镜子里面的自己,它就不会孤单了。这种文艺腔调的话语根本不可能从一个没读过多少书的农村孩子嘴里说出来,而且这句话和主题的呼应也比较牵强(这句话透露出的不是人生的两难,而是人如何在孤单中自我取暖)。随后,珊珊说,"我觉得,应该把它(鱼)放回大海去,去了解更广阔的世界。"珊珊的这句话过于书面化,与主题的关系也比较遥远(这句话强调了人应

图11

该跳出现实的局限或固有的生活圈子,以实现自我成长)。而且,这两句话使人物成为"传声筒",替代编剧说出了影片的情感倾向,并不是理想的艺术创作手法。

其实,只要编剧预先确立了主题,并以主题作为试金石来——检验情节和人物设置,就能保证情节和场景与主题息息相关,根本不用画蛇添足地借人物之口强行将主题说出来。

《我是一条鱼》中的珊珊既然说"我讨厌城市里的味道,还有人和人之间的那种关系",编剧就要设置一些细节来呈现这个意思,最后使观众能够归纳出珊珊的这种感觉。事实上,珊珊上船时接的那个电话就是一种比较成功的电影化处理手法,她对电话那头的男人说:"向你老婆去解释吧!"随后将手机扔进水里。这一句话和一个动作,形象地展示了珊珊的性格以及她受欺骗后的愤怒,也暗示了城市里人与人之间那种虚伪、欺骗的情感关系。有了"城市"这个反例之后,影片还要通过画面和动作的方式来展现"乡村里人与人之间的关系淳朴、真诚"。影片有些细节做到了这一点,但显然还不够,还要继续挖掘和创造,让观众和珊珊一起去感受乡村里人与人之间的关系。有了这些铺垫和渲染之后,情绪上的对比已经产生,接下来再展示两人都不可能离开自己的栖息之所,主题就有了附着之物。

1.6 主题确立的方法与实践

假如我们想创作一部微电影,如何确立主题呢?一般来说,主题的来源有两个渠道,一个来自概念,另一个来自题材。

概念可能显得很宏大,也容易流于抽象,如爱情、正义、宽恕、背叛,等等。有了概念并不能发展成为一个主题,我们需要进行第二步,将这个概念具体化,表达这个概念的某种形态或某种结果,如爱情的失败、人生的成功、事业的挫折、正义的实现、犯罪的猖獗,等等。这还不是一个完整的主题,但具有了主题的某些形态。这时,我们可以列出概念的各种可能性或者实现某个概念的原因与障碍,从中找到突破口,用冲突和结果的方式表达出来。如爱情的失败,它是一个概念,或者说是一种题材与类型,它并不是一个主题，我们需要思考爱情失败的可能性，如软弱、自私、贪婪、贫穷、性格冲突、嫉妒、等级差距，等等。最后，我们就可以发展出一个主题：因为现实的压力导致爱情破裂。

如果主题的来源是题材，我们要分析题材中最感兴趣的人物的动机和实现情况，并寻找可能的思想开掘点或情感突破口，发展成包括冲突与结果的主题陈述。例如，一位姑娘在找工作时，为了形象更漂亮而去整容，因手术失败导致毁容，找工作成了泡影。在这个题材中，人物的动机是增加找工作的砝码，迎合社会对形象的重视，结果是导致灾难。我们从中可以挖掘出这样几个点：虚浮的社会风气导致自我迷失；只重外在不追求真才实学会导致失败。总之，要先找到冲突，再从结果中思考主题的表达方向。

还有些题材虽然看起来令人捧腹，但它们可能并不能发展成一个微电影剧本，或者需要通过创造性的转换才能纳入某个故事框架之中。例如，我们在新闻中得知这样两则真实的事件：合肥男子失恋后欲开煤气自杀，冷静下来后点烟结果引爆；沈阳男子花30万装修新房，装修完发现是别人家。这两个事件也许可以成为某个故事中精彩的一个场景，但要将它们单独成篇的话，就要从人物的动机入手，找到其中的冲突，确立主题，进而发展成一个比较清晰完整的故事。

在选择题材时，我们不能只注重题材是否足够离奇或好笑，这不是一种理性的创作态度。一个题材对于观众的吸引力来自两个方面：一是题材本身的新奇性，它代表了观众不了解的生活，甚至是观众永远不可能体验的生活，所以它天然具有神秘性、新奇性，以及因未知而带来的魅力；二是观众能从题材中找到熟悉感。这种熟悉感来自题材中人物的思维方式、人性、人情能引起观众的共鸣，从而产生移情效果。因此，合理的题材处理策略是这样的：如果一个题材够离奇，或者题材的内容离普通观众的生活足够遥远（如黑帮火拼、贩毒缉毒、宫廷争斗、政治权谋、科幻等），编剧就要在人物的行为动机、行为方式中让观众找到熟悉的情感逻辑和心理逻辑；如果一个题材离普通观众的生活太近，近得没有陌生感和新颖性，题材本身的现实逻辑已经相当扎实可靠，编剧就要将人物的经历和处境中与普通人的现实境遇拉开一定的距离，从而让观众看到新奇性。

"合肥男子失恋后欲开煤气自杀，冷静下来后点烟结果引爆"这个情节本身只具有(苦涩的)幽默感,离一个故事距离遥远。但是,我们可以将情节补充完整:男子因为失业而被女朋友鄙视并提出分手。男子之所以失业是因为此前眼中只有爱情,忽略了对个人能力的提升,放弃了进修的机会,甚至在女朋友面前放弃了自尊。当男子准备自杀时,他接到了前女友的电话。前女友说上个月刚刚为他充了100元电话费,希望男子尽快返还。男子更加万念俱灰,于是点烟反思自己的人生。在这个故事里,我们看到了一个比较清晰的冲突:爱情至上与自我实现之间的取舍。影片可以直接以男子准备自杀开始故事,当男子接到前女友电话时,观众隐约捕捉到其余信息,进而丰富情节主线和人物塑造,同时也使主题的表达得以完成。

当我们得到一个概念清晰、包含冲突与结果,甚至包含了人物的主题之后,还要思考这样几件事情:

(1)这个主题在现实中可能吗,能被大多数观众接受吗?

理论上讲,任何主题都有现实可能性,因为世界够大,世界上的人够多,一切皆有可能。但是,我们仍然要考虑一个主题的现实逻辑和情感逻辑。我们不能苛求一个主题是一个无懈可击的命题,或者是找不出任何反证和例外的真理,而是要保证一个主题在逻辑上是成立的,不会让观众产生错愕、厌恶、反感等情绪。

例如,"多行不义才能在这个世界游刃有余"之类的命题在现实中肯定也是可能的,但观众却不愿通过一部影片来接受这个主题。因为,电影有一个重要的功能就是"造梦",以化解观众现实中的焦虑、紧张、痛苦,提供一些想象性的安慰与暂时的解脱。基于此,提供一个阴暗、绝望,有违正义和良知的主题并不是一部影片的合理选择。

或许,有人会举出波兰斯基的影片《唐人街》(1974)的例子。这部影片中活得无所忌惮且无所不能的正是一个坏人。更重要的是,这个坏人最后没有受到惩罚,而是借助金钱和权势逍遥法外,消失在黑夜的远处。这部影片的主题符合黑色电影的气质和定位,它之所以没有令观众反感,是因为它间接地揭示了社会的腐朽与黑暗,从而体现了主人公的勇气和良知,也体现了创作者对于这种不合理的社会现象的悲愤与控诉,而没有流露出对"坏人"的羡慕与尊敬。对于创作者来说,《唐人街》中"正义不彰"的情况在特定的社会环境中是可能的,他希望观众能正视这一点,并勇敢地与这种不合理的社会现实作斗争。

此外，由于电影天然具有的大众性以及观众观影的认同感，一部影片的主题应该具有一定的典型性与代表性。某个主题可能看起来令人始料未及，但这仅仅是因为以前被我们忽略或轻视而已，不代表它不存在，更不代表它不是一种普遍性的存在。

当前，许多电影并不会在主题的高深、另类、怪诞、惊世骇俗上下功夫。因为，许多主题说穿了都是常识，"有情人终成眷属""正义战胜邪恶""英雄人物在磨难中成长"这三个命题可以概括全世界绝大多数电影的主题。今天，我们还在继续创作电影，可能仅仅是将这几个主题换一个背景，换不同的人物来演绎而已。这不是说主题就不需要任何挖掘与创新，我们仍然可以在不同的维度和层面上书写某些看起来已成俗套的主题。更重要的是，我们要保证在情节和场景中自然地流露出这些主题。

只要一个主题来自生活的某种可能性或者来自某种社会现象，在主题的演绎中又能体现共通性的人性、人类情感和人类的焦虑、渴望，那么这个主题就一定具有典型性与代表性。

（2）我相信这个主题吗？

只要编剧确立了某个主题，就应该坚定不移地相信这个主题。哪怕这个主题显得偏颇、偏激，编剧都要把它当作真理去奉行，通过情节、人物去论证与展现。如果编剧对某个主题心存犹豫、胆怯、困惑，那要么说明编剧的思考不严谨，不深入，要么证明这个主题本身就有含混暧昧的地方。这时，编剧要么坚持下去，体现出某种信念、激情，要么干脆放弃或修改这个主题。

（3）我该如何让观众也相信这个主题？

创作者相信了某个主题之后，就应该通过合理的人物塑造和情节设置去实现这个主题。只要人物塑造真实、立体，人物的行动符合他的性格逻辑和现实逻辑，情节设置合情合理，符合人物性格和人性的普遍性，观众就能相信这个主题。

再以微电影《我是一条鱼》为例，"理想的生活只存在于遥不可及或不可久留的别处"这个主题可以通过无数个题材来证明。就这部影片而言，创作者对珊珊的处理大体还是比较成功且符合现实逻辑和人物心理逻辑的。上海是珊珊生活的"现实",现实里充满了虚伪、欺骗、堕落,她觉得异常失望和痛苦。珊珊到乡村来散心,在这里感受到一种远离尘嚣的恬静、平和、简单、淳朴,这是她的"别处"。由是,"现实"和"别处"之间产生了巨大的对比和反差。但是,从现实的角度考量,珊珊又不可能真的远离上海,永远生活在乡村里。珊珊面对这种理想与现实之间的差距是无解的,她找不到两全的方法来完美地处理心中的失落与向往。应该说,这些内容能引起观众的共鸣。只是,影片对海生的塑造比较单薄,加上太多刻意矫情的台词,影响了影片的整体成就,也影响了观众对主题的自然接受。

(4)观众在这个主题中能得到相应的启发或思考吗?

虽然大多数主题都是俗套或者常识,但创作者仍然应该努力让观众在看完影片后从人物命运中得到某些启发和思考。也许,一部商业片的主要功能是提供娱乐性,这种娱乐性来自情节的离奇、曲折,画面的精致、奇幻、震撼,人物的生动、富有魅力等方面,但每部影片都会在情节和人物中融入某些价值立场和道德判断,这就是主题方面的表达。对此,观众可能会忽略这些带有教化痕迹的思想内容,但只要他们认同了人物的选择,就认可了人物选择背后的情感和思想逻辑。这些情感和思想方面的逻辑支撑了人物的行动,也就在不知不觉中感染了观众。

一些艺术片可能在一个更现实、更具体、更深刻的层面思考人生选择、人性复杂等方面的命题。这些思考应该是具有一定穿透力的,它们能够呈现人类永恒的两难选择或者人类恒常的悲剧,这对于观众来说应该是一次思想的洗礼,甚至能够引导他们重新认识自我,思考人生。

例如,李安导演的《卧虎藏龙》虽然很难被界为是商业片还是艺术片(用商业片包装的艺术片),但李安明显没有让影片停留在情节的起伏或打斗场面的精彩上,而是通过三个主要人物的人生选择与困境向观众阐述了一个充满哲理的人生命题。这个命题隐藏在情节和人物背后,当观众接受了人物、认可了情节之后,这些主题内涵就会慢慢地浮现在观众脑海中,并引发观众诸多感慨与况味。

只有对上述几个问题都有了十足的把握和通盘的考虑之后,我们才能依照这个主题进入下一步的编剧工作。

1.7 单元作业

试以这样一个素材为例,分析其可能的主题建构方向:一位餐厅的女服务员,为了买最新款的手机,偷了一位客人的钱包,被公安机关以盗窃罪起诉。

第二章

人 物

2.1 人物的三个维度

一部影片确立了主题之后,编剧就应该寻找合适的人物来演绎这个主题,通过人物的人生选择和命运轨迹来证明这个主题。理论上来说,任何类型的人物都可以实现某一个特定的主题,因此,选择什么类型的人物不是问题,也不是关键。人物设置的核心在于他必须是真实的、具体的、可信的、有行动能力的。那如何做到这一点?我们必须了解这个人物更多的信息,不仅包括他的年龄、性别、外貌、职业、性格等因素,还要了解他的家庭出身、受教育程度、父母的职业、父母之间的关系等信息。当这个人物足够真实之后,他会想什么,会做什么,顿时都变得真切起来。

有些谈论编剧的书,将人物的生活分为三个基本组成部分——职业的生活部分、个人的生活部分(婚姻状况和社会关系)、私生活的生活部分(包含了人物生活中独处时刻的一切生活)。这种划分的出发点就是希望编剧能够全面了解人物的外在性格、内在心理,包括潜意识层面的焦虑与渴望,这样才有可能塑造出一个立体的人物。对于剧本中的主要人物,编剧都必须对他们的信息了若指掌,即使这些信息不必在影片中出现,但它们作为背景资料在深刻地影响人物的性格、判断、选择。

《编剧的艺术》(北京联合出版公司,2013年)一书将人物区分为三个维度:生理、社会和心理。生理层面就是人物的生理特征(包括性别、外貌和年龄等因素),社会层面就是人物的社会身份、社会地位、家庭出身等信息,心理层面多少是由生理和社会层面决定的,指一个人的性格、脾性、道德水准、潜意识深处的欲望与冲动等。本书比较推崇以这种方式来全面了解一个人物。

每一个人物都生活在特定的社会关系网络中,也生活在特定的现实情境中,更来自独特的家庭环境,接受过不同的教育,这些因素都影响了人物的性格和心理状况,也决定了人物在遇到人生重大转折时的选择。编剧对于人物的这些信息足够了解之后,才能推断、猜测人物接下来会怎么做,从而避免把人物当作提线木偶,随便强加一个意念给人物,让人物做出违背他性格或处境的选择,使情节失去可信度。

观赏部分影片时,我们常常会产生疑惑:人物为什么要这么做?他难道是神经病吗?他明明还有别的方法可以摆脱困境,为什么要这样执迷不悟?这些问题看起来只是观众心中困惑的一闪而过,却有可能从根本上动摇整部影片的情节逻辑和主题表达。对于观众而言,某个不合理或者令人难以置信的细节出现之后,会如同一缕不祥的轻烟萦绕于脑海,使观众难以完全投入剧情之中。用学术词语来讲,就是观众在意识到剧情的不可信之后影响了认同的观影心理机制,开始以清醒的姿态审视或批判随后的情节,再难以接近梦幻的状态沉浸在剧情的展开之中。

以张艺谋的《一个都不能少》(1999)为例,我们可以发现人物的维度清晰是多么关键,通过真实可信的人物来自然地表达主题是多么重要。影片中的魏敏芝要到城里去找回张慧科,这个动机是剧情得以展开的全部根基,它必须非常坚实可信才能使观众产生认同,受到感动。

魏敏芝为什么非要找回张慧科?我们先看看影片披露的魏敏芝的信息。

生理维度:女性,13岁,相貌平常,发育不良。

社会维度:小学毕业生,生活在一个非常贫困、落后、闭塞的小山村里。父母情况不详,应该是标准的农民。

心理维度:由于特殊的生理阶段和社会阶层,她的性格中有这个年龄段女孩子的羞怯、单纯、自卑,但困苦的生活环境又磨练了她的生存意志,使她具有耿直、鲁莽、执拗的性格。

有了这些信息之后,我们大致能够理解魏敏芝为什么非要去城里找张慧科回来读书。因为张老师临走时曾交代魏敏芝,如果在一个月的代课时间里能保证没有一个学生辍学(一个都不能少),那么除了村长给的50元工资,他另外奖励她10元。这60元钱之所以能够打动魏敏芝,和魏敏芝的生活环境以及心理特点是息息相关的。出于对金钱的渴望或者出于对贫穷的极端恐惧,魏敏芝必须完成张老师的嘱托,以顺利地领到钱。观众也能理解魏敏芝在找人过程中那些看起来偏执,但又异常坚韧的努力。

从人物的三个维度来说,我们能够认可魏敏芝的这个动机,使影片的情节

图 12

展开没有逻辑上的漏洞或者硬伤。但是,这个动机固然真实可信,却不高尚,影片的主题也不是探讨极端贫困环境对于个体的影响,而是想强调中国的农村教育亟需得到城市和社会各界的关心与帮助(中国的教育事业中,乡村的孩子也一个都不能少)。至此,影片的情节和主题之间产生了巨大的裂痕甚至鸿沟,两者根本不能圆融或者弥合。于是,影片在后半段故意忽略了魏敏芝的真实动机,有意无意地凸显魏敏芝寻找过程中的高贵意义:关心每一个农村孩子的教育,关心祖国的未来和农村的教育事业(图12)。其实,这个主题根本不能从人物设置和情节发展中推导出来,魏敏芝不可能有这种胸怀和境界,她只是为了钱而已,她自己都是农村教育环境下的受害者,有什么能力和资格去拯救别人?

《一个都不能少》证明了两点:人物的维度清晰才能使人物的行动与选择显得真实可信;影片的主题必须从人物塑造和情节发展中自然地流露出来,而不能无视人物的心理动机人为地塞给人物一个高尚的主题。

再看中国近年的一些青春片,观众诟病最多的不仅是趣味低俗(出轨、怀孕、堕胎),更包括情节的生硬,人物动机的莫名其妙。在有些被称为"烂片"的国产青春片中,其通病就是人物的维度很不清晰,观众对人物所知甚少,对其行为动机当然也就不明所以。

影片《匆匆那年》(2014)中,陈寻爱上方茴是毫无征兆的(图13),不是说不可能有一见钟情这回事,而是观众想知道一见钟情背后的心理动因。影片中的陈寻高大帅气、活泼开朗,还是班长,受到女同学的青睐很正常,但要他爱上一个刚刚转学来的文静秀气、沉默

图 13

内向的姑娘却需要更多的理由。令人遗憾的是，观众连陈寻的父母都没见过，不知道他来自一个什么样的家庭，不知道他的成长经历是怎样的，自然也就不知道他对待人生、对待爱情的真实态度。就算因为高中时期的懵懂，对方茴的好奇，使得陈寻这样一个万众瞩目的男生爱上了毫不起眼的方茴，那么，到了大学阶段，陈寻为何又迅速爱上另一个具有野性之美的姑娘沈晓棠？假如陈寻是因为遇到了和方茴气质、个性完全不同的沈晓棠而坠入情海，那他对方茴的愧疚和念念不忘又是出于什么样的心理因素？还有，方茴被陈寻背叛之后，毫无铺垫和来由地与陈寻同寝室的邝强发生一夜情，导致怀孕，这究竟是对陈寻的报复，还是对青春爱情自杀式的决绝？而且，就观众对方茴一向的了解来看，她的父亲比较严厉，家教应该比较正统，她自己的性格也比较沉稳，对爱情和未来都有浪漫而美好的想象与期待，陈寻另觅新欢可能会刺激她，她也可能会痛苦，会崩溃，但要让她以这种自我作践和毁灭的方式来报复陈寻，却显得理由不足，动机不明。

影片《匆匆那年》的主线就已经有这么多牵强之处，甚至诸多无可理喻之处，更不要说副线所透露出来的矫情、刻意气息。所有这些问题的症结，都在于编导对于人物根本不"认识"，只是生硬地让人物做出各种各样的爱恨情仇的举动，却无法顾及这些行动背后的心理逻辑和情感逻辑。

不是说一个剧本中每个人物都必须将他所有的信息作一个说明或者提示，而是说编剧应该对他笔下人物的行为动机和心理逻辑有清晰的了解，并保证这些逻辑能够得到观众的认同。

在某些动作电影或喜剧电影中，我们可能只塑造"扁平人物"，也就是说某个人物并不是立体复杂、深刻独特的人，而是某种性格、品质的代言人。中国的古典小说《三国演义》中，大部分人物都是"扁平人物"，读者对这些人物的心理维度其实不是特别了解，但这并不影响小说情节的展开和读者情感的投入。因为，这些代表不同性格和品质的人物之间的交锋，构成了小说情节最迷人的内容。例如，曹操代表的是"奸"，刘备代表的是"仁"，张飞代表的是"勇"，关羽代表的是"义"，诸葛亮代表的是"智"。这些人物斗智斗勇时更像是这些价值观念和意志品质之间的冲突，读者关注的是这个冲突的过程，而不是人物心理的变化，性格的成长。而且，作者为了让人物更立体，其实也没有完全让人物沦为某个符号，而是尽可能在人物的"脸谱"之外添加某些能丰富人物的个性特征,如曹操的"义""仁",刘备的"奸",张飞的"智",关羽的"迂",诸葛亮的"伪",等等。

扁平人物被爱德华·摩根·福斯特在《小说面面观》(人民文学出版社,2009年)一书中提出以后,尽管受到不同的毁誉,但一直为人们所沿用,而且扩大到小说以外的其他文学体裁中。福斯特认为扁平人物只是为了"表现一个简单的意念或特性",甚至简直就是为了某一个固定念头而生活在种种的矛盾冲突之中。福斯特认为扁平人物有两大长处:一是容易辨认,二是容易记忆。可见,扁平人物在以情节为主的艺术样式中有其优势,能够使人物在一出场就获得辨识度并使观众/读者牢牢记住。

与扁平人物相对应的是圆形人物,圆形人物是指艺术作品中具有复杂性格特征的人物。这类人物的特点是性格有形成与发展的过程,是按照生活的本来面目去刻画人物形象,更真实、更深入地揭示人性的立体、丰富。圆形人物往往有一个比较稳定的性格轴心,同时又呈现出不同的性格侧面和性格层次,是一种动态型或发展型的人物塑造方式。中国的古典小说《红楼梦》中有许多人物就是圆形人物,这些人物的性格很难用一个词语或一个符号来概括,而是随着人物的年龄增长、处境变化而产生心态变化、价值观变化,进而影响性格。如贾宝玉身上有迂、痴的特点,但也有真诚、善良、耿直的一面。随着贾府的失势,贾宝玉变得更为清醒、决绝,并最终变得通透、洒脱。

扁平人物与圆形人物没有绝对的优劣之分,它们可能适合不同类型的艺术作品,或者在同一个艺术作品中起到不同的效果和作用。但是,即使是扁平人物,作者也要深入地把握人物的性格轴心,让人物的行为符合他一贯的性格特点和价值观念。有的时候,作者也要通过扁平人物的成长经历、家庭背景等因素向观众/读者表明人物性格轴心的来由。至于圆形人物,作者更加需要通过人物三个维度的揭示来全面展示人物性格变化的内外逻辑,使观众/读者产生认同之感。

对于电影剧本的主要人物而言,无论他是扁平人物还是圆形人物,他的基本信息都是观众渴望了解的,因为这直接关系到人物的心理动机,以及他在处理不同危机时所产生的心理波动和情绪起伏。

在了解了人物的三个维度之后,编剧才可能使人物的行为显得真实可信。

换一句话说,编剧可以让人物在剧本中做出任何惊人或不可思议的事情,只要你让观众认为这一切都有可能,都合情合理,甚至势在必行。

 ## 2.2　用电影化的方式揭示人物信息

编剧在塑造一个人物时,应该在头脑中为人物建立一个小传,对人物的出生、成长经历有一个大概的了解,这样才能使人物在特定的情境中做出符合他身份、性格的行动选择。同时,对于主要人物而言,人物的信息最好不要用旁白或字幕的方式在片头就一一介绍,这种方式不仅呆板、僵硬,也是违背电影创作规律的。因为,电影鼓励通过画面、对话、动作来暗示人物的信息、人物之间的关系、人物的性格等内容。观众不习惯被动抽象地接受一个人物,而愿意通过一种更为主动的方式去建构起人物的全面信息。

影片《初恋未满》(2013,中国)的开头,肩负着介绍几个主要人物的姓名、性格、爱好和家庭状况的重任。影片并没有选择最轻松的方式,即直接用旁白来完成这项工作,而是通过一组动作,让观众像是无意间捕捉到人物的诸多信息。尤其是夏静寒和罗凡之间的关系,以及两人性格、兴趣、家庭条件之间的对比,更是在不经意间就完成了暗示和凸显:一个简陋的房间里,观众注意到鞋架上有三双普通的运动鞋。门帘掀起,罗凡进来了,他随意地和夏静寒打个招呼,扔过去一盒磁带。夏静寒看了眼,欣喜地说:"我正攒钱买呢。"罗凡不屑地回答:"不就这点东西吗。"随后一个特写镜头中,夏静寒将磁带插入书架,上面有一排张雨生的磁带,有几盒还是自制的封面,手写的侧腰。罗凡还不忘加一句:"正版的哦。"两人骑上自行车去上学,罗凡熟稔地和夏静寒奶奶告别。奶奶一边咳嗽,一边侍弄花草。

在这25秒的时间里,影片没有刻意地介绍人物,只是漫不经心地记录了两个少年的日常生活场景,但观众却从中读出了大量信息:罗凡家境更优越,为人仗义,性格耿直;夏静寒家境贫寒,热爱唱歌,狂热地迷恋张雨生,因为没钱,买过张雨生的盗版磁带。这种电影化的方式避免了用旁白或字幕介绍人物的直白空洞,而且人物的性格、背景、爱好之类的信息还和后面的情节发展直接相关。

再如希区柯克的影片《后窗》(1954)开头,没有借助对白或旁白,用一个摇镜头完成了对人物职业、婚姻状态、性格、受伤原因等信息的介绍。在这个镜头里,摄影机让观众看到了主人公打着石膏的腿,石膏上还有趣地写上了主人公的名字。随后,摄影机又捕捉到桌子上一架已摔烂的照相机,照相机上方是一组表现各种灾难场景的照片,旁边还有一张娇艳女郎的负片,以及将这张负片印上杂志封面之后的一摞杂志。通过这些画面,观众大概知道主人公是一位有一定知名度的摄影记者(因为能拍摄封面照片),平时喜欢拍摄各种有刺激性的灾难场景。正因为这种爱冒险、追求刺激的性格,才会使他对商人家里的谋杀案异常关注并想一探究竟。同时,主人公这种性格也影响了他对婚姻的态度,即害怕平淡无奇的婚姻生活,希望生活中充满惊喜(意外),这也是他不愿与女友确立关系的心理原因。这些信息对于塑造人物、推动情节都极为重要,但这些信息又不是直白地告诉观众的,而是需要观众自己去捕捉、分析。这才是一种主动的观影过程,也是创作者对于观众综合、分析、判断能力的信任和尊重。

还有影片《朗读者》(2008,美国、德国)的开头,观众也需要以十分主动的状态去掌握主人公的生活状态、婚姻状态、父女关系、性情特征。在这组镜头里,观众看到了麦可冷漠而忧郁的神情,他家里整洁得过分的装饰和摆设。观众在麦可身上和他家里都感受不到一种随和、亲切、温暖的意味,而是到处透着一种精致、冷漠、空洞的气息。我们通过影片后面的情节会知道,这是因为麦可与汉娜之间的关系影响了他对生活的态度,他的内心早就一片荒芜了(图14)。随后,麦可房间里出现一位裸体女子,她与麦可之间的对话又揭示了这样几个信息:麦可与女性的关系很难长久;麦可与这些女子就算同居也依然像两个陌生人;麦可有一个女儿,但这个女儿与他很疏远。麦可与女人、家人之间的疏离,又都可以在他和汉娜那段不伦之恋中找到原因,从而深刻地指出:"我们都活在历史的烙印中!"可见,影片开头这个日常化的场景,其实隐藏了诸多信

图14

息,这些信息全部以非常含蓄隐晦的方式来暗示,绝不借助旁白的解说和概括。同时,这些信息还留下多个疑问,留待观众在观赏过程中去解决。

我们如何通过电影化的方式来揭示人物信息?

首先,编剧要明确哪些信息对于人物性格有关键性的影响,哪些信息对于之后的情节发展能产生佐证、释疑的效果。因为,围绕某一个人物的信息可以罗列出无数条,但大部分信息对于剧本来说可能是多余的,因为观众不需要、不想了解这些信息,如人物的饮食爱好、着装爱好、人物童年时期与老师的关系,甚至人物的政治立场、国际视野,等等。

如果人物所做的选择与决定特别重要,特别关键,对于情节有着致命的影响,编剧需要让观众通过人物的三个维度相信人物这个决定是必然的。例如,男主人公放弃了貌美如花但强势的姑娘,却选择了一位外表平凡、性格温婉的姑娘。这种选择无所谓对错,但观众想知道其中的情感依据。这时,编剧就要在前面有所铺垫,如男主人公的母亲当年就是漂亮但强势的,导致了父亲一辈子的压抑和不幸。有了这个家庭维度的背景,人物遇到相似的姑娘时,就会下意识地避开,观众也能理解。

其次,确定了人物的关键信息之后,编剧要千方百计地将旁白、字幕、直接讲述的内容转换成画面、动作、对话,而且还必须是自然而不刻意的动作与对话。如男主人公下意识地拒绝漂亮但强势的姑娘的行为,编剧不能直白地让人物对观众说:"我的母亲当年也是那么漂亮,但因为漂亮,她变得不可一世,盛气凌人,在家里颐指气使,家里的氛围相当压抑,我父亲受不了,直接离家出走了。所以,我再也不想重复我父亲的悲剧。"即使编剧让人物对着其他人说这番话,这种"直接宣讲"的意味仍然相当明显。这时,编剧可以考虑在男主人公作出爱情选择之前加一场戏,如看到男主人公的母亲训斥她丈夫的情景。这样一个似是无心的场景,观众可能当时不会在意,也难以理解其中的用意,等到人物遇到性格类似的姑娘并下意识地回避时,观众就会恍然大悟,并不得不佩服编剧高超的编织技巧和铺垫功夫。

如果要对"电影化的手法"排一个序的话,首选应该是"场景",即在一个日常生活场景中,逼真地展现人物的生活环境,在这些生活环境中隐藏与人物性格、处境、命运相关的信息,并且这些信息对于情节发展也至关重要。排在第二位的应该是动作,动作不能显得刻意,应该是人物日常的、习惯性的动作,但观众能够从这些动作中捕捉到人物心理、性格等内容。第三位的才是对话,这种对话同样应该具有"漫不经心"的特点,不能让观众觉得人物在有意识地交代某些信息,而应该像日常性的对话一样只具有社交意义,但关键信息却隐藏其中。如果上述电影化的手法都不足以揭示人物的核心信息,那么编剧可能就要借助于旁白和字幕了,直接用提示性或概括性的语言将人物的性格呈现出来,这是最差的选择,只有在不得已时才可以用。

复旦大学中文系某同学曾写过一个名叫《浅喜欢》的微电影剧本,我们先不评价剧本的主题、情节等因素,也自动忽略其格式问题,就剧本的"电影化思维"或者"用电影化手法揭示人物信息"来看,其中的一些问题很值得初学者引以为戒。剧本的开头是这样的:

(开学日:镜头扫过校园,于牧之背着大包走在校园里。)

旁白:我叫于牧之,K大建筑系大二学生。学校的大门口和所有的大学一样都有一座毛主席的雕像。主席一只手背在身后,另一只手五指张开直直地伸出,意思是要交5 000块钱学费。雕像的右后方是百年校庆的时候斥资上亿修建的连体大楼尚道楼。尚道楼有两个特点,一个是直,另一个是高。这种高楼一般免不了两个命运,一个是被用来跳楼,另一个是被说成像棺材。在雄伟的尚道楼身前,有两排很有历史沉重感的低矮建筑,其中坐落着我的宿舍楼——2号楼。2号楼青砖青瓦,所以就叫青楼。学校为了避嫌,每年都把男生安排到这方圆几十里最破的地方来住。青楼的身后有一片草地,种了几棵树。每学期都有女生把男生叫下来,然后在这里说要分手,所以这片草地就叫绝情谷。

(于牧之看了眼2号楼,走了进去。推开寝室的门。一对父子光着上身收拾房间。)

旁白:他是我大学认识的第一个同学,肖继军,社会学系,黑龙江人。肖继军所有的网名都叫鸡崽,所以熟一点之后我们也叫他鸡崽,再熟一点叫小鸡,最后叫小鸡鸡。

这个开头包括两个场景,负责介绍两个人物以及校园环境。显然,作者是用小说手法写电影剧本,缺乏基本的电影化思维。在小说里,我们可以直截了当地介绍人物,或者全面细致地描写环境,并在介绍人物和描写环境时加上各种俏皮的议论,甚至深情的抒情,但电影剧本的首要任务是"视觉化"。

作者在介绍校园环境时,用了许多评价性的用语,在拍摄时,我们该用什么样的画面来配合这大段的议论?在剧情没有展开时,那些"青楼""绝情谷"的俏皮称呼只能在语言幽默的层面撩拨一下观众的神经,却无助于情节的发展。而且,当旁白自我感觉良好地说着"青楼""绝情谷"时,画面可能只有平常的宿舍楼,毫不起眼的树林,画面和旁白之间根本无法形成有效的呼应和对话关系。

在介绍主人公于牧之和室友肖继军时,作者秉持的仍是小说思维,通过旁白的方式毫无留白和毫无挑战性地向观众直接宣讲。作者假如设置这样的细节或者对话,人物的这些信息同样可以得到传达:

> 于牧之手里拿着一本《建筑学概论》的书走在校园里,遇到一位同学,这位同学问他:"于牧之,你还没去实习?"于牧之不耐烦地回答:"我才大二,哪来的实习?"

这个场景也许并不理想,但至少体现了一种电影化的思维方式,观众通过综合分析,马上就知道了人物的姓名、专业、年级,这比旁白的方式要高明很多。

在介绍肖继军时,作者也可以设想一些更有创意,更符合电影特点的方式。例如:

> 于牧之打开寝室的门,一边大喊:"小鸡鸡!"
> 寝室里,肖继军和他父亲目瞪口呆。父亲问肖继军:"继军,这是你室友?他在叫谁?"肖继军狠狠地瞪了于牧之一眼,向父亲解释:"爸,别理他,他是南方人,不像咱们北方人会说普通话,他平时念我的名字只能念成这个样子。"

我们无法在这个场景里将肖继军的全部信息都介绍完毕,但人物的姓名和籍贯大致得到了说明,这同样是一种电影化的思维方式。更重要的是,作者原来的写作方式里,只有环境介绍和旁白的声音,人物没有行动起来,观众只能看到静态的介绍。

还是在这个剧本里,作者似乎急着在开始的两个场景里将主要人物介绍完毕,接下来是这样写的:

(镜头移到一张桌子上,桌子上堆满了书和各种类似药瓶的瓶瓶罐罐。)

旁白:另一个桌子上堆满了书和写着英文的瓶瓶罐罐。一个枯瘦的形象立刻浮现在我的脑海,这一定是个苦苦看了12年书,跟抽了12年大烟一样形容枯槁的应试教育的牺牲品。

(两个人推门进来,一个肌肉男坐到堆满书的桌子旁边,另一个男生靠在桌子上。)

旁白:他叫明磊,肌肉发达得像个粽子,和我一个专业。他叫胡天忻,我们一直叫他胡天折。胡天忻一副忠厚老实的样子,但是却有好多女朋友。

显然,作者缺乏对电影的基本了解和对编剧基础知识的掌握,就凭着一腔热情开始着手微电影编剧。从小说的角度来说,作者在介绍这两个人物时也算是费了一番心思,想努力凸显两人不同的特点,但是,作为电影剧本,通过旁白来介绍人物是下策,其中一些文学化的手法更是显得业余。例如,"一个枯瘦的形象立刻浮现在我的脑海,这一定是个苦苦看了12年书,跟抽了12年大烟一样形容枯槁的应试教育的牺牲品"。作者如果够体贴的话,可以帮导演和摄影师想想,这句话该如何以画面的方式呈现在银幕上?

2.3 维度清晰的人物使情节可信(一)

假如,我们要编写这样一个故事:一名中学生不小心弄丢了母亲给的200元钱,然后他杀伤了他的一个同学。初看起来,这个故事完全不可能。如果编剧的工作不扎实的话,观众会认为这名中学生像一个玩偶,被编剧操纵着去杀人,不可理喻。其实,编剧只要将这名中学生的三个维度设置清楚,就有可能使这个故事真实可信。

如果这名中学生来自一个富足安稳、父母关系融洽、亲子关系亲密的家庭,弄丢200元钱根本无足轻重,不可能因此感到大祸临头。这说明我们选择的主人公不合适。要使这个故事在情感和现实逻辑上都成立,我们必须一步一步推敲:

(1)这是一个多大的中学生?性别是什么?长得怎么样?例如,我们选择一个初中二年级的学生,15岁,男生,名叫晓东,身高158厘米,相貌普通。这些都是人物的生理维度。

(2)再来看人物的社会维度。晓东的父母离异,父亲不负责任,沉溺于赌博。晓东与母亲生活,母亲是上海一家商场的保洁员,每个月只能赚2 000多元,全家很节俭,经济压力较大。母亲性格有点阴冷,对生活没有热情,性格中没有乐观的因素。晓东在学校里很压抑,偶尔会因为穿着朴素、手机破旧而受到同学的嘲笑。

(3)因为生理和社会的原因,部分决定了晓东的心理维度,他敏感、压抑,又极度自尊。这一天早晨,他从母亲手中接过了这个月的饭费200元。他忘不了母亲掏钱时那种哀怨、麻木的神情。为此,他决定乘坐公交车而非地铁去学校,因为这样可以节约1元钱,但公交车太拥挤,他的钱可能被偷了,也可能掉了。

在弄清楚了人物的三个维度之后,我们会突然发现,人物的行动有了心理依据,不再显得突兀和不可理喻了。晓东正处于特别敏感自尊的年龄,加上家庭背景特殊,导致性格内向,略显偏激。钱掉了之后,晓东一定是紧张、害怕、自责的,不敢再去面对母亲那哀怨的眼神。到了交钱的时候,全班只有他交不出来。这时,一个平时自我感觉良好,家境也不错的男同学肆无忌惮地嘲笑他,笑他家里怎么会穷得连200元饭钱都交不出来,难道想吃学校的白食?晓东在这种情境下只能隐忍,但内心充满了憋屈和愤怒。

放学之后,那位强势的男同学邀请几位朋友吃烤串,一位女生建议叫上晓东一起去。请客的男同学轻蔑地说:"请他干什么?他吃学校的白食已经吃饱了。再说,我请了他,他又没钱回请,这不是让人家难受吗?"但想了一会之后,请客的男同学又装作关切地对晓东说:"你帮我把作业写一下,然后帮我做一次值日,我请你吃一次烤串怎么样?"面对这样的侮辱和伤害,晓东忍无可忍,将一支铅笔插入了这位男同学的脖子。

由此可见,我们在编写一个剧本时,对人物三个维度的了解是前提,否则人物的行为将会显得不可信或者没有情感上的冲击力。同时,编剧要探索更富创意的方式披露人物的基本信息,使观众完成一种主动的概括与分析,而非被动的信息接收。

需要补充说明的是,上述故事虽然在细致地考虑了人物的三个维度之后变得合理可信,但离一个合格的微电影剧本仍然有一定距离。因为,当我们将全部努力都用于将情节变得合理可信时,可能忘记了用一个恰当的主题来统摄这些情节。以上述故事为例,我们要在晓东身上构建出有一定强度的冲突,如"贫穷与尊严""隐忍与冲动""他人肯定与自我评价",等等。确定了情节的核心冲突之后,我们就可以概括影片的主题,并以主题为准绳考虑人物设置和情节安排。

2.4 维度清晰的人物使情节可信(二)

曾经,有一位复旦大学新闻学院的女生写了一个微电影剧本请我指导。她写的是一位女大学生陈雨洁毕业后,不想找一份循规蹈矩的写字楼工作,而是想留在上海做自由职业者,实现自己的文学梦。不是说这类故事不可以写,也不是说现实中没有这样的人物,而是作者在创作这个剧本时对陈雨洁的维度完全不清楚。我问了作者几个问题:"陈雨洁长得怎么样?她家里情况怎么样?"作者很意外:"我写一个追梦的故事,为什么要关心她的长相,她的家庭?"

我向作者解释:"如果家境很好,那么女主人公的追梦之旅将没有任何压力,故事就不会有张力,也不会有冲突,无法打动观众;反之,如果女主人公家里很穷,父母生病,还有一个弟弟要读大学,这时她就会面临两难选择,是选择个人的梦想,还是选择对家庭的责任,这对于观众才会有触动,甚至可以感动观众。同时,如果她家境不好,但又长得很漂亮,有一个男人追她,答应让她做全职太太,专心从事文学创作,这又是另外一个故事了。"在任何一个故事里,创作者对于(主要)人物三个维度的清晰是首要且基本的。

在我的建议下,作者重新设定了人物,全面深入地掌握了陈雨洁的三个维度:

(1) 生理维度:女,22岁,身高160厘米,长相还算端庄,但皮肤较黑,气质一般,平时也不爱打扮,常年留着一头略显干枯的长发。

(2) 社会维度:来自一个西部省份,父母都是一家国有纺织工厂的工人,收入一般,母亲有严重的职业病,常年咳嗽。陈雨洁毕业于上海某重点大学新闻学院,厌恶没有创意的新闻报道或者材料总结,渴望书写内心深处真诚流动的情愫。陈雨洁有一定的文学天赋,但都是一些比较矫情的所谓性灵散文,内容空洞,文字唯美。

(3) 心理维度:陈雨洁外在条件一般,但自视甚高,不愿意回老家考公务员,也不愿意在上海做记者,只想专门从事文学创作,写散文,为网站写连载文章。而且,陈雨洁对男朋友也要求很高,气质不出众、文学修养不高的根本看不上。

当人物的三个维度清晰了之后,作者突然发现,她对陈雨洁的态度不是钦佩,而是有某种轻视的意味。甚至,这不再是一个"追梦"的故事,而是一个"缺乏对自我以及环境的客观评价,只会显得矫情盲目"的故事。我告诉作者,她对陈雨洁的态度不对,不能全是批判甚至嘲笑,这是在写一个低俗喜剧,以丑化女主角的方式来获取一些笑料。对创作者来说,他应该至少在某一个方面是同情、喜欢甚至尊敬他笔下的主人公的。

我们笔下的主人公未必是"高大全"的正面人物,未必是最后获得成功的英雄人物,而可能是有缺点的小人物,或者是注定失败的悲剧人物。无论选择哪一类人物,创作者必须处理好与主人公之间的关系:如果主人公过于完美,创作者应该与他保持一定的距离,能看到他身上的局限性,甚至他行动中某些偏执、盲目的地方;如果主人公是一个有负面情绪的人物,或者是一个反派人物,创作者则要与他更亲近一些,能看到他身上那些悲剧性的优点(如没有原则的善良、没有底线的包容),那些令人钦佩的缺点(如执拗、过分乐观),那些令人感动的正面品质(讲义气、重承诺)。

假如陈雨洁是一个具有悲剧意味的人物,她身上可能有自视甚高、自命不凡的地方,但创作者需要对她多一份理解和同情,看到生活的烙印如何使她的内心发生了某种程度的扭曲，使她强烈地渴望远离故乡那个环境，远离家庭那种惨淡氛围。或者说，在陈雨洁的偏执与盲目中，其实是对庸常俗世的一次绝望抵抗与无望逃离。明白了这一点之后，创作者才可能怀着感情去塑造陈雨洁，进而让观众从陈雨洁身上产生情感上的触动与共鸣，而不是以一种居高临下或者漠然旁观的姿态看着人物的可笑挣扎。

2.5 人物的"弧光"

电影最重要的特性在于运动，这种运动不仅是指人物的运动，摄影机的运动，还包括通过镜头剪辑组合所创造的时空运动。其实，电影的情节也呈现出特殊的运动轨迹，例如上升或下降，或者波浪形前进。同时，人物的性格、命运、价值观在影片中也应该呈现出一定的运动轨迹。好莱坞的编剧教练麦基将人物的这种运动轨迹称之为"人物的弧光"，所谓"人物的弧光"就是人物本性的发展轨迹或者变化，无论是变好还是变坏。"人物的弧光"满足了观众看到变化、冲突在人物身上所打下的烙印，进而以一种更为生动直观的方式见证了一段情节的发展。

许多优秀电影都会通过非常细腻、合情合理的铺垫以呈现人物的变化。如《辛德勒的名单》（1993）中的辛德勒，从一个唯利是图的资本家，到一个倾家荡产拯救犹太人的义人，中间的"弧光"不可谓不强烈，但影片能够做到让一切都看起来理所当然，丝丝入扣，观众也毫不觉得生硬突兀。这就是编剧的功力所在。

《辛德勒的名单》中的辛德勒并没有在一夜之间就从商人变成义人，而是在创作者的精心设置和耐心铺垫下，使辛德勒的性格和行动呈现出一道逐步上升的"弧光"：

影片开始时，辛德勒是一个精明、圆滑、长袖善舞的商人，对于犹太人是熟视无睹的。后来，辛德勒出于逐利的需要，开始和犹太人做生意（图15），并巧取豪夺，从犹太人手中劫收了工厂。这时的辛德勒是一个标准的商人形象，甚至比一般的商人手段更高明一些。

影片发展到中间的时候，辛德勒在山上骑马时看到了山下德国人正在屠

图 15

图 16

杀犹太人（图16），是一幅惨无人道的末世图景。在这个场景里，影片中出现了那位著名的"红衣小姑娘"。黑白场景中的红色非常醒目和刺眼，这抹红色也灼痛了辛德勒，他甚至将生命和希望的亮色寄托在这抹红色上。

目睹了犹太人命若蝼蚁的无助境况之后，辛德勒开始同情犹太人，并从集中营要了部分犹太人到他的工厂里做工。这时的辛德勒性格中出现了转变的"弧光"，但这道"弧光"并不强烈，其弧度显得非常平缓。因为，辛德勒行为背后的心理动力仅仅是居高临下的同情和悲悯。而且，辛德勒让犹太人到他工厂里做工，并不需要担负任何风险，还兼顾了他作为资本家的逐利之心。因为，用犹太人比波兰人更便宜。

后来，通过与他的会计斯坦的接触，辛德勒对犹太人逐渐有了同理之心，并越来越信赖甚至依赖这位会计。当辛德勒在司令官的别墅里遇到犹太姑娘海伦时，他和海伦有一场平等的对话。他俯下身来，用心触摸到了海伦身上的屈辱、痛苦，内心深处的恐惧与绝望。辛德勒安慰并鼓励了海伦。这时，辛德勒才开始将犹太人当作"人"来看待，在情感和精神上将犹太人作为朋友来对待。这是他突破资本家身份的一道变化之光，他从"俯视"到能够平等对待，并理解、尊重犹太人。这也可以理解，辛德勒在他的生日宴会上不顾德国人的侧目，真诚地亲吻了给他送蛋糕的犹太女孩（图17）。也是在这里，辛德勒的情感天平不仅开始倾向犹太人，而且开始远离纳粹德国人。

图 17

当辛德勒将犹太人运到捷克开办兵工厂时,辛德勒站在站台上伸开双臂向犹太人发表讲话。这个动作暗示了辛德勒虽然在情感上认同了犹太人,但在客观身份上,他与犹太人并非平等关系。因为,辛德勒是上帝般的拯救者,而犹太人是如羔羊般的被拯救者。这时,辛德勒得知有一火车女工被误操作送到了奥斯威辛集中营。辛德勒前去德国军部交涉,军部答应赔偿他相同数量的女工。如果辛德勒还停留在居高临下地同情犹太人的层次,他会答应这个方案。因为,对于没有投入情感的资本家来说,这一车犹太人跟另一车犹太人并没有本质的区别,也不影响他对犹太人的同情。但是,辛德勒经过前面的心理嬗变之后,他与犹太人之间已经并非简单的资本家与雇佣工人的关系,他对于犹太人也不仅仅是悲悯,而是有了理解、尊重。这时,那一车从波兰运来的女工对他而言是特别的、独一无二的,他付出巨大代价之后终于要回了那一车女工。这批女工回到捷克时,显然是劫后余生,辛德勒走在她们中间,明显融入其中,成为犹太人中的一分子。

后来,辛德勒将会计视为家人一般的关系。有一个场景中,辛德勒一边搂着会计,一边搂着妻子,影片甚至通过构图的变化,将辛德勒的妻子从画面中切掉,观众只看到辛德勒亲热地搂着会计。这时的辛德勒对于会计,对于犹太人已经超越了老板和雇员之间的关系,而是真正的休戚相关、荣辱与共的朋友关系。辛德勒还冒着巨大的风险允许犹太人在他的工厂里过安息日,这是对犹太人宗教传统的尊重,当然也是对于犹太人作为一个种族的尊重。这时的辛德勒相比于开始,已经有了更为明显的"人物弧光"。

最后,当辛德勒要告别犹太人时,会计送上了全体犹太人的一点心意,一个用金牙做成的戒指,上面刻了一行字"拯救一人,便是拯救全世界"(图18)。辛德勒非常感动,并深深自责。戒指掉在地上时,辛德勒俯下身去捡。这是辛德勒在影片中唯一一次比犹太人低,像是一种谢罪的姿态。辛德勒将戒指戴在左手的无名指上,这本来是戴婚戒的地方,犹言这个戒指对于辛德勒的意义。

本来,在辛德勒告别犹太人,犹太人送上戒指和情况说明书时,辛德勒身上的"弧光"已经到达顶点,即他从一个唯利是图的资本家,成为一个为了救犹太人倾家荡产的义人。但是,辛德勒在犹太人面前俯身的动作却让我们看到这场拯救的双向维度,即不仅是辛德勒拯救了犹太人,在某种意义上犹太人

图 18

也拯救了辛德勒。试想，如果不是拯救犹太人，辛德勒的人生将会是空虚无聊的，他的内心将会是麻木干涸的，他的人性将会是冷漠而卑劣的。正是因为拯救犹太人，辛德勒的人生变得不一样了，他不仅复苏了作为人的情感和人性（对照纳粹司令，他拒绝人性复苏，最后被处死），更因良知的照耀而使他的人生变得高贵而充盈，超越了他此前设定的挣钱的人生目标。这时的辛德勒真正成了一个传奇，成了犹太人口耳相传的英雄和上帝，被犹太人世世代代纪念，这种人生高度，正是拜拯救犹太人所赐。

在影片《辛德勒的名单》中，我们看到了一个有层次的人物转变的过程。在这个过程中，影片创作者显得从容而有耐心，细致铺垫，稳步上升，让观众看到了人物变化的完美"弧光"，影片也因这道"弧光"而具有了情节发展脉络，即有了情节运动的"弧光"。

我们在编剧时，也要注意处理人物的这种性格变化或者命运轨迹，使剧本呈现出人物性格与命运的运动和情节的运动相交织的状态。一个最简单有效的测试方法是，我们可以将剧本开头的人物与剧本结束时的人物作一个对比，看看他们之间是否有了明显不同。这种不同可以是性格方面的，也可以是处境或命运方面的，更可以是内心感受和价值观念上的。如果一个剧本中的主要人物在开头和结尾之间只能划一条没有起伏的直线，说明这个人物在剧本中没有经历变化,或者说那些情节中的冲突没有在人物内心深处打下烙印。对于这样的剧本,观众会觉得平淡而乏味。

在设置人物时,编剧要先想好人物的结局或者说命运终点,从而有意识地制造"弧光"。例如,一个人物的最后结局是失败,那么他在剧本的开端就应该是成功;一个人物最后成了英雄,那么他在剧本的开端可能是一个平庸的失败者;一个人物最终收获了美好的爱情,那么他在开始的时候和女神之间一定充满了误会、偏见、差距,甚至彼此对立和敌视。总而言之,剧本中要有运动的轨迹,人物的性格和命运要有"弧光",这样才能产生节奏和情感上的冲击力。

要处理人物运动的"弧光",我们可以借助公路片的情节发展图表来进行训练。公路片一般采用单向线性的叙事方式,非常适合于因果式的情节结构。在公路片中,影响着主人公思想发生变化的是一个接一个的故事,一般没有情节上的连贯性,相互处于独立的游离状态,但由于都是围绕着主人公而展开的,因此人物的命运给整体故事带来了严谨性和凝聚力。

公路片中的人物会在一段路程里运动,这段路程有起点和终点,而起点和终点之间会体现出人物命运或性格明显的变化,无论这种变化是上升的还是下降的。显然,这段路程和情节脉络完成了某种意义上的重合,从而将抽象意义上的情节发展具象化为具体可感的道路旅程。更重要的是,人物的性格和命运变化轨迹也同时铺演在这段路程上,让观众可以看到清晰的变化路线。我们可以设想,假如《辛德勒的名单》是一部公路片的话,辛德勒在这段路程的起点是一个唯利是图的商人。在路上,辛德勒遇到了犹太人,但视若无物。后来,他目睹了犹太人的悲惨命运,开始同情犹太人,帮助犹太人,拯救犹太人。这样一路下来,辛德勒到了路程的终点时,他已经成了一名义人,成为犹太人眼中的"上帝"。从"商人"到"义人",有一个非常明显的运动"弧光",这段"弧光"对于某些观众来说只看到了起点和终点的差异,却可能忽略了过程中的一点点铺垫。如果是公路片的话,观众就可以在辛德勒性格变化的脉络里找到一个个相对应的路标。

我们可以设想这样一个题材:阿昊是一名大三的学生,他为了获得保送研究生的资格而到西部边远地区支教。这一天,他发现班上少了三名学生:小明、小红、小青。其他同学告诉阿昊,这三名同学要外出打工了,不会来上学了。阿昊有一种无所谓的冷漠,但校长劝他还是去家访一次,尽量让学生不要辍学。于是,阿昊在班长小玲的带领下开始了家访。

这个题材就可以处理成一个极佳的公路/道路电影模式。阿昊从学校出发时,他的心态是冷漠的,价值观比较功利,只关心自己如何顺利完成一年的支教任务而不关心学生的前途。这个点,就是道路的起点,也可视为阿昊性格的起点。在家访的过程中,阿昊一路看到了小明、小红、小青的家境,也了解了他们的想法,他们的痛苦与渴望。最后,阿昊受到了触动,开始关心这三个孩子,积极为他们想办法,超越了一己功利私心,变得更有爱心,更有情怀和境界。这是情节的终点,也是路程的终点,还是阿昊性格和心理变化的顶点。

至此,我们可以勾勒出阿昊性格发展的"弧光":从自私冷漠到富有爱心和责任心。这是一条逐渐向上的运动轨迹,这条轨迹上升的过程中有三个点:小明家、小红家、小青家。在这三个地理意义上的路标上,阿昊的内心受到了不同程度的触动,开始一点点变得有同情心和爱心。阿昊的变化不是一步到位的,而是有一个逐渐上升的过程,他的认识和思想起伏有一个慢慢累积,最后完成质变的路径。这样,阿昊内心的变化曲线就重叠在他一路家访的道路上,从而化抽象为具体,化笼统为直观,让观众清晰地看到人物内心运动的"弧光"和情节起伏的曲线。

有了上述训练之后,我们就可以超越公路片或者道路片的局限,在处理剧本中主要人物的变化时设置好节奏,设想好人物变化的起点和终点,在起点和终点之间大约要经过多少次量变,这一次次的量变应该间隔多长时间出现,从而合理地完成情节节奏的处理和人物转变的刻画。

2.6 如何使观众对人物产生"认同"

有了明确的主题,也有了真实具体的人物之后,我们还需要让观众理解、认同人物。认同对于一部影片来说非常重要,它决定了观众能否被情节吸引,能否为人物的成功或失败而投入情感。进一步说,观众只有通过移情的作用,将自己代入人物之后,人物的命运和情节的发展才会成为与观众的情感息息相关的东西。否则,观众就会漠然地旁观人物的奋斗或挣扎,他们成功了不会让观众兴奋,他们死亡了观众也无动于衷。

如何才能让观众对人物产生认同心理?先要让观众真正认识人物,然后理解人物的处境,进而认可他的选择,最后感动于他的命运,完成一个移情的过程。这个过程的前提是观众对人物核心信息的掌握,只有这样,观众才有可能进入人物的内心深处,了解他性格中的多个侧面,进而理解他在特定情境下做出特定选择的合理性,甚至产生这样一种感觉:如果我是他,那时候我也会那样做。

例如,美国电视剧《绝命毒师》(2008年1月20日开播,2013年9月29日剧终,共5季62集)(图19),讲述了一位普通的高中化学老师在得知自己身患绝症之后,为了给他的家人留下财产,利用自己超凡的化学知识制造毒品,并成为世界顶级毒王的传奇犯罪故事。初看起来,人物的转变幅度实在有些大,令人难以接受和理解。但是,电视剧的创作者通过各种方法使观众认可(未必赞赏)人物的选择。

我们来看编剧为这位化学老师设置的三个维度:

(1)生理维度:人到中年,长相普通,患了晚期肺癌。

(2)社会维度:普通的中学化学老师,是一个化学天才却遭到朋友背叛,一辈子似乎碌碌无为。妻子怀孕,儿子有脑瘫,他是家里唯一的经济来源。

(3)心理维度:作为一位有责任心的父亲和丈夫,他对妻子和儿子深怀愧疚,因为不能继续为他们提供生活的保障;人生灰暗平淡,被人轻视,渴望人生能够获得一些光亮和慰藉。

我们全面了解了人物的背景、处境、性格之后,才能理解人物的选择,进而产生认同作用。当然,观众可以理解这位化学老师在特定情境下的选择,但不能因此把违法犯罪当作正当的人生追求。因此,编剧最后必须让这位化学老师死亡,进而让观众意识到,人物的选择固然有可以理解的成分,但并非正当的,必须以死亡来为他的邪恶赎罪。

在剧本中处理人物的选择时,我们要时刻考虑一个问题:

图19

人物的选择合理吗？他为什么会这样做？他为什么必须这样做？如果我是他，我也会这样做吗？只有这些问题都得到了肯定的回答之后，我们才能让人物做出这个选择，而这个选择也一定会得到观众的认可。

为了使人物得到观众的认同，我们还有一些小技巧可以使用，那就是把人物的所有退路或者其他可能性都堵死，让人物只剩下编剧要他选择的这一条路。《绝命毒师》中的主人公，为什么会走上制毒之路？除了因为他的处境和性格之外，更因为编剧将他其他的路都堵死了：如果他的妻子有稳定工作，他就不用制毒；如果他的儿子不是脑瘫，他的妻子也没有怀孕，他也不会如此急切地渴望金钱；如果他的连襟兄弟仗义相助，他的经济状况能改善的话，他也不用制毒……

反之，有些影视剧中人物受到观众的质疑和排斥，那一定是因为编剧在设置人物时不够扎实，要么是想当然地塞给人物一个动机，但这个动机在观众看来完全没有来由；要么就是观众认为人物还可以有其他的选择，甚至还有其他更好的选择，编剧为人物设定的行为不合常理。

国产青春片《匆匆那年》（2014）中，方茴被陈寻背叛之后，找一个外号叫"种马"的男生发生一夜情的关系，在观众看来就有些惊世骇俗。不是说方茴受到情感伤害之后不会痛苦，不会想报复，而是这种看上去非常极端、令人匪夷所思的报复方式不符合影片对方茴的设定。就影片对方茴有限的信息披露来看，方茴的家教非常正统，有一位严肃的父亲。而且，方茴是一个比较含蓄内敛的姑娘，她的情感表达方式十分低调，没有那种大开大合的情感起伏和酣畅淋漓的情感宣泄方式。因此，方茴在发现自己编织的爱情美梦破碎之后，她肯定会痛彻心扉，甚至会寻死觅活，但出于骄傲和自尊，她甚至不会去质问陈寻，更不会想出这种愚蠢可笑的报复方式。可见，方茴在做出这个举动之后，包括之后的不打麻药做人流手术，都显得非常可疑，不符合方茴一向的性格和心理，而是编剧和导演强行让方茴做出的生硬选择。这时，方茴就很难引起观众的认同。因为，观众认为这一切太荒唐，不符合现实逻辑和人物的心理逻辑，于是拒绝相信，也拒绝在影片营造的痛苦氛围中投入情感。这对于编剧来说，其情节设置和人物塑造已经失败了。

还有另一部国产青春片《致我们终将逝去的青春》（2013）中，影片设置了一位冰清玉洁、秀外慧中的姑娘阮莞（图20）。阮莞是影片中纯情、美丽的代

图 20

言人,她对爱情无比纯真、包容、忠诚。只是,观众对人物了解有限,只知道她来自一个民风豪放的少数民族,对她的家庭关系和成长背景都一无所知,因此对于她的爱情选择也多少有点困惑。因为,阮莞出色的外形条件完全可以配得上更好的爱情,但是,她却选择了一位各方面都比较一般的男朋友赵世永。如果赵世永有打动人的性格品质的话观众还是会认同的,可是,这却是一位与其他姑娘出轨并导致对方怀孕后却不知所措的"小男人"。对于这样的男人,观众实在看不出阮莞喜欢他的理由。更离谱的是,对方女孩子去做流产手术还是阮莞陪同的,赵世永连出面的勇气都没有。面对人品如此低劣,性格如此软弱,如此没有担当的男朋友,阮莞却只说了一句"下不为例"。这只能说阮莞身上天然具有母性的包容和宽恕。她不像是在恋爱,而是在宠溺没有长大的孩子。也许,编剧会认为阮莞身上有圣母的光环,但对于观众来说却有些可疑,因而难以对她投入感情。大学毕业后,赵世永听从母亲的吩咐留在故乡,阮莞不得不与赵世永分手,但分手后两人却藕断丝连。并且,就在要与别人结婚前,阮莞却遵照约定去北京与赵世永听山羊皮的演唱会,导致在车祸中香消玉殒。

阮莞在《致我们终将逝去的青春》中可能是编剧内心向往的纯情、坚贞的形象,代表着永不退场的青春与爱情。因为阮莞的过早夭折,她真的做到了永远年轻,永远美丽。从隐喻的层面说,阮莞在主题表达上是有意义的,但是从人物设置的角度来说却是漏洞百出的,无法令人信服的。因为,观众找不到阮莞死心塌地地喜欢赵世永的理由,也无法理解阮莞为什么会原谅赵世永出轨,为什么会陪赵世永的出轨对象去做人流手术,为什么在赵世永缺少为爱付出的勇气和奉献精神之后仍然对他难以割舍……这一系列反常的举动,观众都很难从阮莞的性格和内心深处找到原因,因为编剧对于阮莞的塑造根本就是抽象化的，没有很好地交代阮莞的三个维度，观众对于阮莞的性格和心理知之甚少，从而无法真正感受阮莞一系列选择背后的心理动机和情感依据，甚至会不由自主地在阮莞行动时内心大喊：她不应该这样做！她还有更好的选择！如果是我的话，我绝不会这样做！从这个方面来说，编剧在塑造阮莞时没有得到观众的认同，这个人物是抽象而漂浮的，只具有隐喻层面的意义，而无法真正走进观众的内心。

2.7 主动型人物与被动型人物

在塑造人物时，编剧除了要努力让人物显得真实可信、具体生动之外，还要区别主动型人物和被动型人物。主动型人物具有行动能力，能够为某个意愿而积极努力，不懈抗争，也会因对现实处境不满而谋求改变。反之，被动型人物会消极地接受外界的变化，默默地承受命运的拨弄而无所作为。对比之下，观众当然更愿意看到主动型的人物，看着人物在积极的行动中走向成功或者毁灭，进而产生巨大的情绪共鸣。

大多数剧本中的人物都是主动型人物，因为只有这样才能在人物的行动中构建冲突，进而推动情节发展。而且，观众也更容易在这类人物身上投射情感，产生认同心理。影片《泰坦尼克号》中的杰克，爱上了露丝之后一定是积极行动的，哪怕为此要遭受许多挫折和磨难；两人在沉船的时刻，也是努力自救，而不是坐以待毙。

试想，杰克爱上露丝之后，没有任何作为，而是每天陷入痛苦的单相思中不可自拔。影片也许可以把人物的痛苦、幻想、焦躁描摹得非常细腻，但这一切对观众来说不会有情绪上的感染力。因为，此时不仅情节是静止的，人物也是静止的，观众无法在人物的行动中更多地了解他的性格，也无法通过人物的成功或失败来融入情感。进一步假设，杰克在单相思中无所作为，只会折磨自己，沉船时他意外地遇到露丝，竟然也没有表白，只是让这份相思随着他的死亡而消逝于海水之中。影片也许可以歌颂杰克爱得多么深沉，但观众是无动于衷的，比看到杰克在一番努力之后失败还要无动于衷。

编剧什么时候会塑造出被动型的人物？就是编剧对人物的各种信息都不

了解，对人物心理、性格也模糊不清时，为了推动情节发展，只好让各种灾难或幸运降临到人物身上。在这个过程中，人物是不需要做什么的，他只需要被动地迎接生活的恩赐就可以了。例如，编剧为了突出人物的不幸，让灾难接二连三地降临在他身上：走在路上被楼上掉下来的玻璃砸中脑袋，去银行时被骗子骗掉几万元钱，开车时撞死一只名贵狗，外出旅游时发疟疾……而人物在这一系列的不幸中没有抱怨，没有改变，只是默默地承受。这样的剧情有什么意义？这样的人物有什么感染力？

一般的电影编剧不会出现这种大失水准的情况，但我们仍有可能编造出接近于这种状态的桥段或细节。例如，一个警察接手一桩谋杀案之后，他没有付出艰辛的努力，也未体现出过人的胆识与智慧，而是坐在办公室就有人打来匿名电话报告关键线索，或者警察中午在外面吃饭时就意外地遇到了主犯，甚至警察在抓捕主犯时主犯因为撞在一堵墙上而被生擒。在这些情节桥段中，因为有点"喜从天降"的意味，人物不需要或者没机会体现个人能力与魅力。主人公虽然大获全胜，但这样的人物仍然是被动型的，很难引起观众的敬重与喜欢。

中国导演韩杰导演的《Hello！树先生》（2011）中，主人公树就具有被动型人物的特点（图21）。树是个单身青年，生活在一个异常寒冷的农村，在村里的汽修铺工作。而一起长大的伙伴，有人开着好车成了煤老板，有人远在省城办私立学校，有人还在种地。树的一系列遭遇以及遭受不幸之后的挣扎都具有被动的特点：树在汽修铺受工伤后被解雇，之后去省城打工，与聋哑女孩小梅一见钟情。树与小梅的相爱没付出什么努力，也没有遭受什么阻力，两人结婚了。结婚后，树突然意识到自己能够通灵，于是成为受人尊敬的预言家，被人尊称为"树先生"。

固然，影片《Hello！树先生》表现了一个卑微的小人物在环境面前的无力和憋屈，流露出导演对周围世界的冷静观察和忧郁思考，但作为主

图21

人公的树先生毫无感染力和行动能力的状态影响了影片的艺术成就。这不是说树必须像美国式的个人英雄一样在困窘的现实中奋力拼搏，杀出一条血路，成就个人的辉煌，而是说即使《Hello！树先生》致力于打造一部文艺片，表现个体在现实面前的无力，但这个个体仍然需要在努力之后再失败才能打动人心，而不是让人物游游荡荡地在村里晃悠，然后就指望观众能从中看出"现实的压迫，环境的憋闷"。

当树先生爱上小梅之后，他付出的努力不过是发了几条文艺腔十足的短信："当我们相视的一刻，就是这世界最美的瞬间，就算给我个村长我也不当。""相思是病，相忆是酒，你就像那烟酒搞得我烟不离手，酒不离口。"不是说树绝对写不出这么有文采的情书，而是说以这种方式来实现对于人物而言比较关键的动机过于轻易了一些。更何况，树在影片中大多数时候是无所作为的，在任何变故、耻辱、伤害面前都有一种无动于衷的麻木，他最后获得村民的尊敬也是因为半疯之后成了能通灵的预言家，而不是他付出了什么努力之后在人生成就上有任何进展。树先生就是在影片中一无是处的人物，他没有什么行动能力，至多有对环境或外界变化的反应。

主动型人物能和社会、制度、环境、自然界、他人、自我进行对抗或者搏斗，从而体现出积极的行动能力和强烈的动作性。假如我们塑造一个性格犹豫软弱的人物，他也有一个强烈的动机，但是他没有和外界进行搏斗，而是用全部的力量与自己内心的犹豫进行对抗，这种人物也可以是主动型人物，前提是他通过各种外部的动作完成对自我内心的超越，反之，人物就还是被动的。莎士比亚的伟大悲剧作品《哈姆雷特》中的哈姆雷特就是这种类型。如果不是因为莎士比亚天才式的语言能力，对人物内心的细腻呈现，以及特殊的历史文化背景，哈姆雷特很难成为一个能引起观众"认同"的人物。因为，他太被动了，他有内心冲动，这种冲动甚至让他快要燃烧了，但他就是无所作为，大部分时间都在痛苦、忧伤、纠结、自责、忏悔、愤怒。当然，《哈姆雷特》的成功还有一个原因，它是戏剧，它可以借助演员出色的台词功底，在舞台上进行大段的抒情和独白，以这些语言中饱含的情感和语言本身的感染力打动观众。而电影毕竟与戏剧不一样，电影要诉诸画面、动作，尤其要有让观众能看得见的外在动作，而不是内心的波谲云诡。这就可以理解，历史上那么多电影版的《哈姆雷特》大多数都不成功，即使是经典之作也是靠演员本身的魅力而非故事和动作的冲击力。

　　戏剧《哈姆雷特》实际上提醒我们，电影编剧最好不要去尝试这种靠人物内心挣扎完成一个故事的剧本。这样的剧本，即使人物再独特，再有个性，再有内心深度和内心起伏，观众看到的也不过是人物不断地纠结和痛苦而已，而无法真正地在人物的行动中去了解他，被他感动。《哈姆雷特》的例子也证明，任何艺术领域的规律都会有例外，但有些例外并非值得效仿，或者说不是每个人都有这种能力去效仿。在缺乏突破、挑战规则的能力之前，我们最明智的做法就是按部就班地遵循电影编剧的基本规律行事，伺机在这些规律中添加自己的个性和创新。

　　为了塑造主动型的人物，编剧必须给人物一个内在的强烈动机，且这个动机的实现无法逃避，无法延宕，这样才能让人物有动力去积极行动。如果一个人物在影片中没有动机，他是不会行动的，容易成为被动型的人物；如果人物只有一个外在的动机让他去行动，那么他的行动将会是软弱无力的，一遇到困难就会停止不前，这也会成为被动型的人物；如果人物有一个内在动机，却一直停留在内心挣扎的层面，而缺乏外部可见的动作去实现这个动机，那人物还是被动型的。

　　还要避免另一种情况，人物的动机有了，也为实现动机付出了积极的努力，但目标的实现却是依靠某种巧合、运气，或者他人的同情以及无来由的感动，这时，观众仍然会认为人物是被动的，他所付出的努力不足以实现他的目标。中国影片《人在囧途》（2010）中，当两位男主人公在旅途中陷入绝境时，编剧让他们在一个集市的摸奖现场随便买了一张彩票，竟然中了大奖，奖品是一辆面包车。我们不能武断地说人物不可能没有这种运气，也不是说生活中没有这种可能性。但编剧用一个极低的概率来解决人物的困境，这有多大的可信度？而且，对于两个主人公而言，在没有付出多大努力（别说随便买张彩票也是付出了努力），也未体现个人的智慧和勇气的情况下，他们的成功并不会得到观众的尊敬。对比之下，美国电影《雨人》（1988）中那位有自闭症的哥哥虽然也在赌场赚了好多钱，但那至少体现了哥哥的智慧和天才般的记忆力。当然，《人在囧途》的编剧还是明智的，没有让两个主人公靠这辆中奖得来的面包车一劳永逸地摆脱困境，而是很快就让这辆面包车在荒郊野岭耗完了汽油而抛锚，两个主人公又回到了起点，又面临一筹莫展的状态。

对于这种过于离奇的巧合或偶然,编剧最好不要用在关键时刻,关键时刻只能依靠主人公的能力和努力。否则的话,观众发现主人公运气好得离谱,没费什么力气就如愿以偿,不仅会有未能看到精彩故事的失落感,还会认为人物是被动人物,就等着"喜从天降",等着"不劳而获",这将会降低人物在观众心目中的分量和认可程度。

 ## 2.8 让人物在"压力"下进行选择

为了更深刻地揭示人物人性深处的真相或者说性格中的另一面,编剧必须为人物提供压力下的选择。在没有压力的情况下,人物的选择可能会显得更从容、优雅、高贵,努力彰显自己道德正常甚至高尚的一面,带有很大的表演成分;只有在压力之下,人物才会抛弃那些外界的戒律和约束,本着最符合个人利益和内心深处欲望的原则进行选择。对于观众而言,他们并不喜欢看到日常生活场景中随处可见的选择:买哪一件衣服?选择哪一种交通工具?喝什么品牌的咖啡?观众想看到的是对于人物来说非常艰难的两难选择,是人物需要承担巨大后果而做出的决定。正如麦基在《故事——材质、结构、风格和银幕剧作的原理》(罗伯特·麦基著,周铁东译,中国电影出版社,2001年)一书所举的例子,一个消防员冲进一栋着火的楼里救出一个小女孩并不算什么"压力下的选择",这只是他的职责而已。但是当小女孩说里面还有她心爱的一个玩具时,这位消防员仍然冲进去,这才是"压力下的选择",因为这是他分外的事情。正是这种选择,才可以突出人物的爱心。

在一部瑞典电影《游客》(2014)中,一家四口去阿尔卑斯山滑雪。一天早晨,一家人在餐馆的外厅吃早餐时,远处发生了雪崩,崩塌的雪卷起白雾冲向餐馆。这时,父亲抛下妻子和孩子一个人逃跑了。这就是人物在压力下的选择。如果没有这个特殊情境提供的压力,这位父亲可能是妻子眼中体贴的丈夫,是孩子眼中勇敢的好父亲,但这个情境使这位父亲暴露了人性中最真实的一面。大多数时候,观众要看的就是这种让人赞叹或震惊的真实。

《泰坦尼克号》中那位钢铁大王，他平时可以显得优雅体贴，温柔大方，但是在大船将倾时，他抱起一位迷路的小女孩冒充是她的父亲而得以登上救生艇。这也是人物在压力下的选择，暴露了他人性中的怯懦和自私。相比之下，在生死一线间，杰克将生的希望留给了露丝，这是"压力"下见证的人性高贵，爱情高贵。

在编剧过程中，我们经常要思考：人物的选择是不是过于轻易了，太没有挑战性了。要知道，压力不够的话，观众的情绪将会是松懈而随意的，无法感同身受地进入人物的内心，更无法在体会到人物选择的艰难之后对人物有全新的认识。

为了让人物身处压力中，编剧可以尝试以下几种方法：

第一，让人物置身于不熟悉的情境中，让人物感受到压力。人物在做自己熟悉且擅长的事情时是比较轻松的，但这种轻松的后果是导致剧情没有张力，观众没有紧张感。一些电影为了吸引观众，总是想方设法地让人物置身于不熟悉的环境中，让观众看着人物如何慢慢适应环境，并通过自身的努力在充满挑战和危险的环境中找到突围之路。假如，编剧让一个大城市的老师来到一个老少边穷的乡村小学任教，各种压力和冲突就会随之而来。或者，让一位有理想主义色彩的警察从城市来到一个偏僻的乡村，观众也会对情节充满期待。

张艺谋导演的《一个都不能少》（1999）中，魏敏芝作为一名乡村的少女，木讷、内向、拘谨，没见过世面，相貌普通，身份卑微，经济困窘，影片让这样一位十三岁的乡村少女置身于城市中，要在茫茫人海中找到张慧科，就相当于将人物置身在重重压力中，让观众看她如何挣扎、努力，并最后获得成功（或没有成功）。需要注意的是，人物在一个不熟悉的环境里要想有所作为，他必须是一个主动型的人物，他必须为了自己的目标坚持不懈地努力，并在努力的过程中彰显自己的智慧、勇气、信心和毅力，进而得到观众的赞赏。反之，如果是被动型的人物，人物对各种不适、挑战都消极应对，剧情很难顺利展开。这时，编剧就必须为人物提供各种各样的机遇、巧合，甚至是各路贵人从天而降，最后解决人物的困境，其后果是情节的张力、人物的魅力都消失殆尽。

在《一个都不能少》中，魏敏芝为了自己的目标，总体而言还是比较主动的,进行了积极的努力:找广播站工作人员、写海报、找电视台台长……令人遗憾的是,在这些行动中,人物只体现了一种品质:执拗,而没有其他更为打动人的品质在这个过程中流露出来,导致魏敏芝并不是一个能够得到观众认同的人物,而只是一个令人感动于她的执拗的人物。就这一点来说,影片在塑造魏敏芝时处理得并不理想。一个主人公要得到观众的认同,必须有一些更为可贵的品质,而不能仅仅依靠一根筋式的思维方式和行为方式来达成行动目标。更何况,支撑魏敏芝行动的心理动力是得到10元钱(如果学生一个都不少,张老师可以额外奖励10元),这个动机虽然质朴且真实,但无论如何缺少打动人心的力量。而且,就剧情为魏敏芝提供的压力而言,仍然是不够的。魏敏芝的目标得以达成,是依靠台长的一己善心。或许,是因为魏敏芝的执拗才让台长不由自主地关注魏敏芝,体现了魏敏芝的毅力,但以这种方式来处理核心剧情毕竟是一种比较被动的方式,而不是人物的努力所能预期的某种必然性。

再看中国的另一部青春片《栀子花开》(2015),影片为了让人物身处非同一般的压力中,也让人物遭遇一个不熟悉、不擅长的情境:许诺是校园乐队的主唱,他的女友言蹊是舞蹈系的学生。当言蹊的三位室友意外身亡时,许诺和他的三位男队友决定在毕业晚会上演出芭蕾舞《小天鹅》(图22)。虽然观众惊诧于编剧强大到无以复加的思维方式,但就编剧思路上来说倒也无可指摘:让四个搞乐队的男生临时决定去表演芭蕾舞,这符合让人物置身于不熟

图22

悉的情境中的思路，它能够为人物带来压力，也能让观众产生期待，并由此产生各种挑战以及相伴随的笑料。可惜，编剧毕竟不是胡编乱造，情节可以富有想象力和创造性，但内在的逻辑要以现实为基础。

编剧无论将人物置身于怎样离奇到夸张的情境中，不能以刻意追求喜剧效果或者悬念为目的，而应在此过程中考验人物的品性和人性，并以此为缘由提供各种富有魅力的情节。当人物置身于不熟悉的情境中要达成某个目标时，这个目标当然不是轻而易举的，但至少应该是有可能实现的。在《栀子花开》中，四位组建乐队的男大学生，突然要去跳芭蕾舞，而且要在几个月的时间里完成任务，还缺少专业的指导和系统的训练，必须偷偷摸摸地进行排练。人物的压力是够了，但任何观众凭基本的常识都知道这绝无实现的可能。不是说男子不能尝试芭蕾，而是芭蕾舞是考验童子功的艺术，绝不可能一夕达成。果然，编剧也知道没有实现的可能，最后让许诺几个人随便跳了段芭蕾之后就换成了现代舞。这不仅体现了编剧极不严肃的创作态度，对于观众来说也等于将前面有可能产生的期待心理击得粉碎。

对比之下，香港一部电影《绝世好bra》(2001)就稍微合理一些：刘青云和古天乐饰演的两位员工应聘到一家世界级的胸罩公司，公司要求这两位没有任何从业经验和设计天赋的男人设计出一款"绝世好bra"。这相当于将人物置放在一个不熟悉的情境中，让人物产生压力，让观众产生好奇。情节的重心当然是这两个男人如何克服各种困难，最终完成（或没有完成）目标的过程。应该说，这个目标有挑战性，但也有实现的可能性。

与让人物置身于不熟悉的情境中相类似的，还有让人物与自己最讨厌的人相处，让人物置身于与自己一向的道德立场背道而驰的境地中，等等。总之，编剧要为人物提供足够的压力，让人物在压力中进行选择，才能让观众对剧情产生期待。

第二，为人物的目标达成限定具体的时间或条件。"时间限定"是许多编剧常用的手法，一般用来增加人物的压力，增加剧情的紧张程度，以牢牢地将观众控制在自己手中。我们知道，当人物有了某个动机，希望实现某个目标时，人物的压力固然有了，剧情的冲突也有了，但可能没有达到惊心动魄的程度。这时，将人物实现目标的行为加以时间的限定就非常必要。

这种设置压力的方式，在一些惊险样式影片中是司空见惯的。如美国的

《危情三日》(2010)中,拉塞尔·克劳饰演的男主人公要在三日之内将遭受无妄之灾的妻子从监狱里救出来。再如英国的《天空之眼》(2015),讲述一名英国军事情报官为抓捕一名恐怖分子而指挥无人机执行轰炸任务的故事。这个故事之所以扣人心弦就因为这项轰炸任务看似轻而易举,但它有着千钧一发的时间限定性:必须在恐怖分子准备工作完成之前完成与律师、军队高官、政治家、美国政要之间的协商、斡旋、谈判等工作。在这个过程中,人物所面临的压力是可想而知的,观众所遭受的煎熬也是可以预料的。

至于条件限定,相当于将人物的动机实现转换成这样的句式:人物只有完成了什么条件,他才有可能实现目标。大多数情况下,这种条件限定要配合时间限定才能达到扣人心弦的效果。例如,一位警察为了让一位犯罪嫌疑人伏法,必须找到一位关键证人或者一项关键证据,而这位嫌疑人三天之后就要出国定居了。这样双管齐下,人物的压力就足够了,剧情的节奏和气氛也更有压迫感。

第三,人物的压力不仅来自外在的情境或时间的限定,也来自内心的冲突。一般来说,人物面临外部的压力时会使剧情呈现强烈的动作性,而人物面临内心的压力会深化人物的刻画,甚至对观众产生更为深入持久的感染力。关于人物面临的内心压力,主要包括人物在理想与现实之间的两难选择,人物面对理智与情感的无所适从,人物面对友情、爱情、亲情与良知、道德、法律、秩序、正义之间的冲突,等等。

关于这方面的压力设置,其前提仍然是要让观众对人物有一个大致的了解。因为,一个没有理想的人当然不会遭遇理想与现实的两难选择,一个没心没肺的人也不会在理智与情感面前无所适从,一个没有道德感,没有爱心,没有正常的人类情感的人当然也不会面对良知、道德、法律、秩序产生任何的犹豫、动摇。只有当观众对人物有相当的了解之后,对于人物所遭遇的压力才能感同身受,进而在剧情的发展中心有戚戚焉。

中国电影《亲爱的》(2014)中,每个人物都面临着各种内在的压力:田文军要不要继续找儿子?从理智的角度来说他知道希望渺茫,但从情感的角度来说他无法割舍;韩德忠找儿子找了多年,显然已经找不到了,他们夫妻要不要再生一个孩子?生的话似乎是对前一个孩子的背叛,不生的话人生又有一个巨大的残缺;李红琴该不该打官司去要回孩子,她心里知道这个孩子可能是被拐卖来的,但从情感上她又放不下;李红琴为了获得关键性的证据,要不要出卖自己的身体?律师高夏的内心也面临前所未有的压力,他知道从法律上来讲李红琴是在无理取闹,但从情感上来说他又被李红琴那种淳朴深沉的母爱所打动。正因为这部影片为人物设置了这么多的压力,人物在关键时刻的两难处境才能打动人心。

张艺谋导演的《归来》(2014)中,冯婉瑜为了让丈夫早日归来,委身于方师傅就是她的道德观面临的巨大压力,她最终因亲情而放逐了羞耻感。而冯婉瑜知道女儿告发了陆焉识之后,她的内心同样面临两难抉择:原谅女儿的话,对不起丈夫;不原谅女儿的话,又无法原谅自己。对于陆焉识来说,更是面临无法言说的压力:面对彻底失忆但又执着地去火车站等陆焉识的妻子,他是该转身离去还是傻傻地陪妻子去等一个永远不会归来的自己?

一部影片中只有为人物设置足够的压力才会使人物立体可感,使人物的选择和行动更有感染力,更能打动观众。编剧必须想方设法地为人物的行动增加足够的压力,这种压力使人物的行动变得不那么轻而易举,但又不至于绝无实现的可能,从而让观众看着人物如何在克服重重压力和障碍的过程中实现(或未实现)目标。

2.9 配角对于主角的意义

一个剧本中,除了有主角,还会有若干配角。编剧必须考虑配角对于主角的意义,配角对于主题的意义,配角对于情节发展的意义。因为,配角之所以能够出现在剧本中,是因为他们将会和主角发生联系,并在刻画主角性格、推动情节发展方面产生重要作用。一部影片中的各个人物必须有合理的性格刻画甚至搭配,通过人物性格之间的反差、互补、映照形成观点、行动上的分歧,从而使影片的人物性格体系更为丰富,使影片的情节发展产生多种可能性,对观众也产生更为生动的吸引力。

尤其是在拍档电影中,即主要人物是两个人,或者主人公身边一直有一个重要的配角贯穿情节始终,为了体现矛盾和冲突,另一个主人公或者配角不应满足于插科打诨的作用,而应在性格上和主角产生互补效果。这既是为了使影片中的人物谱系更为多元，同时也为情节顺利推进埋下伏笔。正因为两人的性格不一样，甚至相反，遇到同一个情境时，两个人才会有不一样的判断和选择，进而使情节在分歧和意外中走上另一种可能性。甚至，配角可以发展成一条独立的情节线索，并将这条情节线索汇聚到主题的躯干上。

影片《美国美人》中，主角是莱斯特，他的女儿简，简的同学安吉拉，莱斯特的妻子卡洛琳都是配角，这些人物处于相互映照之中，从而编织成一张复杂的关系网。莱斯特颓唐而厌世，有一点玩世不恭的无耻，但又在看透人世和人情之后变得豁达；卡洛琳积极上进，虚荣而浮夸，崇拜强者，渴望成功，由是和莱斯特产生了冲突；简敏感而内敛，叛逆而天真，因此和父母的关系并不融洽；安吉拉虚荣而肤浅，缺乏自知之明却又自我感觉良好，享受被男人喜欢的成就感，由此和简也产生了龃龉……因为各人兴趣、性格、志向差异太大，导致各种冲突不断，形成了情节的张力和情感的冲击力。

在编剧实践中，有些初学者常常非常随意地处理剧本中出现的人物，一旦觉得有需要就让配角从天而降，用完之后马上又弃之如敝屣。确实，我们无法保证每个配角都能活到剧本结束，有些配角注定只在主人公的某个人生阶段惊鸿一瞥地显身，还有些人物连配角都算不上，只能算是路人，他们也会在某个特定时刻成为主人公的陪衬、背景。但是，编剧必须意识到自己是在做一件系统性的工作，在建构一个关系网络，创造一个故事时空。在这个网络和时空里，每个人物的出现都不是偶然的，更不是毫无意义的，什么人物应该出场，这个出场的人物对于主人公有什么样的影响，对于情节发展或者主题表达有怎样的意义，都是编剧应该全盘考虑的问题。

编剧在处理配角（不包括路人甲之类的背景人物或者为了使时空更加逼真而增加的过场人物）时，应注意以下几个方面：

第一，配角也要有鲜明的个性，而且最好是能和主角形成映衬或反衬的关系。就好比一幅水彩画中，如果只有一种颜色，很容易显得单调；如果有多种颜色形成相互之间的对照与衬托，就可以丰富画面的色彩比例和节奏，从而增加画面的内涵。在一个剧本中，如果主角是一个风风火火、干脆利落的急性子人物，他身边就可以配上一个做事慢条斯理，甚至有严重强迫症的完美主义者。这样，两个人物就会产生冲突，增加笑料，或者延宕情节的发展，或者为情节发展增加变数。总之，配角的性格和价值观念必须明确、突出，既要让观众立刻有印象，也要让配角成为主角的帮手或者敌手，从而推动情节发展。

第二，配角可以在主角身边起到正面或负面的作用，但配角的命运或性格发展可以独立成篇，其折射的隐喻意义可以和主角的命运或性格发展产生互文性的表达，从而丰富影片的主题内涵。

影片《辛德勒的名单》中的辛德勒、会计斯坦、纳粹司令高斯之间就有这种映衬意义。辛德勒看到犹太人的悲惨命运之后，动了恻隐之心，开始力所能及地救助犹太人，到最后不遗余力去帮助犹太人。在此过程中，辛德勒还从纳粹的（表面）拥护者与支持者，慢慢地开始疏远、排斥纳粹思想，并最终成为一位善良的人、高贵的人、人生富有意义的人。影片要肯定并讴歌辛德勒这种在罪恶面前良知的苏醒和道义的坚守。会计斯坦是位犹太人，为了活命而兢兢业业地帮助辛德勒管理工厂，打点各路关系。斯坦一直没有放弃一个正常人所应有的同情、道义和良知，他在黑暗时世保持了人格的独立和良知的高扬。反观纳粹司令高斯，他狂热地相信纳粹思想，视犹太人为蝼蚁和垃圾，并沉醉在屠杀犹太人的快感中（图23）。曾经，辛德勒劝高斯以宽恕而非屠杀来体现权力，但高斯很快就抛弃了这种理念，继续在罪恶的道路上一路狂奔，终于落个身败名裂，死无余辜的下场。

斯坦和高斯都与辛德勒有密切的关系，他们才可以在影片出场。斯坦是辛德勒的得力助手，是辛德勒有能力救助众多犹太人的幕后推手，高斯则代表邪恶的力量，是辛德勒救人行为的障碍之一。更重要的是，斯坦和高斯作为配角一正一反地证明了在惨无人道的时代里，个体只有选择良知与正义，才能使人生获得意义。

图23

第三，对于一些过场性或者背景性的路人，编剧不可能做到让每个人都有令人惊艳的亮相或者令人过目不忘的印象，但也可以努力让这些人物有特点，无论这种特点是外形上，还是说话、行事的方式上，甚至还可以让这些人物的行为或命运也编织进剧本的主题表达中去。

影片《辛德勒的名单》中,编剧设置了许多令人难忘的路人:一个在大屠杀中无路可逃的年轻人急中生智地将自己装扮成清道夫从而逃过一劫;高斯追究偷鸡的犹太人时,已经杀了多人,这时,一位小男孩站出来,说他知道偷鸡贼是谁,说完指认了刚刚被打死的一个人;一位犹太建筑师指出营房建设的问题,高斯听从了她的建议,但仍然命令枪毙这位建筑师……对于这些路人,我们不必知道他们的所有信息,甚至不必了解他们的性格和心理,但他们的行为却令观众深思。观众在他们身上看到了犹太人的机智,看到了纳粹军人的残暴和高傲。这些人物和主角没有任何交集,但他们却成为影片中不可或缺的一部分,甚至是丰富主题表达的重要组成部分。——我们既看到了纳粹军人的残忍,也看到了这场屠杀的罪恶,即他们所杀的不仅是人,还是非常优秀,非常机智的人,等同于鲁迅所说的"将有价值的东西毁灭给人看",从而使影片更具悲剧意味。

2.10 如何选择与设置人物

一个剧本中必然包含冲突,而冲突来源于人物追求动机的过程。因此,一个剧本的行动源动力来自人物,而且是有真实性格,有可靠动机,有行动能力的人物。那么,在编剧过程中,我们应该如何选择与设置人物呢?

在选择与设置主要人物之前,我们要问自己这样几个问题:

(1)他是一个怎样的人?这是关于人物三个维度的了解。

对于主人公,编剧在下笔之前要有粗略的人物小传,并详细列出人物的生理特征、社会关系和社会地位、性格脾性等要素,并考虑哪些要素对于情节发展至关重要,进而有意识地在情节展开之前加以铺垫、暗示、渲染。对于某些关键性的信息,为了设置悬念,编剧可以考虑在情节发展过程中巧妙地流露,或者将一个信息分多次披露。而且,人物的所有信息优先考虑通过场景来展示,其次是动作和对话。

(2)他想要得到什么?这是关于人物动机的了解。

也许,编剧可以随便塞给人物一个动机,但其后果是观众不以为然,或者漠不关心,甚至心生质疑。因此,重点不是人物有什么动机,而是人物为什么要有这个动机。这个动机可能是形势所迫(电视剧《绝命毒师》中的主人公所面临的家庭困境),但最好要同时伴随人物主动性的欲望(电视剧《绝命毒师》中的主人公渴望自我实现的心理)。

(3)人物如果得不到他想要的东西,他会怎么样?

如果人物的动机在观众看来可有可无,无足轻重,观众为什么还要对人物投入感情,随他一起去冒险,去追求,去体验成功或失败的滋味?因此,我们必须很清楚地让观众知道:如果人物得不到他想要的东西,他的人生会有根本性的不同,他的良心会不安,他的灵魂会受到煎熬,他的人生会变得残缺或者根本不值得过……

例如,我们设置一位姑娘,她想要在三个月内随便和一个男人结婚。初看起来,姑娘的这个动机莫名其妙,不可理喻,但是,编剧可以通过背景的建构使观众接受并认可人物的这个动机:这位姑娘三十多年来和母亲相依为命,她特别爱她的母亲,但她的母亲患了绝症,最多只有三个月的生命了。母亲临终前唯一的愿望是看到女儿结婚。有了这些铺垫之后,观众就会意识到,如果人物实现不了这个动机,她会一辈子活在对母亲的歉疚之中。当然,这个动机是外部的伦理压力驱使的,编剧必须让姑娘追求某个男人时激发她内心的主动性,并完成人物的弧光,如重新认识自己,重新认识男人,重新认识婚姻。

中国电影《钢的琴》(2010)中,下岗工人陈桂林有一个动机:为了得到女儿的抚养权,决定为女儿造一架钢琴。陈桂林为什么会有这个动机?因为他下岗了,他的老婆又追随一个卖假药的男人离他而去。他老婆认为,女儿跟着一个困窘落魄的父亲受不到好的教育,例如,女儿想学琴,但陈桂林连一架钢琴都买不起。陈桂林这个动机体现了他对女儿的关爱,更关乎一个男人的尊严。至此,观众对于陈桂林的动机有了感同身受的理解和接受。但编剧这时还要问一个问题:假如陈桂林实现不了他的动机,他的生活会有根本性的不同吗?当然会有!一个中年下岗的男人,生活已然穷困潦倒,妻子也背叛了他,如果这时候再失去女儿,那么陈桂林的尊严不仅在妻子面前被践踏得体无完肤,而且他的生命中再也没剩下任何值得珍惜的东西。换言之,陈桂林这个动机对他的尊严和生活至关重要,人物必须完成它。有了这些铺垫之后,观众接下来就能跟随人物一起去努力,去奋斗。

（4）人物如何去实现他的动机？他在实现动机的过程中遇到了怎样的障碍？

前面几个问题都是一个剧本的铺垫,只有当人物真正开始行动了,在行动中遇到并克服各种障碍时,情节冲突才真正展开。

图 24

这是一个剧本最有挑战性的地方,也是观影愉悦最重要的来源。

影片《钢的琴》中,陈桂林为了得到女儿的抚养权,必须满足女儿拥有一架钢琴的愿望。为此,陈桂林开始了不懈的努力：用纸做钢琴琴键,借钱,到学校偷琴,决定拉一个草台班子造一架钢铁做的琴（图24）……在这个过程中,前面的努力都归于失败,等于是将人物的其他退路或出路都堵死了,于是陈桂林只好决绝但又令人倍感苦涩地决定自己造"钢的琴"。决定造"钢的琴"之后,各种障碍又接踵而至,各种冲突得以产生,情节得以向前推进。

（5）人物在遇到压力下的选择时,我们要问这样几个问题：他只能这样做吗？他必须这样做吗？如果我是他,我也会这样做吗？这几个问题,直接关乎观众如何对人物产生深入的认同。

影片《钢的琴》中,陈桂林也面临诸多压力下的选择。在绝望时,陈桂林几人决定去学校偷钢琴。严格来讲,编剧这种处理并不理想。陈桂林和其他几个人都是普通的下岗工人,也曾是有过尊严和光荣岁月的"共和国脊梁",他们组建一个小乐队艰难求生,本性上都具有乐观、善良的一面。编剧让陈桂林因为买不起钢琴就去学校偷,而且事前事后没有一丝自责愧疚之意,不仅在逻辑上显得比较牵强,而且影响了观众对于人物的认同。——不是说观众不能接受有缺点的主人公,而是观众不能接受没有是非之分,道德底线比较低的主人公。编剧在设置这个情节时如果多问问人物是否还有其他选择,多问问自己是否会像人物一样行动,恐怕会得出否定的答案。

在无计可施之际,陈桂林几人决定自己造钢琴,而且是用钢铁造钢琴。

这是一个令人匪夷所思的想法,也算是人物在压力下的选择。观众同样会想,人物必须这样做吗?人物只能这样做吗?从影片中披露的信息来看,陈桂林做出这个选择是有基础的:他们曾是钢铁工人,陈桂林懂乐器,又找到了一本苏联的相关文献,还找到了一位高级技工,加上一帮兄弟的帮忙,这个想法倒也不算是天方夜谭。就像前文所说,人物的目标至少要有实现的可能,但又不是轻而易举的。陈桂林他们要造"钢的琴"当然不容易,但已有的条件一摆,加上没有其他出路,似乎又是顺理成章的,值得一搏。那么,编剧就算是成功了。

(6)人物最后实现了他的动机吗?

人物能不能实现动机,除了是编剧的设定,很多时候也被题材、类型、风格,甚至人物本身的特点所决定。对于观众来说,只要前期铺垫到位,人物动机最后的实现情况基本上是预定的。而且,人物动机的实现情况也暗示了创作者的情感立场和剧本的主题表达方向,即创作者希望通过人物的成功或失败来强调某个特定的结论。

在一些励志题材中,尤其是一些根据真人真事改编的励志题材中,观众其实早已知晓人物的结局。为什么观众对这类影片还会有观影的动力?因为观众想看人物成功的过程,在成功过程中所经历的那些心路历程,在这些心路历程中所折射的意志品质和人格魅力。

对于人物的结局是死亡的剧本,编剧不能过于轻率,也不能沉浸在伤痛或悲剧氛围中而自我感觉良好,而是要认真反思这种处理结果的必然性、合理性。有时,编剧要让一个人物死亡实在是太容易了,只要安排一场车祸,一种不期而至的绝症就可以了。但是,编剧在这样安排的时候应该想清楚:人物是活着更能表达主题,还是让人物死亡才能体现深刻的悲剧意味或者煽情色彩?假如编剧认为让人物死亡更有情感的冲击力,更能引发观众的思考和回味,那么编剧还要思考,人物的死亡究竟是必然还是一场意外?高明的编剧应该是将人物塑造立体之后,让人物有自己的性格、品质,让人物自己去行动,在行动中与外界、自我、他人产生激烈的冲突,从而在这种冲突中产生或激越、或悲壮的意味。反之,如果观众从情节发展、人物塑造中看不出人物必死的理由,只是编剧为了煽情或者不知道该怎样结束故事而强行让人物死亡,观众就会产生强烈的排斥心理。

张艺谋导演的《山楂树之恋》(2010)中，观众可以预料到老三和静秋这场爱情的结局，因为他们是在一个封闭禁锢的年代里追求自由奔放的爱情，爱情和时代必然会产生强烈的碰撞和冲突，从而导致爱情的夭折。再次，从怀旧的角度来说，既然影片是回忆特殊年代的一场坚贞而深沉的爱情，本身就带有祭奠的意味，所以男女主人公的爱情必然以夭折谢幕。但是，无论从哪个方面来看，观众都看不出老三必然死亡的理由。当老三和静秋的爱情渐入佳境时，老三却突然罹患白血病撒手人寰，观众固然觉得十分悲情，却也觉得十分突然和意外，甚至非常刻意。

其实，影片可以在老三和静秋的爱情之间设置更富现实感和历史感的障碍与考验，但是，影片最终轻易地滑向了（廉价的）悲情，放弃了对历史和现实更富穿透力的反思与批判。因为，老三和静秋的爱情并没有受到太多时代性的阻力和困难。老三因为白血病过早逝世，使这段爱情因为命运的无常而成绝唱。或者说，老三和静秋的爱情开始于那个时代，结束的原因却不是时代性的。这个爱情悲剧就无法成为时代性的指涉或具有超越性的人性观照，观众不会认为这是时代性的必然命运或人性的永恒性悲剧。

对于以人物死亡为结局的剧本，编剧还要考虑人物的死亡是否具有某种隐喻或象征意味，而不仅仅是肉身的毁灭本身。《山楂树之恋》中老三的死亡可能也有这种野心。老三和静秋的爱情因为老三的意外死亡而永远停留在最美好的岁月的最纯情的状态。——创作者和观众都不愿看着一份纯净之爱在日常生活中日渐褪色，日渐庸常和恶俗。因为离世，老三反而实现了自己的承诺："我不能等你一年零一个月，不能等你到25岁，但我等你一辈子。"老三死亡之后，这份爱情因此变得永恒，因为没有什么东西可以摧毁它，可以改变它。只是，老三的死亡毕竟显得突兀和刻意，这多少冲淡了这层隐喻意义。

在许多更用心的电影中，人物死亡都隐喻了某种道义、价值的死亡，从而使影片的主题更为厚重和丰富。

影片《七武士》(1954，导演黑泽明)中久藏(图25)的死亡就不仅仅是个体意义上的一次意外，而是代表一个时代的落幕。久藏是七个武士中将冷兵器(武士刀)练得出神入化的人，代表了冷兵器的最高成就，但久藏却死于火枪之下。这样，久藏的死亡就不仅有隐喻意味(冷兵器时代的终结)，还有某种

图25

必然性（热兵器必将取代冷兵器，现代性的伦理必将取代武士时代的伦理）。

中国与法国合拍的影片《狼图腾》（2015）中，蒙古族牧民毕利格老人代表了草原文明的血性与道义，而草原文明在现代化的冲击下必然会遭受阵痛甚至因不合时宜而退出历史舞台。毕利格的死亡多少隐喻了草原文明的谢幕。

（7）对于主要人物以及主要人物身边的配角，编剧不仅要将他们塑造为活生生的人，更要努力让他们每个人都代表一种想法、观念、立场，而这些不同的想法、观念、立场又共同作用于情节和主题。

在前文分析《卧虎藏龙》《美国美人》等影片时，我们已经发现，这些影片中的人物不仅组成了一个复杂的关系网络，而且这些人物各自代表了不同的人生态度和人生选择，最终以互文性或映衬式的方式共同凸显出主题。反之，一些影片中某些人物观众觉得多余，可能就是这个人物没有对主角产生正面或负面的影响，没有对情节产生推动作用，没有对主题产生或正或反的论证作用。

影片《狼图腾》的主角是到内蒙古插队的知青陈阵，他将和草原、草原上的狼以及草原上的人产生一生无法割舍的联系。在陈阵身边，还有同为插队知青的杨克。可惜，影片中杨克的作用不是很明显，甚至让观众觉得多余。因为，杨克对待草原，对待草原上的狼都态度暧昧，无法与陈阵形成鲜明的衬托，自然也无法对情节发展或主题表达产生积极的意义。

黑泽明的《七武士》中主要人物有七个，这是大多数编剧避之唯恐不及的难题。这七个人物中，虽然也分主次，但仍然要做到每个人个性鲜明，观众能很快就记住，并在每个人物作出选择时产生共鸣。黑泽明不仅没有让观众在观影过程中疲于奔命地分清楚每个人物的名字和性格特点，而且在七个武士身上寄托了不同的情怀，暗含了不同的隐喻意味：

勘兵卫代表了黑泽明的武士理想，武艺高强，足智多谋，谦逊稳重，正直诚实,是武士中的"侠之大者"。

七郎次也是身经百战的武士,代表了友谊和忠诚,是勘兵卫的老战友和老朋友。他在武士时代快要落幕时竟甘心做个小贩,挑个货担笑吟吟地走街串巷,他不仅意喻忠诚,也有一颗更为接近大地的平常心。

五郎兵卫为人坦诚直率,他加入勘兵卫领导的集体是因为对勘兵卫个人能力和处事风度的敬仰,这带有武士时代惺惺相惜的意味。

初见平八代表了乐观,似乎是个矛盾的人,他可以坦率承认自己之所以在战场上得以保命,是因为面临强敌时经常就先溜了,他也可以在失意后能够心甘情愿地与普通百姓一样,靠砍柴为生。但五郎兵卫问他有没有兴趣去杀山贼时,他却立刻提刀,欣然前往。

久藏代表着武士的最高境界,是传说中那种以身求道、心剑合一的剑士,看起来不苟言笑,却一诺千金,冷静谦和。

胜四郎是武士们的未来,也是黑泽明的未来,虽然在别人眼里他只算得半个武士,可他的执着、热情、新鲜的生命力,总是让人欣慰,经此一役,武士的精神必将不会中辍。

菊千代是个假冒的武士,他可能本身就是农民,因而对农民的短处看得分外透彻,他向往的是武士那种潇洒行走江湖,路见不平拔刀相助的快意,算是对武士时代的缅怀和追随者。菊千代足智多谋、英勇善战,并且杀身成仁,因而他足以成为一个武士。

这七个武士都有自己的个性和特点,代表了不同的人生追求、意志品质和行事方式,从而使得七个人可以产生参差映照的效果。这七个人还有不同的隐喻意味。如勘兵卫代表武士时代武功、智慧、道德的最高成就,但又不拘于形式,对于武士时代的落幕看得比较坦然,因而他可以完成这种心态转变之后继续行走于天地之间;七郎次虽然存留了武士时代的价值观念和道德操守,但他追随勘兵卫主要不是因为武士道的要求,而是出于友谊和忠诚,这种精神可以超越时代而存续,因而他可以活下去;胜四郎是武士在新时代的传承者,他虽然稍显稚嫩和莽撞,但他不乏正义感和血性,且能够用一种变通的心态来处理问题,如他在勘兵卫犹豫之际,按照武士的礼仪将剑插在菊千代的坟墓上,他是武士在新时代的见证者,因而必须活下去;五郎兵卫虽然代表了智慧,预见能力极强,但他仍然是作为武士时代的精神标杆而存在的,最后只能以战死沙场来成就武士的业德；初见平八对武士道没有那种死心塌地的追随，而是显得灵活平和，不会拘泥于武士道的刻板教条和繁文缛节，能够和农民打成一片，因而他在山贼窝里为了保护一个农民而失去性命；久藏在武功、武力和品质方面也代表了武士时代武功和人品的最高成就，但他和勘兵卫不同，他缺乏那种变通和坦然的心态，对于武士时代心存敬畏和迷恋，因而死于火铳之下，以死亡的方式来祭奠那个远逝的时代；菊千代同样是个生活在时代的夹缝中的人，他已经失去了自己的根基，他不屑于做农民，但又无法在社会阶层上让别人认可自己的武士身份，他需要以慷慨赴死的姿态来获得武士的命名，仍然是武士时代的朝拜者，因而必须死。此外，影片中的山贼原来也是武士，但他们打家劫舍，为非作歹，违背了武士道精神，将武士的能力用于违背道德的行径上，必为真正的武士所不齿，最终也难逃覆灭的下场。

影片《七武士》一直被视为世界影片的最高成就之一，不仅有无懈可击的结构，磅礴宏大的气势，令人叹为观止的战斗场面和洋溢全片的阳刚之气，影片在人物设置和塑造时也注意用不同的性格特点将他们区别开来，并努力让每一个人物代表不同的精神品质和价值观念，从而使人物的生或死具有隐喻和象征的意味。

（8）编剧在设置主要人物的动机和目标时，除了展示这个动机和目标的外在形态，也要注意展示人物在追求目标时的内心需求或成长；有可能的话，编剧还可以在人物的外部目标和内心需求之间制造一定的距离或者裂痕，甚至是矛盾，从而丰富人物的内心层次，丰富影片的内涵空间。

一般来说，编剧要为人物设置一个内部的动机和外部的目标是非常容易的，如复仇、爱情、亲情、友情、在比赛中获得第一名、考上心仪的大学，等等。这也是很多影片常用的套路。但是，我们认真分析的话就会发现，优秀的影片中编剧除了让人物去追求某个具体可见的目标，也在人物追求目标的过程中让人物不自觉地完成了自我的成长、价值观念的调整，甚至不期然地实现了内心某个隐秘的渴望。当然，在有些影片中也可能出现相反的情况，人物追求的外部目标和他内心的价值尺度或一直以来的精神渴求其实是背道而驰、相互矛盾的。这时，人物在追求之路上就备受煎熬，他必须克服内心的阻力或者调整自我的价值观念、思维方式才能真正地抵达外部的目标。这时，影片的张力也在多个维度上得以展开：观众不仅看到了外部的行动路径，也看到了人物内心的波澜起伏。

日本影片《垫底辣妹》(2015)中，长相甜美的高中女孩工藤沙耶加（图26）由于长期和小姐妹迷恋吃喝玩乐，成绩为全年级倒数第一，真实水平只够小学四年

图26

级。但是，在补习班坪田老师的鼓励下，工藤沙耶加立下了考取庆应大学（日本排名第一的私立大学）的宏愿，并在一年后成功逆袭。在影片中，工藤沙耶加和坪田老师的外部目标都是考取庆应大学，但两人的内心需求却可能有所不同：工藤沙耶加希望通过考上庆应大学来对父亲的冷漠和偏执进行反击，并在这个过程中完成对自我、对他人、对人生的重新认识，变得更加自信、更懂得感恩、更能应对人生的低潮和迷途。对于坪田老师来说，他一生可能平淡，但如果能帮助一只"丑小鸭"成功地蜕变为一只"白天鹅"，未尝不是他平庸人生中的一抹亮色，也是他人生意义的一种确证。正因为影片在这个外部目标之外又为两个主要人物设置了不同的内心目标，从而使得影片没有流露出励志片常出现的那种热血沸腾但又苍白寡淡的特点，而是有了丰富的心理内容交织其中。

此外，对于主要人物而言，他的动机必须有超越个人外在欲望的方面。这不是要求主人公做一个纯粹而高尚的人，从不利己专门利人，而是说主人公在积极为某个目标努力时，观众要能看到人物在追求这个目标时所隐含的内在心理动机。例如，影片《喋血双雄》(1989，导演吴宇森)中，杀手小庄铤而走险向雇主汪海要回二十万元酬金，这是小庄的动机，也是影片情节得以展开的重要契机。但是，如果小庄要回这二十万元只是本着合同精神或者为了满足个人物欲，这个人物就难以得到观众的认同，甚至会成为一个反面人物而让观众对他的成败无动于衷。于是，编剧为小庄设置了一个隐藏的内部动机：小庄要钱不是为了自己，而是为被他误伤了眼睛的歌手Jennie到国外去治眼睛。有了这个设置之后，观众大部分时间就不在意小庄的杀手身份，而是将他认同为一个有情有义、有血性有担当的男人。当然，编剧在处理小庄这个超越个人欲望的动机时仍然存在牵强之处，观众难以理解

他执意要帮 Jennie 的心理动机。因为，对于一位以杀人为生身处灰色地带的人物而言，杀人都从来毫不迟疑，误伤了一位夜总会女歌手的眼睛真的会感到良心不安吗？这需要编剧对这位杀手的心理维度有更深刻的揭示才能得到观众的认同。

反观黑泽明的《七武士》，在处理七位武士帮助农民抵御山贼的心理转变时就比较有层次。从外在的动机来看，这七位武士都是为果腹而答应农民的请求，但也有虽然贫穷饥饿却绝不肯放下武士尊严的浪人面对农民的请求觉得受了奇耻大辱。因此，这七位武士之所以欣然前往，其内心的动机不容忽视，否则七个为了获取几顿饱餐去帮助农民的武士难以得到观众的尊重。在影片中我们可以看到，这七位武士中，除了勘兵卫天性善良、古道热肠之外，其他六人大多出于对勘兵卫的崇拜，或出于友谊与忠诚而结伴前行。更重要的是，这七个人在奋力杀贼的过程中实际上也满足了他们内心的隐秘欲望：在一个不需要武士的年代里，在武士道已经式微，在武士时代即将落幕的时代更迭之际，他们用自己的智慧、勇气、毅力和生命证明了武士的尊严、荣誉，以及对武士精神中那些刚健、朴素、侠义的成分在任何时代都将熠熠发光的信心。也就是说，这七位武士去帮农民的动机超越了饱腹的生理需求，也有精神层面自我证明、自我价值实现的需求，这就提升了影片的思想境界。

上述分析主要是针对主要人物而言的，编剧对于那些次要人物也要合理设置，精心搭配，使这些次要人物不仅可以和主要人物在性格、命运等方面形成反差、互补，同时又以某种方式作用于主题，使剧本形成一个完整、饱满的体系，每个人物既是鲜活的，又是有个性相异的，还是积极主动的，一起推动情节向前发展。

2.11 单元作业

一位餐厅的女服务员，为了买最新款的手机，偷了一位客人的钱包，被公安机关以盗窃罪起诉。为女主人公写一个小传，尤其关注导致人物性格、行为选择的维度。

第三章

情 节

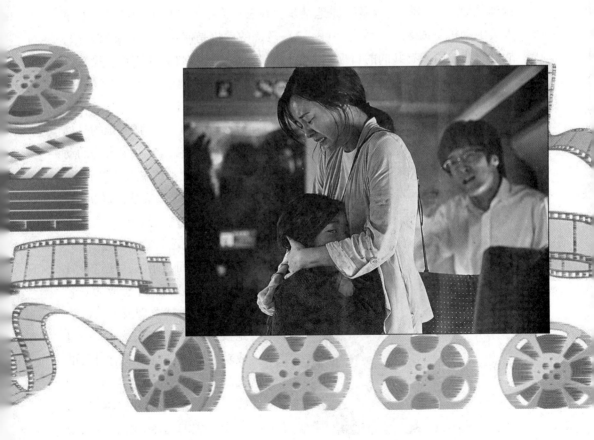

3.1 情节就是人物克服障碍追求动机的过程

一个剧本中,情节发展的动力来自人物的动机,即人物有实现某个欲望的强烈意愿。人物在达成意愿的路途上会遇到许多障碍,人物在努力克服这些障碍的过程中就推动了情节向前发展。如果人物没有什么欲望,那他就不会行动;人物不行动,情节就会原地踏步。在影片《百万宝贝》(2004)中,女主人公的动机是成为一名拳击手(图27),教练的动机是使女主人公突破极限,战胜自我。两人有共同的目标,影片就可以在他们追求目标的道路上设置各种障碍:年龄的劣势、他人的蔑视、骄傲自满的情绪……当两个人在布满路障的道路上踽踽前行时,他们的脚印就是情节发展留下的足迹。

知道人物的动机并不难,因为我们可以强行塞给人物一个动机,难的是如何让观众认为人物应该有这个动机,必须有这个动机。换言之,如果人物的动机在观众看来莫名其妙,来历可疑,甚至可有可无,那么剧本基本上就失败了。因为人物接下来的行动会让观众出戏,无论他最后实现还是没有实现动机,观众都会冷眼旁观,漠不关心。影片《百万宝贝》中,编剧让观众意识到,女主人公必须打拳击,没有拳击的话她活不下去。因为她从小缺乏关爱和温暖,在31岁高龄还是一名普通的女招待员,她的人生注定是孤独而灰暗的。在这种背景下,她热爱拳击,想成为一名职业拳击手就顺理成章。因为她没有什么可以失去的,一旦成功的话就可以完成对自我的挑战,使自己的人生变得更加耀眼。正是这种对超越自我、点亮人生的追求,使女主人公有了强烈的动机,并为之积极

图 27

努力,全心投入。

人物的实质是行动,人物必须有所动作,而不是被动等待,消极应对。既然人物必须是主动的,编剧就必须保证人物的动机不仅来自外在的压力,更来自内在的动力,这样才能让人物在遇到困难时百折不挠。《百万宝贝》中的女主人公成为拳击手有外部的压力,即她穷窘的现实处境,但这种处境并不必然鼓励她成为拳击手。或者说,如果仅仅是想挣钱而打拳击,那么她在遇到困难之后就有可能立刻放弃。影片必须找到人物打拳击的内在动力,这个动力来自她对拳击的热爱,对超越灰暗人生的渴望。这种内在动力才有可能鼓励她不断前行。

许多编剧会认为,一个剧本最大的魅力来自情节发展过程中那些障碍的设置以及克服障碍的方式的设置。对于大多数标准的商业片(尤其是动作片)来说,这种认识是对的。但是,一个有追求的编剧应该超越这种对外在动作和冲突的设置,努力将情节的发展引向心理的层面甚至哲学思考的层面:

第一,情节的推动力应该来自冲突,而冲突来自人物的动机与自我、他人、环境(自然环境和社会环境)之间的抵牾,而这种抵牾必须呈现为动作。如果一个剧本的情节推动力主要来自对话甚至旁白,那这个剧本更适合电视剧或者话剧,而不适合电影。

假如,我们要创作一个微电影剧本,关于一个老实人突然陷入债务危机之中。这个故事的起因,可以是被动的,也可以是偶然的,如主人公突然被银行通知欠了十万元信用卡欠款。在这个被动性的灾难之后(当然也可以设置成主动性的灾难,如主人公由于帮助妻子治病而导致债务缠身,但这是另外一个故事了),之后的情节就应该是主动的,这种主动还必须转化成具体的行动。试想,主人公在祸从天降之后,通过打几通电话就解决了问题,这就不是电影了,而是童话。主人公在灾难降临之后,应该开始积极行动,他与银行周旋,通过银行透露的信息,知道自己身份被冒用,他要去找到那个冒用他身份的人,主人公与那个冒用他身份的人斗智斗勇……这才是正常的电影编剧思维。

第二,主人公在克服障碍追求动机的过程中也顺便实现了内心的某个需求或者完成了自我的某种成长。

我们在前面一章已经论述过,对于主要人物而言,他的动机必须有超越个人外在欲望的方面。以上面那个主人公突然被告知欠了十万元信用卡欠款的题材为例。主人公通过不懈的努力终于找到罪魁祸首,从而在债务的泥沼中顺利脱身。如果剧本仅仅关注主人公脱身的过程,虽然也可能十分精彩,但对于观众来说可能会觉得缺少一点回味。因为,主人公在遭此一劫之后没有体现出"弧光"。假设,编剧让主人公在找到幕后元凶,摆脱债务的过程中,同时也让主人公一步步意识到自己此前对朋友的理解是多么肤浅,并对人心险恶有了切身体会,甚至克服了内心的怯懦,等等,人物身上的"弧光"就水到渠成了。

第三,为了增加情节的紧迫感与刺激性,编剧要为情节设定一些限制性条件:时间限制或者条件限制。这不仅是因为每部影片的时长是有限的,更因为同样一段情节在不同的限定中所呈现的剧情张力以及紧张程度也是迥异的。这时,"主人公克服障碍追求动机的过程"就可以改成:主人公必须在限定的时间里克服障碍并完成目标,或者主人公必须在满足某某条件之后才可能克服障碍并完成目标。

时间限定可以使情节发展有清晰的倒计时之感,从而使观众陷于高度紧张的状态中不可自拔;条件限定则等于为人物的行动指明了方向,即明确告知观众,人物只有完成某个条件才有可能达成目标。我们以上述主人公突然陷入信用卡债务危机的题材为例,来说明编剧如何通过各种限定性的条件设置使一个故事变得更加扣人心弦。

假如,编剧对这个题材最初只有模糊的构思:无业青年阿明接到一份律师函,函中说阿明欠了某某银行十万元信用卡欠款,已经逾期半年,若再不归还,将诉诸法律。于是,阿明开始与银行、派出所交涉,一步步查明真相,找出元凶……

也许,这个过程非常曲折,充满了挑战,情节峰回路转,但是,观众总觉得阿明不用那么急,既然钱不是他欠的,他只要向法院提供自己的真实签名,以证明他被人冒用信息,银行存在审查不严的责任就可以了。更何况,阿明已经是无业青年了,根本不需要害怕银行或法院,慢慢与银行拖着就是了。这样的话,这个故事确实没有讲述的必要,因为观众不紧张,不投入,甚至不关心阿明的处境与结局。这说明编剧在主题表达、人物塑造和情节设置方面都存在重大缺陷。

编剧调整了思路之后,进一步明确了人物的信息:阿明家境一般,是中国一所重点大学大四的学生,他已经通过了美国的 GRE 和 TOFEL 考试,拿到了美国一所顶尖大学的全额奖学金。再过一个月阿明就要毕业了,然后就可以和女朋友一起去美国读研究生了。可以说,阿明是人生赢家,他志得意满,人生豪迈。就在这时,律师事务所代表银行的催款函寄来了,函中很明确地规定,阿明必须在一个月内还清欠款及利息,或者与银行商定分期还款的计划。否则,律师事务所不仅要将阿明告上法庭,还将通知阿明的学校,将阿明列入黑名单,不得乘坐飞机,等等。经过一番修改和补充之后,阿明的处境变得十分危险,律师函里不仅有时间限定,还有诸多后果将对阿明带来毁灭性的打击。——他如果不能在一个月内妥善解决此事,他将不能去美国读书,并因此有了信用记录不良的人生污点,可能影响他日后的就业、贷款,等等。这时,观众将对阿明的处境十分担忧,并在知道阿明是被人陷害之后十分同情,内心希望他早日查明真相,摆脱困境。随后,阿明开始积极行动,通过各方努力,银行提供了当时申请信用卡的人所留下的一个手机号码。这是唯一有用的线索,阿明必须通过这个手机号码找到那个"真凶"。这样,编剧等于为阿明克服障碍追求动机的过程设定两个限定:时间限定(一个月)、条件限定(通过一个手机号码找到一个人)。于是,阿明的行动就有了明确的界限和清晰的方向,观众的情感投入和紧迫感也被调动起来了。

 ## 3.2 情节的起点:情节拐点

无论一部影片采用什么样的情节结构方式,单一情节的发展顺序是亘古不变的:开端—发展—高潮—结局。也有编剧著作将这个顺序概括为三幕式结构:建置—对抗—结局,或者"冲突律":平衡—平衡被打破—恢复平衡。无论采用哪一种命名方式,其核心要素没有变,都涉及最基本的"冲突设置",即本来平静的生活因外力的破坏或者内在的欲望而无法再保持平静,主人公需要通过积极的努力使生活恢复平静或者达到令自己更满意的平静。在这条情节发展的链条中,最关键的就是那个平衡被打破的点,我们可以用"情节拐点"来命名。换言之,在情节拐点出现之前,主人公的生活是平静的,甚至是自己非常满意的,拐点出现之后,主人公无法再心平气和,而是必须奋发有为,积极行动,从而使情节在冲突中走向高潮。

情节拐点的出现有两种可能,一种是外力,一种是内力。所谓外力,是指主人公的生活本来很安稳,甚至很满足,但某种不可预知的偶然性,或者某种邪恶势力强行破坏了主人公生活的平静,由此主人公必须有所行动,使生活回到正轨。影片《守法公民》(2009,美国)中,男主人公的生活本来很安定,但两个劫匪杀害了他的妻子和女儿之后,正常的生活秩序就被打破了。更关键的是,由于司法腐败,其中一名真凶只判了十年有期徒刑。因此,男主人公必须复仇,以告慰妻子和女儿,并使司法公正得到实现。

还有《飓风营救》(2008,美国)中,男主人公的女儿在法国被绑架之后,男主人公的生活安宁就被打破了,他单枪匹马,前往法国营救他的女儿,这正是使生活恢复平衡的一种努力。在这部影片里,女儿被绑架是情节拐点。

至于内力,是指主人公对现有的生活感到不满意,或者生命中出现了一种令人激动的欲望目标,他必须努力去追逐这个欲望目标,才能使内心满意。如影片《百万宝贝》中,女主人公的生活本来可以波澜不惊,即一辈子做女招待,孤老终生,或者找一位普通的丈夫,度过平常的一生,但是,女主人公心中有一个不可遏制的拳击梦。因为这个梦想,她无法再甘守平庸,她必须去追求更高层面的价值实现。

编剧在设置情节拐点时必须意识到,无论是外力还是内力,主人公必须是一个主动型的人物,才有可能在生活被改变之后产生积极的行动决心和行动能力。编剧还可以根据影片的题材、类型来选择改变现状的不同力量。如果一部影片想突出外在的动作性,选择"外力"是合适的;如果影片想刻画真实的人物性格,就应该着眼于人物内在的欲望动机。更经常的情况是,内力和外力齐头并进,隐隐重合或交织。

同时,编剧还要注意情节拐点出现的时机。一般来说,这个拐点不应太晚出现,否则就会使情节拖沓,节奏沉闷。在一部时长90分钟的影片中,建置阶段大约占时20分钟,对抗阶段大约延续60分钟,结局部分大约持续10分钟。也就是说,情节拐点最迟在20分钟左右出现(部分影片为了尽快吸引观众,可能在10分钟左右就出现情节拐点)。在这20分钟的时间里,编剧必须交代清楚这样几个问题:故事的主要人物是谁?他们的性格和处境如何?他们的戏剧性需求(动机)是什么?对于微电影来说,"拐点"出现的时机还要提前,但也不应显得仓促。如果在人物背景、人物处境、人物性格都不清晰的情况下就出现情节拐点,观众容易对接下来人物的选择与行动感到困惑。当然,也有部分微电影一开头就直接进入情节拐点,这样可以使节奏更紧绷,补救措施是必须在情节发展的间隙介绍人物的某些背景信息,这很有可能会打断情节发展的正常流程。

《末路狂花》(1991,美国)时长129分钟,影片用大约8分钟时间披露了两位女主人公塞尔玛和露易丝的职业、身份、家庭、爱情、性格等信息,以及她们准备外出度假的动机。在8分39秒处,两人开车上路,到21分35秒处露易丝开枪打死哈伦,影片完成了情节突转并建构了核心悬念,接下来,观众将关心两位妇女如何逃避警察的追捕,或者迎接她们的将会是什么样的命运。可见,影片的情节拐点出现在21分钟左右,中间就是漫长的对抗阶段(约100分钟),表现两位良家妇女与社会偏见、男性歧视与伤害、自我命运的对抗。当塞尔玛和露易丝被大批警察包围并逼入悬崖边上时,影片进入结局部分,用时约8分钟。

影片《阳光小美女》符合公路片的模式,建置阶段介绍了奥莉芙家里各个成员的特点与处境,当一家人决定驱车900公里去加州参加一个选美大赛的决赛时,故事进入情节拐点,这个点出现在22分钟处。对于一部时长97分钟的影片来说,这种节奏的处理中规中矩,甚至略显拖沓。编剧可以找到其他办法来避免这种拖沓,例如减少出场人物,或者将部分人物的信息放在旅途中间通过间接的方式来交代,这都可以保证情节拐点尽快出现,使情节以一种紧凑流畅的方式展开。

也有部分影片的情节拐点出现得比较晚,但观众却不介意,甚至没有意识到影片有任何拖沓之处。这有两种可能:一是影片本身的节奏和风格就是偏向沉稳大气型的,情节的展开从容不迫,这在一些偏文艺或者史诗型的动作影片中都可以看到。如《阿拉伯的劳伦斯》(1962,时长216分钟)、《桂河大桥》(1957,时长161分钟)等。二是影片将情节拐点之前的情节进行了单独编排,将之发展为一个完整的叙事段落,由于观众已经在这个叙事段落中看到一个完整的情节发展过程,自然不会介意情节拐点出现的时机。如影片《拯救大兵瑞恩》(1998,时长169分钟)中,情节拐点直到第36分钟才出现,其时马歇尔将军说服下属,决定派人去战场后方找到大兵瑞恩。此前的36分钟影片在干什么?老年瑞恩在军方陵园里祭奠战友花了4分钟。当老年瑞恩在米勒上尉的墓碑前感慨万千并陷入深思时,影片切到了1944年的奥哈马海滩登陆战。也就是说,影片前4分钟负责营造一种氛围(庄严肃穆),并引入悬念。(这位老人是谁?这位已经牺牲的米勒上尉又是谁?为什么这位老人在米勒的墓碑前情难自已?)在随后的32分钟里,影片完成了三个完整的叙事段落:长达24分钟的登陆场景,这个场景有一个完整的情节发展过程,有开始—发展—高潮—结局,观众已经被血腥惨烈的场面完全镇住了,加上情节仍在推进(如何胜利登陆),所以不会在意情节拐点何时出现?第二个叙事段落是军方发现有一位母亲将收到三份阵亡通知,于是一级级上报,最后马歇尔将军拍板决定派人去找瑞恩,这里同样有情节层层推进的过程;第三个叙事段落相对而言比较简短,就是瑞恩的母亲在接到三份阵亡通知,彻底崩溃了。可见,《拯救大兵瑞恩》在情节拐点出现之前固然要完成基本的铺垫工作,而且这个铺垫拖得有点长,但影片通过讲述完整的叙述段落以有效地避免观众在进入核心事件之前的单调乏味。

《拯救大兵瑞恩》的核心事件是"找到瑞恩",在影片的107分钟处,小分队找到了瑞恩,按理说影片可以结束了,但瑞恩却拒绝跟随小分队回去,小分队无奈之下也决定与瑞恩所在部队完成一场阻击战。也就是说,影片在107分钟至158分钟实际上讲述了另外一个故事:疲惫不堪、装备不足的美军小股部队如何对抗人数占优、装备精良的德军,并在付出巨大牺牲后取得胜利的过程(图28)。

大致而言,《拯救大兵瑞恩》的情节可以分为六个段落(军部决定找瑞恩和瑞恩母亲接到阵亡通知是用交替剪辑交织在一起的):

① 老年瑞恩去美军陵园凭吊战友,尤其是米勒上尉。(一头一尾约7分钟)

② 1944年,美军在付出巨大牺牲之后成功完成奥哈马海滩的登陆。(24分钟)

③ 在登陆战之后,美国陆军总部同意派遣一支小分队去后方找到瑞恩;与此同时,瑞恩的母亲收到了三份阵亡通知,情绪崩溃。(8分钟)

图 28

④ 米勒上尉带领一支小分队历经千辛万苦,终于找到了瑞恩。(71分钟)

⑤ 米勒上尉的小分队和瑞恩所在的部队齐协力,胜利完成了桥头堡阻击战。(51分钟)

除了瑞恩母亲接到阵亡通知的那个段落比较短,缺乏一个完整故事所必需的起承转合之外,其他几段情节都比较完整,都可以独立成篇。这保证了观众能够时刻被情节吸引。但影片也多少有点断裂之感,不符合电影编剧的常规套路,而是将一个作为背景的情节铺垫无限拉长,发展为一个完整的叙事段落(奥哈马海滩登陆战),又在主情节结束之后另起炉灶开始讲述另一个故事(桥头堡阻击战)。当然,由于影片将奥哈马海滩登陆战和桥头堡阻击战的场面进行了尽情的渲染,对观众进行了不间断的视听轰炸,从而使观众忽略了它们对主情节造成的延宕和断裂,但是,这种处理方法仍然存在一定的风险,即如何保证每个叙事段落都能形成主题上的凝聚力,实现"形散神不散"的效果。

值得庆幸的是,《拯救大兵瑞恩》在主题的凝聚方面做得比较成功:

① 老年瑞恩去美军陵园凭吊战友,尤其是米勒上尉。(那场战争中的牺牲者对于后人的影响——守护了和平自由的生活)

② 1944年,美军在付出巨大牺牲之后胜利登陆奥哈马海滩。(那场战争中伟大的牺牲)

③ 登陆战之后,美国陆军总部同意派遣一支小分队去后方寻找瑞恩;与此同时,瑞恩的母亲收到了三份阵亡通知,母亲情绪崩溃。(美国陆军认为,美军士兵是为了世界的自由、解放而战斗,每一个牺牲都理应受到尊重)

④ 米勒上尉带领一支小分队历经千辛万苦,终于找到了瑞恩。(对于为自由和解放作出牺牲的母亲,理应受到敬重和关爱)

⑤ 米勒上尉的小分队和瑞恩所在的部队齐心协力,胜利完成了桥头堡阻击战。(在一个大的背景下,个体不应计较一己生死,而是应当投入到实现世界自由、解放的战斗中去)

可见,《拯救大兵瑞恩》是一部地道的美国主旋律影片,但从电影编剧的角度来说,它仍然是成功的,它的主线虽然不够集中,铺垫和支线过于张扬,但是,编剧仍然保证了每条线索、每个叙事段落都能为同一个主题服务:在世界反法西斯斗争中,每一个美国士兵都是为人类的自由、解放而战斗,每一个牺牲都值得尊重,都是不朽的(主题的冲突点是个体生命与人类自由、解放事业之间的权衡,结果是应该以人类自由、解放事业为重)。

对于大多数编剧来说,《拯救大兵瑞恩》的编剧方式并不值得效仿,因为影片在用耗费巨额资金制作的特效场面和战争场面来弥补情节主线不够集中的缺陷。对于一般制作规模的影片来说,很难想象花24分钟来铺垫背景而不使观众厌烦,花51分钟来另辟一条新线索而不使观众错愕,这背后除了天才式的情节构思能力之外,还要依靠巨额的资金投入和一流的特效团队。对于微电影来说,《拯救大兵瑞恩》这种编剧思路几乎是一场灾难。

一部微电影的时长常常只有10分钟左右,情节拐点的设置确实是费思量的。如微电影《卖自行车的小女孩》(2011),时长9分钟,讲述一个情窦初开的小女孩的故事(图29),她对邻居帅气的男孩萌生好感,但因内向羞涩而不敢表白,于是将自己的自行车贱卖掉,只求能够每天坐着男孩的自行车一起上学。我们先不评论这个故事过于薄弱的情节冲突,从编剧对情节发展的节奏处理来看，效果不算理想。影片在情节开始的一分钟之内完成了情节铺垫（甚至可以说是情节拐点，因为建立了情节冲突：女孩暗恋男生，但男生无动于衷甚至毫无知觉）：海滩边正在进行排球比赛，男主人公沐浴在夕阳的暖光中，浑身散发着男性俊朗阳刚

图29

的魅力，旁观的女孩在高速摄影中含蓄而又深情地望着男孩，脸上的微笑像是从内心深处绽放的花儿。可惜，男孩只沉浸在自己的表演中，享受着身边女孩的欢呼和喝彩。于是，女主人公只得独自骑着自行车离开，虽然心里满满的都是欢喜，但身影终究是落寞的。这个场景没有借助对白、旁白和字幕，而是通过画面、动作的展示就完成了背景交代：女孩暗恋男孩，但男孩明显对女孩的心思是无视的。简单点说，女孩的生活本来是平静的，但当她暗恋上流水无意的男孩之后，她生活的平静就被打破了，情节冲突也就由此展开：女孩需要低调地用十二分的小心思去引起男孩的注意。就这个开头而言，微电影《卖自行车的小女孩》是成功的，但接下来的4分钟，影片重复了男孩对女孩心思的无视，等于重复了开头一分钟之内建立起来的冲突。直到第5分钟处，女孩决定卖自行车，算是将情节冲突进行了强化。可见，影片在情节发展的过程中缺乏张力，情绪和外在表现形态都比较柔弱，只是单纯地表现了青春期小女孩的一点小心思，像是一种细腻的影像记录，却在这种记录之外未能开掘出更有深度的意义空间。

再看微电影《最后的枪王》（2012，时长27分58秒），其情节主线是李建南去省城还枪时意外擒获一个抢劫团伙。影片开头，南伯正在家里研究他那把有光荣历史的老步枪，认真地擦拭，私自制作子弹，孙女正在看动画片《美少女战士》。这时，村委会的人代表官方来收枪。这发生在影片开始后的1分10秒处。可见，《最后的枪王》以最简洁的方式完成背景介绍、人物介绍，当南伯决定进城还枪就进入了情节拐点（4分钟处）（图30），进而将观众的注意力吸引到其后的情节发展中。对于刚刚从事电影编剧的初学者来说，尤其是在结构一个常规情节剧时，情节拐点的尽早出现是值得提倡的。

图 30

3.3 情节的发展：升级冲突

情节拐点的出现使人物遇到了冲突，并开始直面这种冲突。但是，同一强度和性质的冲突不断重复会显得单调，无法凸显人物选择的艰难，以及人物在两难处境下的性格真相和人性真实。这时，编剧可以在情节发展中让人物面临升级冲突，以增加剧本的冲突强度和情感深度。

假如，一个剧本的情节拐点是男主人公遇到心仪的女孩，开始了追求之旅，对抗阶段就是男主人公在追求过程中遇到各种障碍并用十二分的诚意和毅力一一克服这些障碍。这个情节设置没有什么问题，但很容易平淡且俗套。编剧可以考虑在男主人公追求的过程中设置一个升级冲突：就在女主人公同意接受男主人公时，男主人公却发现女主人公的家族有精神病史。这样，剧本的冲突就由"女主人公会不会答应男主人公的求婚"，变为"当女主人公答应男主人公的求婚之后，男主人公却面临一个更艰难的选择，以此来证明他的爱情是否真的纯粹"。

升级冲突类似于压力下的选择，但是也有明显的不同：压力下的选择是一个统称,指人物在一定压力下面临的两难抉择,升级冲突则是指在原有压力基础上有了性质上的变化和强度上的提升。

仍以上述爱情题材为例:男主人公在追求女主人公时,一波三折。有一次,男主人公和女主人公同时落水,男主人公不会游泳,但他有唯一的一件救生衣。这时,男主人公就面临一个压力下的选择,即要不要将救生衣给女主人公?从本能的角度说,男主人公会选择自保;但从爱情的角度来说,他可能情愿牺牲自己也要救女主人公。在这种压力下,男主人公的性格,以及他对女主人公情感的真挚程度才能得到进一步的彰显。假如,男主人公顺利地通过了这一考验,在压力下选择了爱情,从而得到了女主人公的感动和钦佩,并同意与男主人公结婚。剧本可以在这里结束,但编剧若想进一步凸显男主人公爱情的纯粹与高贵,可以设置一个升级冲突:男主人公沉醉于快要结婚的喜悦之中时,他无意中得知女主人公有一个弟弟住在精神病院,而且这种精神病可能有家族遗传。这时,男主人公就面临一个升级冲突,他可以得到女主人公,但必须面对某种未知风险。他会不会因此犹豫?就算他愿意,他如何去说服自己的父母?对于男主人公的爱情而言,这不仅是一个压力下的选择,更是障碍升级之后面临的一个升级冲突,这个选择将更为艰难,也更能考验男主人公对女主人公的爱情纯度。

影片《百万宝贝》中,情节拐点出现在女主人公准备从事专业拳击的时刻,随后的情节就是她如何在拳击之路上克服各种障碍一路前行。如果按照常规的编剧思路,影片可以结束在女主人公最后获得了巨大成功,成就了人生辉煌。但是,影片设置了一个压力下的选择,即女主人公要和手法最脏的拳击手对擂。从保护自己的角度来说,女主人公和男主人公都应该拒绝这场比赛,但是,女主人公为了成就更大的声名,同时也出于某种虚荣,她接受了这场比赛。当女主人公瘫痪之后,男女主人公就遇到一个升级冲突:是这样一辈子在病床上苟延残喘,还是有尊严地自我了断?这个冲突的性质和强度都不再是"如何取得拳击赛场上的胜利"所能相提并论,对于男女主人公来说都是一个更为残酷的考验。当男主人公帮助女主人公完成自杀之后,影片的主题也从一个励志的故事变成了一个如何对待人生的尊严与价值的故事。对于女主人公来说,有尊严地离去是对自我人生的一个完美交代;对男主人公来说,将一生挚爱亲手扼杀固然残酷,但这却是顺从对方意愿的一种善意,是一种更高层次的爱。

　　对于某些电影来说,升级冲突可能并非必需品,但压力下的选择却是任何电影都应该配备的情节要素。否则,不仅影片的情节冲突不够强烈,更会影响人物的刻画和对观众的情绪冲击力。

　　如何在电影剧本中设置升级冲突?我们可以进行这样的尝试:

　　第一,在确立了主人公的动机或者说目标之后,编剧将主人公可能会遇到的各种障碍一一列出来,并进行分类,性质同类的一般只取一种。例如,主人公是一位任职不到一年的警察,因为种种原因他要独立完成一桩谋杀案的侦破工作。我们将这位警察可能会遇到的障碍一一列出来:辨别被害人身份;调查被害人的社会关系;走访与被害人生前有过接触的人;重点审问与被害人有情感纠葛或金钱往来的人员;遇到极为狡猾顽固的嫌疑人;嫌疑人提供假线索误导警察;嫌疑人隐瞒重要细节;嫌疑人威胁警察;嫌疑人的保护伞开始疯狂反扑……在这些障碍里,"遇到极为狡猾顽固的嫌疑人;嫌疑人提供假线索误导警察;嫌疑人隐瞒重要细节;嫌疑人威胁警察。"基本上属于同一性质的范畴,可以进行合并或者删减。

　　第二,在主人公可能会遇到的各种障碍中,进行一个难易程度的排列,最容易的放在前面,最难的放在后面。一般来说,主人公遇到最难的那个障碍时,也会遭遇压力下的选择,但是,这个障碍未必是升级冲突,因为它和前面的障碍只有难易之分,却没有性质上的变化。在上述题材中,警察所遇到的障碍基本上是按先易后难的顺序进行排列的。编剧的重心不会放在甄别被害人身份等比较容易克服的障碍上,而是会在与嫌疑人斗智斗勇方面进行浓墨重彩的描写。当警察就要大功告成之际,嫌疑人的保护伞绑架了警察的家人进行威胁,这时警察就面临压力下的选择。当然,警察一般都会毫不犹豫地选择正义,所以这种压力下的选择强度还不够,只不过为几个动作场面的出场提供一个机会而已。编剧不如另辟蹊径:这个警察面临买房的压力,女朋友因为他买不起房子准备分手。而嫌疑人的家属偷偷地拿出一笔巨款给警察,要他毁灭某个证据。这时,警察才真正陷入压力下的选择之中。因为,要让一个警察在正义与邪恶之间作出抉择其实是比较容易的,但要一个警察在正义与个人欲望面前仍然大义凛然就有点艰难了。

　　第三,让主人公在实现了他的目标之后又抛出因目标实现而引出的两难选择，这个两难选择一般来说就是升级冲突。假如，警察克服重重障碍，也顺利完成了压力下的选择，终于将嫌疑人的罪证全部坐实，就等法院审判了。影片可以在这里结束，但编剧还想制造升级冲突的话，就可以设置一个细节：警察发现嫌疑人的真正幕后人是他最敬重的上司，而且这个上司对他有知遇之恩。这时，警察不仅面临压力下的选择，更面临升级冲突。有了这个升级冲突，编剧不仅成功地将剧情往更紧张的层面推进了一大步，而且也使主题进行了拓展，不再仅仅关注正邪交锋，还关注司法腐败、个体与体制的斗争、个体信仰的重新审视，等等。这也是很多韩国警匪片热衷于设置的桥段。这种设置当然可以制造令人错愕的观影效果，但真正的难题在于如何让观众在错愕之后马上意识到前面已经有暗示和铺垫。而这些暗示和铺垫在前面出现的时候甚至都没引起观众的注意，这时才豁然开朗，并不得不叹服编剧缜密的思路。同时，这种脑洞大开的编剧方式还要防范的风险是如何避免让人物成为"提线木偶"，即未能提供合理的依据就随之所兴地让警察的上司成为嫌疑人的幕后老大。

有时，我们会惊叹于部分韩国警匪片或犯罪悬疑片环环相扣的编剧特点，一部影片中没有大场面，也没有特效，全靠情节的转折、抽丝剥茧般地层层推进而架构出一个庞大而绵密的剧情网络。但是，在某些过分追求曲折、意外、离奇的影片中，我们也常常发现情节出现失控的局面。也就是说，编剧在过分追求曲折、意外、离奇时忽略了基本的现实逻辑和剧情逻辑，当然更顾不上人物的心理逻辑和情感逻辑。面对这种情节失控的局面，其解决途径仍然是回到最基础的编剧规律，老老实实地从人物的三个维度着手，从人物的焦虑与渴望入手，在剧情推进的每一步都检查其中的逻辑性，在人物作出每个选择或完成每个转变时都要拷问这种选择与转变背后的心理依据。

3.4 情节展开的经典方式：因果式线性结构

关于情节展开的方式或者说讲述方式，这是一个有关电影的叙述结构的问题。大部分电影中，情节发展遵循的是线性方式，也叫因果式线性结构。在这种结构中，情节的发展像一根链条，一环扣一环，每一环之间用因果关系串联在一起,直到最后到达高潮与结局。例如,《千与千寻》(2001,日本)的情节发展就是因果式线性结构:千寻的父母因为迷路,所以来到了一个灵异小镇;千寻的父母因为贪吃,所以变成了猪;千寻因为想救父母,所以来到汤婆婆的澡堂工作;因为善良和勤奋,千寻在澡堂里得到了尊重,并和白龙互有好感,为拯救父母提供了条件;为了拯救父母并重返人间,千寻与汤婆婆达成了协议,最后取得了胜利。可见,在情节发展过程中,因果关系是非常重要的动力。也正因为这种因果关系,观众能够追随人物的行动并认为一切都合情合理,从而使创作者能够将观众牢牢地控制在手中,让情节的洪流裹挟着观众前进。

当然,现代电影越来越不愿意采用因果式线性结构,因为这种结构略显古板和老套,情节的悬念来自"接下来会发生什么",而不是接下来的情节"会以怎样一种方式发生"。更重要的是,因果式线性结构的结局基本上是可以预见的,观众只要根据影片的类型、题材、风格,基本可以断定影片的高潮和结局是正面的或负面的。这样,影片就失去了对观众来说最为重要的对于结局悬念的期待,也失去了让一个俗套的故事以令人耳目一新的方式发生的审美挑战。

随着观众观影数量的不断增长,以及审美期待的不断提高,电影创作者必须不断寻找更为新鲜、刺激的情节展开方式,这就出现了叙述分层、单元结构、多线并进式交叉结构、套层结构等。这也说明,重要的不仅是一部影片的情节是什么,还包括创作者如何找到一张新鲜的嘴巴来讲述一个看上去有点老套的故事。

当然,我们不能为了炫技而盲目地使用一些看起来十分花哨和前卫的情节结构方式。要知道,即使形式不是完全为内容服务,但形式一定要为主题服务。不同的情节结构方式或许可以增加一部影片的观影愉悦,可以为观众提供更多的悬念、突转、意外、圈套,但如果这种结构方式不能在主题表达方面产生积极的正面作用,那么这就是停留在形式层面的卖弄与炫耀。我们以电影史上著名的影片为例,可以发现,最精彩的叙述方式(情节结构方式)的评价标准并不在于形式上的精巧,而在于它们如何以精妙的形式成为主题表达的载体。

《罗生门》(1951)以叙述分层的方式将多个叙述视点整合起来,呈现了每个人如何从本着有利于自己的立场将一桩谋杀案叙述得面目各异,从而证明了人性的自私，以及因为这种自私导致世界在某种程度上的不可知。《罗生门》的情节结构方式没有游移于内容，而是将内容进行了重新组合与包装，从而使主题附着于这种新颖的结构方式之中。

影片《暴雨将至》(1994)采用单元式结构，将正常的叙述顺序拆散、打乱、重新排列，使一个线性的故事具有了峰回路转、玄机处处的起伏感。更重要的是，观众既可以将影片组合成正常时序来观看，也可以在三个单元中见证主题的多个侧面和多次强调：在"言语"单元，存在着"沟通"与"无法沟通"的一种映照。神父和少女之间言语不通，且神父根本不说话，两人却能心有灵犀，甚至心心相印，这是因为爱情的力量完成了两颗心灵之间的沟通；在少女和她的哥哥之间，却无法沟通，使少女死于亲人之手。这正是人类的悲剧，因为冷漠、粗鲁、偏见而造成的悲剧；在"面孔"单元，夫妻之间缺乏沟通而导致妻子出轨，就在夫妻之间完成了沟通，准备重归于好时，却有一位不愿沟通的暴徒袭击餐厅，使丈夫死于非命。这也是"沟通"和"无法沟通"之间的映照；在"照片"单元，摄影师和旧恋人能够沟通，因为他们之间曾经有情感，但摄影师和表弟之间却无法沟通，因为他们的立场不同，对世界的态度不同。可见，《暴雨将至》设置的三个单元其实在讲述同一个主题，即偏见、冷漠、无法沟通、拒绝沟通正在造成各种悲剧，从而呼吁一种宽容、平和、真诚沟通的人生态度。

《暴雨将至》开场和结尾的布局遥相呼应，故事的结束又成为故事的开始，形成一个外表循环往复的结构。这也可以视为一种圆型结构。影片开始时，年迈的修道院院长与年轻的修士科瑞在山坡上侍弄菜园，彼时天际乌云滚滚，暴雨将至。影片结束时，回放开始时的情景，院长和科瑞准备下山，远处，惊慌失措的萨米拉正向修道院跑来。在这个圆型结构中，以少女奔向神父结束，但我们知道，其实这是"言语"单元的情节起点。或者说，影片看起来以充满希望的场景结束，但我们知道，这种希望将以绝望收场。这样，影片就形成了一种循环往复，编织成某个因偏见和冷漠而冤冤相报的历史怪圈。这正是圆型结构的魅力，即故事似乎可以自动循环，起点是终点，终点却是起点，但无论怎样循环，结局却没有本质的不同。

可见，单元式结构鼓励用多个单元将故事重新编排，或者在多个单元中强调、渲染同一个主题，这可以形成多声轮唱的效果，同时也为观众带来新的观影挑战，即要将打乱的叙事顺序梳理成线性发展的脉络。

在使用一些更为现代的情节结构方式时，我们会发现，因果式线性结构是基础和保障。无论一部影片的情节结构最后呈现出来有多么破碎、散乱、断裂，但观众都有一种将情节进行重新排列整合的冲动，都希望将表面看起来杂乱无序的情节片段粘合为有清晰因果关系和明晰时间顺序的因果式线性结构。如果这个重新排列、黏合的过程最终得以完成，观众的满足感和对创作者的认可感将会非常强烈。反之，如果观众无法将一个看起来花哨的故事进行因果式线性排列，将会意识到创作者在情节逻辑上所出现的硬伤和牵强之处，进而对影片产生排斥心理。这也告诫电影编剧，在尝试新潮的情节结构方式时，应该先有一个因果式线性结构的情节安排。在此基础上，即使对情节顺序进行打乱最后都能回归情节本初的面貌。

至于在一部影片中设置多条线索并交叉进行的多线并进式交叉结构，在微电影中同样可以尝试。编剧要先将影片中出现的几条线索进行因果式线性排列，将它们一一列出。然后，将单独一条因果式线性结构的线索截断、打乱，和另外一条线索进行交叉。这项工作的难点有二：一是这几条线索是否能以不同的方式证明同一个主题。二是在几条线索切换时，如何找到那个"剪辑点"或者说"联结点"，从而避免跳跃、断裂之感，使观众能够在多条线索的切换中仍然找到内在的情绪连贯和清晰的逻辑性。

3.5　情节设置的方法与实践

当一个剧本的主题和人物都明确了之后，情节已经大体清晰了。但是，在具体情节设置时，我们还是要注意这样几个问题：

（1）情节的展开方式是采用传统的因果式线性结构还是更为现代的结构方式？因果式线性结构就是传统的"开端—发展—高潮—结局"的模式，影片从头至尾，按照因果关系讲述一个完整的故事。这种结构方式看起来不够新潮，但胜在能够牢牢地将观众控制在编剧的手中，让观众追随情节的发展引发悬念，急切地想知道故事的高潮与结局。当然，现在也有许多更为时尚、现代的结构方式，如单元式结构、多线并进式交叉结构、套层结构、圆型结构等。如果采用这些更为现代的结构,我们要避免一些不良的倾向:为了炫技而炫技,故事结构看起来花里胡哨,但内在逻辑不通,内容肤浅苍白,形式没有很好地为内容和主题服务;采用了更加复杂的结构方式,但在剪辑上出现了问题,导致观众理不清情节线索,觉得一片混沌。为了避免这类情况,我们可以先按照因果式线性结构的方式将故事写出来,再将正常的讲述顺序打乱。这样的话,无论故事经过了怎样的时序颠倒、时间变形,但观众都能整理出一个正常的情节发展顺序。

微电影《最后的枪王》时长只有27分钟,但里面包含了三个故事:南伯进城还枪很不顺利,却意外地擒获一个抢劫团伙;东子等人策划了对一个金店里的钻石的抢劫,大功告成之后却意外地栽在南伯手上;包子抢劫了东子的钻戒,被东子等人找回。这三个故事如果不用单元结构的话,就必须找到三个故事之间的联结点才能使情节产生整体性。从情节安排上看,这三个故事之间是有交集的,但在交集之前三方其实也有偶遇。由于影片用的是多线并进式剪辑方式,这三路人的每一次交集都可以作为一个剪辑点,这样三条线索齐头并进才不会显得突兀或凌乱。更重要的是,创作者显然先期将三个故事进行了因果式线性安排,后期再将三条线索交叉错落地插放,这样才有可能使影片看上去散乱却有内在的逻辑和清晰的发展脉络。

(2)考虑叙述人称。在大多数剧本中,我们都会选择全知全能的视角,即故事像是自动展开的,像真实的生活一样呈现在观众面前,但是,为了达到某种特殊的叙述效果,编剧也可以设置限制视角,通常分为第一人称和第三人称。也就是说,剧本中的情节是置于某一个人物的视点中展开的。这种视角的选择有利于营造一种逼真的氛围,让观众以为这都是人物所经历、所感知的情节,更容易引起观众的认同感,但这种限制视角的设置也会造成叙述视角的受限,对此,编剧也要有充分的思想准备。

作为一种练习,我们可以将部分影片换一个视角进行重新讲述,并考察不同的叙述视点之间所体现的优劣。影片《肖申克的救赎》(1994)看起来是客观视点,但它实际上有一个限制视点(黑人瑞德讲述安迪的故事)。通过瑞德的观察,我们一步步认识那个看上去柔弱、文静的安迪,慢慢发现安迪身上有着无与伦比的智慧、毅力和勇气。这种"导游式"的视点能迅速将观众的注意力集中到对安迪的不断发现上,避免对人物全部真相一览无余的洞悉,保留了人物悬念和情节悬念。当然,《肖申克的救赎》的限制视点并不严谨,在许多地方其实仍然是客观视点,如进入肖申克监狱之前安迪的情况,出狱后的布鲁克斯无法适应外面的社会而自杀的场景,包括安迪越狱的细节,等等,其实并不能囊括在瑞德的视点之下。对此,影片有一个暗示,所有情节都是瑞德出狱后与安迪相会之后,由安迪自我讲述之后再由瑞德转述的。而布鲁克斯出狱后的经历,必须由他写信给瑞德并由瑞德想象而得知。这实际上体现了限制性视点的优劣:优势是可以保持一种神秘性和亲历感,并在娓娓道来中可以随时加上讲述者的评价、解释;劣势是所有情节都必须是讲述者看到、听到或听他人转述的,有时未免会陷入画地为牢的境地。即使如此,《肖申克的救赎》仍然不适合用全知(客观)视点来讲述,否则观众会因缺少一位讲述者而无法准确地聚焦核心人物,并失去历经沧桑的瑞德在世事看透之后的那些睿智、犀利、冷静的评论和感受。

(3)考虑情节安排的节奏。如果按照线性发展的情节线来考察的话,故事线并非一马平川,而是有起伏,这就是情节的节奏。我们需要在篇幅的大约五分之一处出现情节拐点,即平衡被打破,然后开始对抗阶段。在对抗阶段,要保证几个关键的兴奋点或者说小高潮,为最后的高潮作铺垫并积蓄力量,在篇幅的最后十分之一左右出现高潮和结局。

一部90分钟的影片中,在60分钟的对抗阶段,一般会安排4个左右的小高潮(节奏缓慢的影片可能只有3个小高潮,但节奏快的影片能保证每10分钟有一个小高潮)。这些小高潮就类似于陆地上的一个个小山峰,保证影片的节奏处于绵延起伏的状态,保证观众的观影心理处于如坐过山车般的紧张刺激之中。编剧在安排这些小高潮时,需要注意节奏上的张弛有度,并尽可能保证每一个小高潮在强度甚至性质上有一个上升的轨迹,将观众送至情绪的最高点然后走向有力的结局。

以《釜山行》(2016,韩国)为例,其情节的安排就体现了非常严谨合理的节奏处理。影片有一个2分37秒的序幕,营造了一种大难临头的末日氛围,并出现感染了丧尸病毒的鹿。这个序幕奠定了灾难片的基调,同时也引发了观众的好奇心。当然,对于情节设置来说,这个序幕并非必要,可以直接删掉或者通过字幕交代相关信息。

影片真正的开端始于2分38秒,至10分钟左右,影片通过电影化的方式暗示了主人公的职业、性格、家庭状况、与妻子和女儿的关系等信息。在10分钟时,男主人公决定带女儿去釜山找她妈妈。至21分钟处,第一次出现丧尸攻击人的情形。这个点可以视为情节拐点。除掉序幕的2分多钟,这个拐点出现在18分钟左右,是正常的节奏处理。因为,在这18分钟里,影片确定了主人公,介绍了主人公的性格特点和所处的情境,以及主人公的戏剧性需求(摆脱丧尸的攻击,带着女儿顺利到达釜山),还顺便让其他几组重要的配角人物正式出场(包括大反派)。

21分至27分7秒,是影片的第一个情节高潮,表现丧尸如何攻击乘务员,并引发大骚乱,乘客逃进了一节安全的车厢暂时脱生。

27分8秒至38分24秒,外部危险暂时平息,这是情节的一个平缓期。当然,这段时间里情节并非静止,而是一方面通过电视新闻及沿途所见,进一步渲染了极端恐怖的场景,批判了政府的欺骗手段以及在灾难面前的无能(这并非影片的主题,所以没有进一步深入)。另一方面,男主人公得知母亲已死,并联系大田的闵大尉以避免被隔离。

38分25秒至49分54秒,幸存者在大田下车,又遭遇更多丧尸的攻击,伤亡惨重,男主人公和少数乘客死里逃生,重新登上火车。这是影片的第二个情节高潮,相较于前一个情节高潮来说,在场面的恐怖和性质的严重上都要更上一个台阶,观众更为紧张,对于主人公及其他几个配角的命运也更为关切。此外,在49分50秒,男主人公在千钧一发之际帮助一位配角登上了火车,完成了男主人公从自私到利他的人物"弧光"呈现。在影片的中段出现人物的"弧光"没有问题,但编剧不能让人物的转变一次性完成,而是要在随后的情节里让人物继续转变,一次次加深,直到结局部分完成人物的全部"弧光"。《釜山行》在这一点上处理得并非完美,因为,男主人公在完成这次转变之后基本上定型,缺乏更富层次感的性格和思想上升轨迹。

49分55秒至54分20秒,是情节小高潮之后的平缓期,三位主要人物完成了短暂的休整和联络,决定穿越四节车厢去救人并抵达安全的15号车厢。

54分21秒至73分42秒,三位主要人物一路拼杀,团结互助,救出了各自的亲人并抵达15号车厢,期间一位重要配角为了救人变成了丧尸。这是影片的

图 31

图 32

第三个情节高潮。

73分43秒至85分24秒，男主人公一行被15号车厢的人驱逐到行李车厢。(图31)这段时间里没有外部动作上的情节高潮，但对于人性的善恶是一次极致的表现。

85分25秒至106分53秒，男主人公一行在大邱站经历生死搏斗，有人为了救人而牺牲了自己，有人为了自保而陷害了他人，男主人公也为了救人而死亡。这是影片的第四个情节高潮。

106分54秒至112分37秒，一位女配角和男主人公的女儿获救(图32)，影片结束。这是影片的结局。

大致而言，《釜山行》的建置阶段占时约21分钟(包括了2分多钟的序幕)，对抗阶段用时约85分钟，结局阶段耗时约6分钟。相对于经典的三段式结构来说，《釜山行》将对抗阶段做了延长处理，多了20分钟左右，这将增加影片的观赏性。在对抗阶段，影片有四个情节高潮，分别用时约6分钟、11分钟、19分钟、21分钟，有一个危机渐次加深，紧张程度不断增强的过程。相对应地，在每一次情节高潮的间歇，影片设置了三个缓冲期，分别占时11分钟、5分钟、12分钟，这就使情节发展的曲线呈现出波浪形的起伏，有高潮，有平缓，从而使影片的节奏虽然整体处于不断加快的趋势，但仍然注意了轻重缓急，从容有度。

对于微电影而言，编剧基本上不可能安排三个以上的小高潮(除非20分钟以上的微电影，可以在加快每个小高潮的节奏的情况下处理成一部缩微版的长故事片)，而是可能只有一个小高潮。这种情况相当于只选择了《釜山行》中的一小段来展开情节。

(4)每一个人物、每一条线索都必须能够以某种方式证明主题，否则就必须果断地删除或者修改。

　　理想状态下,一部影片的几组人物、几条线索都是相互映照的,以烘托、强调、反衬的方式共同作用于主题,从而使主题更加饱满、突出、丰富。反之,如果一部影片中的某些人物或线索对于表达、强化主题没有作用,甚至与主题的方向产生了偏差或者自我消解,那么这些人物和线索就应该果断地删除。

3.6 单元作业

　　一位餐厅的女服务员,为了买最新款的手机,偷了一位客人的钱包,被公安机关以盗窃罪起诉。围绕这个题材,选择用线性的方式、第一人称视点、第三人称视点的方式列出情节大纲,大致标明"建置""对抗""结局"的时间。

第四章
剧本的思想包装

4.1 真实地呈现、还原现象与题材

虽然每一个剧本都会预先确立一个主题,也就是剧本的核心观点、价值判断和思想表达,但在创作实践中,我们却常常遇到"从现象到现象"的情况。例如,创作者受到现实中某种现象的触动,产生了创作灵感,然后开始进入创作状态。在这个过程中如果缺少了理性、深入的剖析、探讨、拓展、升华,最后的剧本和影片可能也就是记录了一种现象而已,而无法对这种现象进行有深度的观照,不能揭示现象产生的原因,更不可能上升到哲学层面的反思。

任何艺术作品都希望超越具体性,上升到普遍性或者抽象性、哲学性。也就是说,我们都希望作品中的人物、事件虽然是具体的、独特的,但其背后的情感逻辑却是共通的,其折射出来的反思或启示是普遍性的。

要使剧本具有典型性和普遍性,创作者需要在编剧阶段将人物和情节做到最具体,即将人物性格、情节逻辑都处理得更扎实,使故事成为"真实的那一个"。因为,观众只有在真实中才能找到普遍性。正因为人物性格是立体的、真实的,他的选择才具有合理性,并符合人性的基本面貌。观众才有可能在这个最真实的人物身上找到共鸣。即使是科幻题材,也要大致符合科学想象或者生活规律,更要符合人类基本的情感逻辑。这是一部影片能够超越现象,产生意义的普遍性与深刻性的前提。

微电影《卖自行车的小女孩》中,没有强烈的戏剧冲突,更没有惊心动魄的大起大落,只有一些最平淡最普通的事件,却编织成富有情绪感染力和情感共鸣的情节链条,并让观众从中感受到青春的羞涩与美好,初恋的甜蜜与苦涩。影片的情节并不复杂,主题也非常简单,但之所以能够打动观众,就因为影片在真实性上下了功夫,在点点滴滴的生活化细节中将观众带入一种真实的情境和共通性的情绪之中。

《卖自行车的小女孩》中，中学女孩暗恋邻居家的哥哥，两人在同一个年级但不同班级。女孩为了创造与男孩亲近的机会，故意贱卖了自己的自行车，希望男孩能够每天用自行车接送她上学放学。这个事件放在成年人的世界里显得幼稚可笑，但对于一个敏感自尊、内向害羞的青春期女孩来说，却彰显了爱情的小心机和勇气。这种情感单纯而真挚，具有青春期的美好和纯粹，从而能够打动观众。

当然，让观众觉得故事真实可信，并能感动观众，其实只是一个剧本或者一部影片最基本的要求，这离一个优秀的作品还有一定距离。这个距离，可能是题材本身的震撼性、人物的鲜明性格与复杂程度、情节安排的紧凑性或新颖性、演员丝丝入扣的表演、影像的精彩呈现，等等，但也一定包括主题的深刻性。

我们要避免一个误区，以为题材足够另类，情节足够曲折，细节足够煽情才是一部好电影，而忽略了最为基础的现实逻辑与情感逻辑，也无视对影片的思想包装。

有时，编剧为了对观众进行情感轰炸，刻意制造一些刻骨铭心的爱情努力或者考验，看起来很震撼，观众却容易因为虚假而无动于衷。例如，编剧设置这样的情节：女孩暗恋男孩，因为矜持和害羞而不敢主动追求。于是，她假装患了绝症，希望男孩在她在死之前让她感受深沉的爱情。男孩由于善良和同情，担当起临时男友的角色。未曾预料的是，男孩在和女孩相处的过程中动了真情，深深地爱上了女孩。但是，在一次献血的过程中，男孩发现女孩是他爸爸的一个私生女。两人痛恨苍天无眼，命运不公，于是再去验证DNA，却发现是个误会，两人之间没有血缘关系。就在两人终成正果之际，女孩却因为车祸而死亡。男孩伤痛欲绝，自此失去了再爱别人的能力。这个故事未必不可以是真的，但刻意的痕迹却非常明显。如果编剧未能深入细致地刻画好人物，未能在更富现实质感的细节中让观众接受人物的心理变化，那么故事的虚假意味将会扑面而来，观众也会对影片矫情的情节心生厌恶。因为，编剧忘了一个朴素的道理：故事不是因为离奇而震撼人心，而是因为真实才令人感动。即使是一些虚构、想象、科幻类的题材，只要保证细节真实、情感逻辑真实，观众同样会产生强烈的认同感。

如何真实地呈现、还原现象与题材？我们需要注意以下几点：

(1) 梳理故事得以发生的现实逻辑。任何一个题材或者说故事,其事件的先后顺序之间一定会有因果关系,编剧要认真梳理这些因果关系,这是故事得以发生的现实逻辑。编剧必须一步步推敲,这个事件为什么会引发下一个事件,所有这些事件为什么会缠绕在一起构成这个故事。当这些问题都在心中得到了清晰肯定的回答之后,编剧就可以让观众相信这个故事的真实性。

(2) 仔细揣摩人物的内心情绪和心理逻辑。任何一个故事中,人物的行为背后都有其动机,这些动机来自人物的性格、心理、情绪,这些因素根植于人物的三个维度,编剧必须让观众相信人物会进行这样的选择和行动,从而使观众"信以为真"。

(3) 如果要在情节流程中设置一些叙事圈套、突转,则需要在前期进行隐晦的铺垫或暗示,使观众不觉得突兀或生硬。

4.2 在题材中寻找意义的增长点

创作一个有真实感的故事只是编剧的第一步,它不是终点,而是起点。因为,有了一个"真实"的故事之后,我们还要对故事进行"思想包装"。微电影《卖自行车的小女孩》虽然在小女孩的小心思上花费了大量篇幅,使得观众对于小女孩的内心活动有深入的了解,对她的行为逻辑也基本认可,但这无法弥补影片思想内容单薄绵弱的缺陷。因为,观众无法在这个"早恋"的故事里看到更多的内容,只看到了青春期懵懂、羞涩的女孩心理,以及青春期男孩心思粗犷的特点,因此无法引导观众对"青春""爱情""人生"等问题有更为多元和深入的思考。如果编剧能在这个一厢情愿地暗恋的故事里增加一些情节的转折和拓展,剧本的思想含量可能会有质的飞跃。

《卖自行车的小女孩》的情节内容只够作为一部影片中的一个细节,一个桥段,而无法支撑起一部微电影。因为,微电影虽然篇幅短小,但并不意味着内涵也苍白单调。

创作者可以选择这个素材进行微电影创作,但在创作之前要确立自己的主题构建方向。就已经完成的微电影来看,创作者只停留在现象的描摹上,虽然这种描摹不乏细腻微妙的部分，但观众不会满足于只看到现象，他们还想对现象有一些透视和剖析。创作者要进一步思考，这个题材究竟可以进行哪些方面的思想包装？目前来看，《卖自行车的小女孩》中冲突太少，只在女孩的用心和男孩的无心上做文章，毕竟过于平淡。或许，编剧可以在女孩的暗恋中引入其他的"障碍"，如老师、父母的干涉，这样或许可以将剧本往青春期的自由叛逆与上一代人的压制之间的矛盾方面发展。当然，这样的情节走向和立意比较老套，"阅片无数"的观众会有一种下意识的排斥感。又或者，女孩仅仅因为男孩阳光帅气、热爱运动就爱上了男孩，但在几次接触之后她发现男孩其实粗鄙低俗，思想境界也极为低下。于是，她走出了对这个自我虚构的偶像的迷恋，完成了青春成长，并对自己重新确立了自信。这样的构思尚能接受，因为它体现了人物的"弧光"，人物有成长，有变化，对自我、他人、人生都有了新的认识，而这种认识也正是影片所要传达的主题内涵。这样，剧本就对一个平淡无奇的题材完成了"思想包装"。再或者，男孩只迷恋班上那个最活泼最漂亮的女生，却对身边这位平凡、内向的女孩熟视无睹。但是，在发生了一两件事之后，男孩发现那位漂亮女生并不值得爱，身边这位沉默无语的女孩身上才有真正的闪光点，于是对自己的爱情观念有了重新理解。这种处理，也能体现人物"弧光"，并能融入一定的人生哲理，有效地增加影片的思想性。

要对故事进行思想包装，创作者要对现象进行梳理、分析、定位，确定主题表达的重点和方向，使剧本在情感和思想上都有着力点和聚焦点，从而产生更为持久和深刻的情绪以及思想上的冲击力。即以现象为载体，以现象为背景，寻找因现象生发出的意义增长点。

例如，伊朗电影《纳德和西敏：一次别离》（2012）的故事极为简单：一对伊朗夫妻围绕是否移民去美国出现了分歧，两人将要离婚（图33）；同时，一个女钟点工被男主人公推了一下，导致流产，于是两家开始打官司。如果创作者缺乏一种哲学视野，就会

图33

停留在事件的表面，纠缠于法律事务上的分歧与纷争，使影片流于平淡。《一次别离》的创作者对题材进行了思考、挖掘，从中引申出诸多丰富的命题：在这场离婚诉讼中，观众看到了现代人选择的多元性以及现代人在主体性成熟之后的无法妥协；在那场刑事官司中，影片探讨的不仅是人性的自私，还有每个人难以言说的苦衷。或者说，影片对于这场官司中双方或暴躁或无耻的行径有更多的理解和同情，因为他们都有个人合情合理的小算盘。因而，影片既有人类共通的情感表达和必须面临的生活困境，又有伊朗这个国度独特的文化传统的展现。影片中人生的困境、选择的艰难、正义与良知敌不过一己私心、各自的立场坚持造成的分歧是现代人常常在遭遇的问题，这是世界性的。但是，影片中的宗教背景、女性地位、等级关系和传统观念受到冲击等现象，又具有伊朗特色，尤其是瑞茨不敢对着《古兰经》发誓等细节，更是伊朗这种宗教国家所独有的。

　　《一次别离》的故事深深地扎根于现实，因而其民族性是毋庸置疑的，伊朗普通人的生活状态、精神状态、情感状态，以及伊朗独特的宗教背景、民族文化心理都在影片中得到了含蓄而全面的展示；其次，影片《一次别离》流露出的人文精神和人性光芒也令人深思，它直面了现代人在道德与情感、伦理和法律、尊严和利益、宗教信仰与现代价值观念之间的两难选择；此外，《一次别离》体现的时代特征也非常明显，它冷静地看着伊朗这个政教合一的国家如何处于一种现代性的冲击下，那些受过现代文明熏陶的中产阶级正在抛弃宗教信仰，甚至对这个国家产生失望情绪，影片也看到了普通伊朗民众在遭遇传统与现代的价值观念冲突时无所适从、进退失据的尴尬。

　　《一次别离》的创作路径是先讲述一个有现实底色的故事，塑造几个有现实质感的人物，将人物放置于真实的现实处境中，让观众看到他们真实的人性表演。总而言之，创作者先让观众看到一个真实可信的故事，看到几个熟悉如身边人的人物，然后再努力将思考的触角延伸到民族、国家、人性、现代性的高度。

　　再如中国影片《洋妞到我家》(2014)，它的创作起点可能是针对中国当前一些家长盲目热衷于让孩子出国的现象。创作者如果未经思考和分析的话，也可以拍成一部纪录片，选几个有代表性的家庭，记录他们为孩子出国而作的各种努力，再加上当事人的访谈，似乎也具有时代性和思想性。但是，若作为一部故事片，这种创作方法就过于简单肤浅。

创作者选择了一个北京的中产阶级家庭(图34),因为只有这样的家庭才有实力和意识让孩子出国,从而具有一定的代表性。创作者没有一味地批判父母的盲目与冲动,也没有浮于现象,事无巨细地记录这个家庭在准备孩子出国过程中所遇到的各种琐事,而是另辟蹊径:以准备让孩子出国为

图 34

背景和契机,让一个外国女留学生住到家里,从而引发了东西方文化的冲突,两种教育观念的冲突,甚至两种人生价值观的冲突。在这些冲突之后,孩子的妈妈开始反思自己的偏执和疯狂,开始以一种平和的心态来看待丈夫的事业、自己的人生、孩子的人生,从而达成与生活、与家人,当然也包括与女留学生的和解。可见,《洋妞到我家》虽然在情节设置方面有俗套的成分,但其创作立意却是值得借鉴的。它超越了从现象到现象的记录,而是以现象为背景和基础,在现象中开掘出了新的立意和角度,从而引发出更具哲理意味的人生思考。

编剧对题材进行思想包装时,其核心努力其实仍在于对冲突的寻找,对变化的呈现。在任何一个题材中,我们都可以从不同的角度找到不同的冲突点,人物性格之间、人物与环境、人物与命运、观念之间都可以构建出不同性质和形态的冲突。编剧要有意识地挖掘并聚焦于某些最感兴趣的冲突,并在此基础上发展出一个主题明确、情节有张力、人物有立体感的故事。同时,在展示"冲突"的过程中,编剧也要有意识地勾勒各种变化的轨迹,如人物命运的变化、人物性格的变化、人物之间关系的变化、人物观念的变化,等等。这些变化是冲突的某种结果,更是主题的直观呈现。

 4.3 思考题材与时代的关联

要对剧本进行思想包装,创作者还要努力挖掘剧本中时代性的因素如何影响人物命运以及情节走向,从而使剧本能够完成对于时代的某种表达。

微电影编剧：观念与技法

一般来说，任何故事在设置之初就要考虑时间、地点、期限、冲突等各个方面，其中的时间可以是具体的、精确到几时几分的，也可以上升到"时代"。而一个剧本中一旦出现了时代的因素，就必须考虑"时代"对于人物命运及情节走向的影响，这样才能使剧本既具有鲜明的时代气息，又可以使剧本成为折射、反思时代特征的载体。同时，这也使剧本有可能超越现象与具体的事件的记录，成为关于时代人心的一个范本。

张艺谋导演的《山楂树之恋》（2010）的时代背景是20世纪70年代初，影片中充斥着时代性的标签：无处不在的毛主席像、毛主席语录，以及人们时刻挂在嘴边的"组织""政策"，还有忠字舞、上山下乡运动，等等。这些标签营造出特定的时代氛围，更编织出对于个体而言的一张无形之网。正如静秋和她母亲所担心的，在这个时代里，静秋不能犯任何错误（更不要说那个年代对于"错误"的独特定义），否则静秋不仅不能留校，所犯的"错误"还将作为历史污点永远放在档案里。

《山楂树之恋》没有过滤历史、政治、现实，人物的爱情与行动有一个比较清晰的时代背景。这个背景提醒观众，静秋与老三（孙建新）并不是在真空的环境里追求全然自由的个体情感，而是打上了那个时代的独特烙印，受着"历史""政治""现实生活"的束缚、压制、禁锢。但是，影片又尽力不让时代背景冲淡爱情本身的丰富情态、细微感觉、深沉感动，而是在时代的苍白和单调中凸显那份爱情的纯洁、美好、坚贞。

《山楂树之恋》的主题可以是"特定时代如何压抑并扼杀了纯真自由的爱情"，进而完成对于特定年代的一种控诉和反思，但是，影片没有这种勇气，而是在对时代的欲说还休中走向了对爱情本身的表达。本来，影片可以在老三和静秋的爱情之间设置更富历史感的障碍与考验，但是，影片最终轻易地滑向了（廉价的）悲情，放弃了对历史更富穿透力的反思与批判。老三因为白血病过早逝世，使这段爱情因为命运的无常而成绝唱。或者说，老三和静秋的爱情开始于那个时代，结束的原因却不是时代性的。这样，这个爱情悲剧就无法成为时代性的指涉或具有超越性的人性观照，观众不会认为这是时代性的必然命运或人性的永恒悲剧。

总而言之，《山楂树之恋》中的"时代"处于非常尴尬的境地，时代是这场爱情发生、发展的背景，时代也决定了这场爱情的面貌和痛苦根源，但是，影片却在这场爱情终结的原因上远离了对时代的指涉，用偶然的疾病让爱情夭折，从而影响了影片对于"时代"的完整表达，也影响了这场爱情的厚重感与时代感。

对比之下，影片《霸王别姬》(1993)中也出现了明确的时代背景，这种时代性的因素直接影响人物的命运和情节走向。例如，日本军队入侵北平时，程蝶衣仍然为日本人唱戏，这折射了他对艺术的痴迷与对时代变化的迟钝反应。还有，新中国成立后，京剧的地位被削落，导致程蝶衣的人生陷入困境。"文革"期间，因为时代性的疯狂，程蝶衣和段小楼、菊仙之间的恩怨有了一个互相揭发的舞台。这些时代性的因素交织在人物命运书写的轨迹中，成为不可分割的部分。这样，影片的内容就不仅是关于程蝶衣的人生选择，也是关于段小楼等人的人生选择，更是关于一个时代的传奇。

一个剧本的时代背景并非必需，但一旦出现了时代背景，编剧就应该考虑时代如何影响人物命运和情节走向，从而使影片不仅书写特定人物的特定命运，更书写特定时代下普通人的人生命运，使影片可以在人性和时代两个方面超越现象或特例，成为创作者对特定时代的呈现、还原、反思，对特定时代里普通人的生存状态与情感状态的描摹与思考。

假如编剧想写出一个特定时代的氛围、思潮、观念、制度等因素，可以尝试以下步骤：

（1）通过历史记载、当时的报纸与期刊、(有可能的话)当事人的访谈等形式，尽可能了解那个时代，既包括那个时代宏观层面上的国际形势、国内政治、经济体制、社会思潮、文化运动等内容，也要了解不同阶层的生活状态、价值观念、人生目标与理想，甚至衣食住行等内容。

在这个过程中，我们要避免将时代标签化或者道具化，也就是选择一些标志性的物件来指称某个时代。中国的一些青春片中，常常会用邓丽君的歌声，用老式收音机、老式永久自行车、迪斯科、喇叭裤来暗示20世纪80年代，用炒股、下海、流行歌曲来标志20世纪90年代，更不要说那些已经成为全民共同记忆的大事件了：2000年迎接新世纪，2001年中国申办奥运会成功，2002年中国国家男子足球队首次打入世界杯，2003年"非典"发生……固然，这些时间标志都具有时代气息，观众也能第一时间完成时间上的定位，但这并不是对于时代的深刻表达，它还停留在时代的表象，将时代物化、标签化、道具化，未能真正揭示时代那些更深刻的内涵。

（2）在塑造人物时，编剧要考察人物性格特征中除了生理方面的影响之外，有没有被时代所局限或者塑形的部分。例如，人物的家庭因为时代的影响而变得破碎、扭曲，从而影响了人物的性格。还有，因为时代的疯狂与迷失，人物身上可能也有一种特殊的迷茫；时代性的价值定位又多少决定了人物的人生理想。将这些因素想清楚之后，编剧就可以塑造一个独特又真实的人，还可以塑造一个打上了时代烙印的人。

杨德昌的《牯岭街少年杀人事件》（1991）中，小四身上既有他个人性的敏感、自尊等特点，也浸染着那个特定时代的气息：国民党统治的黑暗、腐败、压抑，大陆迁台一族后裔的特殊身份和生存状态，固执倔强的父亲在那个时代的不合时宜，社会性的迷茫和前途未明的政治氛围，等等，使得小四的性格中也有一种深深的不安但又渴望获得某种救赎的冲动，他无法对抗外在的体制，也无法对抗变幻不定的环境，于是将希望寄托在小明身上，从而显得幼稚、偏执，但又倔强、过激。可见，小四既是普通的中学生，又是台湾20世纪60年代的历史阴影的真实写照。

（3）编剧还要考虑人物在重大人生选择和行为决断中除了有性格方面的因素之外，是否还有时代性的因素。因为，面对相似的处境，不同性格的人会作出不同的选择，但相同性格不同时代的人也会作出不同的选择。作为编剧，要去挖掘这些时代性的因素如何影响了人物的选择。这样，观众就可以在人物的行为中找到时代的痕迹，甚至以此为契机透视时代的某些本质。

对于时代性的因素如何影响人物的行为，我们的理解不能满足于表面，而要有深入的思考。时代性的知识结构、知识水平、经济状况仍然显得比较外在，而时代性的政治氛围、价值观念、人生理想、道德标准等因素就显得更为内在和本质一些。影片《牯岭街少年杀人事件》中，小四最后之所以会在悲愤中杀死小明，除了因为他作为一个少年的冲动、不成熟之外，还可以看到时代的阴影在如何塑造小四的性格：时代性的压抑导致小四看不到人生的希望，社会的不公导致小四的人生之路被堵塞，官僚体制的简单粗暴导致小四得不到正常的宽容和鼓励，父亲的憋屈和苦闷以及受到的不公正对待导致小四得不到父辈的合理引导……在这种种压力的共同作用下，小四面对小明的世俗功利感到一种深深的绝望，更感到人生的灰暗无望，于是用杀死小明的方式来想象性地对社会复仇，同时也以这种方式来杀死自己的"天真"。这样，小四的这个行为背后就有了丰富的时代气息。同样，小明作为一名中学女生，却在与男性的关系上显现出与她年龄不相称的成熟与老练，道德观念上体现出沧桑历尽的务

图35

实功利，这除了小明独特的身世和家庭环境之外，恐怕也和那个年代独有的压抑、社会的不公正有关。正因为小明得不到正常的社会关怀，看不到合理的上升通道，于是她选择了用身体周旋于男人之间，以最大限度地获得安全感和物质保障。从这个意义来说，小四与小明的悲剧不仅是人生的灰暗、肉身的陨灭，更是"纯真"的过早死亡（图35），那个特定的时代理应对此负责。

 4.4 微电影如何进行思想包装？

　　由于篇幅的限制，微电影很难讲述一个曲折复杂的故事，对于人物的塑造也很难立体深刻，但是，这并不意味着微电影只能停留在社会现象上，或者满足于将创作者一些细微的感觉无限放大。相反，微电影的时间限制不是对影片的艺术要求降低了，而是对讲故事的要求提高了，对创作者的思考角度、思考深度也提出了新的挑战。因为，即使是在有限的时间里，微电影也必须通过一个或几个情节使观众有所感触，有所思考。

　　当前，网络上的一些微电影中，爱情题材占了绝大多数，其中校园爱情又备受青睐。这类微电影的创作者大多是一些在校学生，他们往往只能还原校园爱情的某些情态，如恋人之间浪漫的开始，甜蜜的发展，以及黯然的结局。在这个爱情过程中，情节的推动力一般来自主人公心智的不成熟，情感的不稳定，少数来自生活或者就业等方面的现实压力。对于这些微电影，不能说创作者没有诚意，而是他们缺乏思考的角度和思想的深度，无法通过校园爱情表达更有力度的青春、人性、人生等命题，导致影片的内涵单薄，表达直白，剧情空

洞且略显做作，不能触发观众更深层次的思索。

微电影显然具有无限接近现实的优势，许多题材也确实是创作者有感而发，但这是所有艺术创作的起点，却不是终点。因为，微电影仍然要具有高于生活的艺术性，也就是从习以为常的生活现象中让观众感到既熟悉又陌生，既亲切又有回味。这才是微电影创作的内在本质，也是其创作的意义。

例如，一部由北京电影学院2011级导演进修班创作的微电影《加班》，虽然在维像网上得到了较高的评价，但影片却明显具有"从现象到现象"的特点。影片花了全部的时间来表现一个深夜还在加班的设计师精神上的紧张与压抑，为此刻意设置了一些惊悚的细节，最后让主人公因极度的精神压力而自杀。影片在片尾字幕中说，"中国人均劳动时间已超过日本和韩国，成为全球工作时间最长的国家之一。……其中，IT阶层在'过劳死'中平均年龄最低，仅为37.9岁。"从创作初衷来看，创作者观察到了某种社会现象，想用微电影的方式对这种社会现象进行艺术化的表达，但是，创作者没有立足于电影艺术的本体特征，没有通过塑造具有三个维度（生理、社会、心理）的人物、合理的情节冲突来表达这个主题，停留在表象，并在表象的渲染中沉醉不已，不能更具艺术感染力地带给观众情绪上的认同和思想上的交流。

假如要进一步深化"加班"这个题材，创作者可以尝试这样的思路：

（1）加班只是一个现象，编剧要秉持对这种现象的情感立场和态度，并找到现象背后的原因。例如，房价压力、就业环境、个人职业成就感、企业文化，等等。在这些原因中，编剧并不是写论文，不需要全面，只需要选定一个，作为故事展开的前提。

（2）确定了对加班的态度并找到原因（也就是冲突）之后，编剧实际上已经提炼出了主题，接下来就可以塑造具体的人物来展开情节。例如，编剧认为过多的加班是由于大城市过高的房价导致青年白领疲于奔命，只得通过加班来提高工作量，增加工资收入以缓解经济压力，之后就聚焦于某一个具体的白领身上，带领观众去观察他的经济状况、工作环境、家庭状况、身体情况、内心状态等因素，一步步通过他的内在动机推动情节发展，从而自然而然地凸显主题。

（3）在讲述了一个具体而真实的关于加班的故事之后，编剧还要思考：故事中人物的心理逻辑除了具有个体性的意义之外，是否还能对观众产生某种启示或者警戒,是否能够完成对于时代的某种揭示和批判?因为,一个剧本除了讲述一个独特的故事之外,更应讲述一个普遍的故事。这种普遍意义,就来自观众在人物身上发现了某种共通性的,甚至具有某种时代特色的人性真实、情感诉求、心理逻辑,这是任何一个编剧都应追求的创作境界。

微电影的"微"绝不能自甘轻贱,自认微弱,而应该"戴着脚镣跳舞","螺蛳壳里做道场",善于"小题大做",通过独特的艺术构思和艺术表达,体现创作者对于世界、人生、人性的独特视角、独立见解,进而为观影者提供时代性的现实图景和人性透视,与观影者的知识、阅历、兴趣和价值观念等完成相互激荡的感召和交流,进而实现"微言大义、阐幽明微"的功能特征。

对于部分微电影热衷于在片尾提炼出一句富含哲理的话的趋势,也要注意这种提炼的合理、自然、水到渠成,而不能流于生硬或矫情。例如,微电影《生活多选题》通过叙述者的视角观察他大学时期的班长如何在小城市平和地做普通公务员,经营着一份平淡但隽永的幸福故事,在片尾总结说,"自信,是坚守最简单的幸福。"应该说,这种提炼恰到好处,不会显得突兀或做作。反之,某些微电影明明情节错乱,人物的行为动机莫名其妙,却要在片尾抛出一个高深莫测的人生哲理,就显得刻意而矫情。理想的状态是,即使片尾没有用字幕作任何提示或总结,观众已经从情节和人物命运中提炼出了相应的主题,这才是正常的艺术创作境界。

4.5 单元作业

一位餐厅的女服务员,为了买最新款的手机,偷了一位客人的钱包,被公安机关以盗窃罪起诉。如果要将这个题材与时代联系起来,可以挖掘出哪些意义增长点?

第五章
电影编剧创作实践

5.1 电影编剧的思维过程

除了历史题材、奇幻题材等少数几种题材之外,电影的题材一般都来自生活,包括自己经历的生活以及通过各种途径所知道的他人的生活。作为一个刚刚接触编剧的新手来说,我们可以先处理自己经历的生活。这种题材有亲历性,有真实的感受和体验,相对最容易发展成一个电影剧本。当然,对于任何题材都要防止从现象到现象的记录、还原倾向,而应该努力开掘题材,从现象中提炼出一定的时代、人性或哲学内涵。

如果我们要选择一个题材发展一个电影剧本的话,至少要经历这样几个步骤:

(1)明确主题。即创作者想从这个题材中发展、挖掘出什么样的主题。

(2)思考已发掘的主题是只停留在现象表面,还是具有更为深广和普遍性的内涵;同时也要思考主题与时代的关联。

(3)塑造一个立体、生动的主人公,明确创作者对于主人公的情感立场。

(4)赋予主人公一个真实可信的动机,让他去行动,并为这个行动设置各种障碍,进而形成冲突,发展成情节。

(5)在情节发展的链条中,除了为主人公设置压力下的选择,也要在适当时机发展升级冲突,以进一步考验主人公,营造更为紧张、强烈的冲突。

(6)考虑情节的高潮与结局,既要呼应主题,也要考虑影片的类型与风格。

我们不能把这几个步骤当作真理或者亘古不变的公式,而应当看作是一个思维过程。在这个思维过程中,我们兼顾了一个剧本的三要素:主题、人物、情节,也考虑了人物的具体特征,情节发展的大致脉络,这相当于让一个剧本有了骨架。之后,我们还要为这个骨架增添肌肉、血管,也就是一部影片的诸多细节,这样才能使一个剧本变得丰富、立体、饱满、真实。

5.2 电影素材的来源:身边的故事

假如,有一位创作者经历了这样一件事:在读研究生时期,他曾经以5 000元的价格为一位在职攻读硕士学位的朋友写了毕业论文。十年后,他从那篇毕业论文中抽取了两章公开发表,被人举报抄袭。于是,他联系那位朋友,希望朋友能以某种方式予以澄清,但那位朋友不想卷入这潭浑水。于是,他只能在网络上公开道歉,并受到单位的通报批评。这位创作者如果想把这段经历发展成一个剧本,就要进行这样一个思维过程:

(1)从这个事件中,创作者究竟想提炼或者说表达什么样的主题?是想表达"友情的不可靠",还是"聪明反被聪明误"(投机取巧导致悲剧)?抑或"贪婪导致悲剧""虚荣酿成大错"?假如,我们确定以"聪明反被聪明误"作为主题,就可以开始下一步工作。

(2)就这个题材、这个主题而言,仍然显得有些单薄,缺乏更深层次的思想内涵,我们需要将题材进一步扩充。例如,男主人公当年是为了买一台笔记本电脑而答应为朋友写论文。男主人公之所以想买笔记本电脑,除了因为同寝室的同学都在用笔记本电脑而他仍在用台式机有点尴尬之外,也为了在女朋友面前显得更新潮,更成功。这样,男主人公代写论文的动机就不仅有贪婪的成分,更有虚荣的成分。那位朋友是男主人公的一位高中同学,只读了一个大专,但因父亲是税务系统的干部,毕业后不仅进入税务局,还有机会读在职研究生。男主人公对这位朋友既羡慕又妒忌,所以才会开出天价。这样,剧本的触角又可以延伸到社会的不正之风、社会阶层的板块化,等等。经过各种扩充和发展之后,剧本的主题已经不再是单纯的"聪明反被聪明误",也涉及虚荣、平民子弟的焦虑、人性的妒忌、时代的某些面貌,等等。当然,创作者需要牢牢把握住的一点是,既然影片的主题是"聪明反被聪明误",那么所有情节都应该围绕这个主题展开,其他可能延伸的内涵都不能喧宾夺主,只能作为陪衬或点缀。

(3)经过扩充和深化之后,创作者开始塑造主人公及其他人物,尤其要明确创作者对于主人公的情感立场。对于主人公,我们需要明确他的几个维度:生理层面(男性,35岁,相貌平常,身高165公分,瘦削体弱),社会层面(父母还在农村,他是省会城市一所高职院校的讲师,硕士毕业,但混得并不如意,妻子是小学老师),心理层面(内向、自卑又倔强,但不乏精明圆滑的一面,有时又爱表现,想讨别人欢心)。总之,我们的男主人公过得并不如意,家庭生活拮据,事业不顺,人生灰暗,这一切有性格的因素,也有人脉、社会背景的缺陷。

(4)人物维度清晰之后,我们要为主人公设定一个动机。例如,主人公想尽快评上副教授。但是,因生活琐事牵扯,经济压力所迫,他在家庭事务和业余时间兼课方面花了太多时间,没有时间去撰写论文。要评上副教授,他遇到了诸多障碍,他最后选择了一个取巧的方式来克服障碍,将当年卖掉的论文拆出两篇去发表。

(5)在被人举报抄袭之后,男主人公面临压力下的选择:举报者是那位朋友当年读在职研究生时的教务员,他找到了证据,提出只要男主人公给5万元好处费就不举报了,并承诺将那篇在职研究生的论文销毁,向学院领导报备论文遗失。男主人公一时陷入两难境地,他想相信举报者,但又不舍得拿出5万元,更不甘心花5万元。于是,男主人公找到那位朋友,准备以3 000元的价码,让朋友对外宣布那篇毕业论文当年是他们合写的,所以男主人公的论文不算抄袭。但是,这位朋友觉得当年花5 000元买论文属于高价,心中不爽,且他正处于副处级干部提拔的公示期,不想卷入是非,拒绝了。于是,男主人公又遇到一个"压力下的选择":他是保持诚实与正直,还是用欺骗的方式瞒天过海?最终,男主人公自作聪明地希望瞒天过海:他伪造了一份朋友的声明,寄给那位举报者。举报者通过各种途径了解了真相,将男主人公抄袭的证据公布在网上。

(6)情节的高潮和结局是男主人公受到铺天盖地的质疑,被迫公开道歉,婚姻关系也陷入危机。

在这个编剧过程中,我们可能会发现,剧本的冲突性不够,导致情感的冲击力不够。剧情总体比较平淡,有些地方逻辑不通,容易让观众质疑,进而影响观众的"入戏"。对于这些问题,编剧需要通过亲身经历来想象、强化,需要进一步明确创作者对于人物的立场,即创作者究竟是同情、理解,还是谴责、嘲笑主人公。要知道,创作者对于主人公的情感立场会直接决定一部影片的情感基调,也会影响影片情节的走向,以及最后的主题建构方向。假如,创作者对于主人公是持同情立场，就要突出人物的无奈：当年因为家里穷，交不出生活费，所以代写论文；参加工作后，因为生活拮据，想尽快评上副教授以改善生活；主人公早已达到了评副教授的资格，但因为无权无势，领导不青睐他，导致一次次落选……这样一来，编剧要对影片的主题进行重新思考，"聪明反被聪明误"已经不适合了，而应该是"不合理的社会风气和巨大的贫富悬殊如何毁灭一位年轻人的正直"。

假如，创作者对于主人公是持温和的讽刺立场，影片的风格可能会更轻松活泼一些。这时，编剧对于人物的塑造和情节的设置也要进行相应的调整：男主人公不是迫于生计而卖论文，而是出于虚荣与贪婪，在此过程中不乏各种小算计；男主人公被人威胁时，不是想办法解决问题，而是想着如何两全其美，既不花钱又能解决问题……而在这一切背后，又确实有家庭出身导致的困窘，平民子弟的生存焦虑等因素。需要重申的是，编剧不能对主人公持全盘否定或者居高临下的嘲笑态度，这种疏离的创作立场会影响编剧对于主人公的情感投入，以及对于主人公行为选择的心理揣摩，从而影响观众的情感认同。即使主人公在编剧看来是个"小人"，编剧也要在有限的理解和同情中找到他成为"小人"的原因。

在编剧实践中，编剧必须对他笔下的人物有全盘深入的了解，能够设想自己遇到类似的问题必然会怎样选择并行动，才能使情节合情合理。而且，创作者对于主人公的情感立场必须非常明确，一开始就要确立一种情感态度，这样才能保证影片有一种整体性的风格、基调，保证主题的集中、明确。

为了使主题表达更为丰富立体，编剧还要考虑其他人物和情节线索如何呼应主题。在上述题材中，如果编剧坚持"聪明反被聪明误"的主题，就不能将所有剧情的力量都用在主人公身上，也要考虑将那位敲诈的教务员、主人公的朋友，甚至将主人公的妻子也编织进主题中来，从而在剧本中形成"百川归海"的效果：每一个人物、每一条情节线索都在以不同的方式证明主题。例如，那位教务员私心膨胀，发现抄袭的证据之后不是追求公义，而是满足私欲，自以为一切尽在掌握之中，不料主人公不配合。最后，主人公虽然受到惩罚，但他也将教务员敲诈的邮件和短信都送到了教务员所在单位的监察机关，教务员也被惩处；主人公的朋友自以为用钱可以解决所有事情，花钱买了论文并混到了硕士学位之后，对主人公的困境冷眼旁观，甚至冷嘲热讽，主人公心灰意冷之际向社会公布了当年那肮脏的交易过程,这位朋友受到牵连;主人公的妻子虽然是小学老师,但认为诚实、善良、正直是任何时代都不会过期的美德,她拒绝花钱去买本科文凭,凭着自己的踏实和努力,一步步取得了事业上的成功。可见,在这几组人物中,主人公的妻子是以正面的方式证明"踏实正直才能成功",主人公以及教务员、主人公的朋友都以自己的经历证明了"聪明反被聪明误"。这个过程类似于议论文中对于中心论点的正反论证。

5.3 电影素材的来源:社会新闻(一)

如果亲身经历的生活比较苍白平淡,没有什么惊天动地的事情,甚至没有什么值得书写的故事,那么我们就要尝试将他人的生活变成剧本的题材。这个"他人"包括自己身边人的故事,也包括各种社会新闻、历史故事。我们要记住的是,任何惊天动地、惊心动魄的故事要变成一个剧本都不是轻而易举的。反之,一个再平淡,再波澜不惊的故事,也可以在编剧高超的技巧和深入的思考中被打造成一个优秀的电影剧本。

我们可以看看杨德昌当年如何将一则社会新闻改编成一部优秀的电影:

杀死小情人　茅武被起诉
生性残暴恶性重大　要求刑庭从重科刑

[本报讯]轰动社会的不良少年茅武刀杀小情人刘敏一案,昨经台北地检处检察官张庚清侦查终结,被告茅武被依刑法二百七十一条第一项杀人罪嫌提起公诉。检察官在起诉书中指出:被告茅武系一不良少年,仅因女友不顺从其意,竟拔刀连续猛刺女友七刀,生性残暴,恶性重大,应请刑庭从重科刑,以昭炯戒。

被告茅武,十五岁,住南港镇中央研究院外宿舍十六号,在押。起诉书中说:茅武原系建国中学补班二年级学生,素不良,本年五月间,因组织"璧玉帮"为该校开除。在校读书时,结识该校女同学刘敏,两小无猜,感情亲密,惟自茅武退学后,彼此接触机会减少,刘敏则渐渐与其他同学交往,茅武疑其另交男友马积申,怀恨在心,乃预约马积申于本年六月十五日晚上十时十分,在本市美国新闻处门前决斗,惟马积申畏惧未去。适刘敏放学,途经该处与之相遇,茅武遂偕其走至本市牯岭街七巷内理论,并要求海誓山盟,以示爱心不移。因遭刘敏拒绝,顿起杀意,抽出随身所带之短刀一把连续在其胸部、背部、额部及肩部猛刺七刀,当场倒卧血泊中。

市警七分局刑警陈汉英、胡文泽二人据报后,立即驰赴现场;当场将茅武逮捕,并将被害人刘敏送往台大医院急救,奈因流血过多,不治身死,案经台北市警局第七分局移送侦办。【《联合报》,1961年7月12日,第3版】

我们从上述新闻报道中得知,杀人少年品行不端,缺乏管教,终于酿成大祸,被逮捕算是罪有应得,天理昭昭。面对这样一则社会新闻,如果创作者不进行深入的思考,确立剧本的方向,并明确自己对于主人公的情感立场,剧本很有可能散发着一种社会教化的味道,至多表达"多行不义必自毙"之类的因果报应、惩恶扬善的主题。时隔30年之后,导演杨德昌再想起这则社会新闻时,却将它改写成了一个时代的侧影,那就是著名的影片《牯岭街少年杀人事件》。我们可以试着设想杨德昌的思维过程:

(1)明确主题。杨德昌不希望将这则"杀人事件"仅仅聚焦于"情杀",或者"意气用事""年少冲动"之类的范畴,而是想通过这则社会新闻记录一个特殊时代里青少年的迷茫、痛苦与绝望,从而控诉那个压抑、扭曲的时代。用标准的主题陈述句来概括的话,应该是"少年的纯真与正直如何在不公正的时代里遭到毁灭",这个陈述句里包含了人物、冲突和结果,表述准确具体,而且能大致勾勒情节框架。

(2)思考这个主题是只停留在现象表面,还是具有更为深广和普遍性的内涵;同时也要思考主题与时代的关联。杨德昌用小四捅向小明的尖刀,告诉人们,这些少年,就是在这么一个残破的社会里,在一个单纯与复杂交织的时代里,早早地开始接触人世的丑陋。而在那个躁动而狂乱的年代里,政局不稳,人心惶惶,少年缺乏正直而温暖的关怀。至于像小四父亲那样的人,固然刚直而倔强,但又显得古板而粗暴,同样不能成为这些少年的引路人。这样,小四和小明的悲剧，就不仅仅是一出因青春冲动而酿就的情杀事故，而是因为整个时代的阴影投射在他们身上织就了一张令人窒息的网。这张时代之网，扼杀了这些少年的纯真、浪漫，使他们要么变得过于世故，要么过于幼稚和单纯。因此，这个主题没有停留在题材的表面，而是以幽深却犀利的笔触透视了特定的时代背景，深刻而普遍，令人深思。

（3）塑造主人公，明确创作者对于主人公的情感立场。杨德昌塑造的小四是个单纯、善良、敏感、倔强的人物，他身上有幼稚的一面，但也有理想化的一面，他不想在污浊的世界中沉沦，但又常常得不到来自成人世界的支援和鼓励，因而处于无力挣扎的状态。小四的三个维度大致是清晰的：生理（15岁，男性，长相英俊），社会（从大陆迁到台湾的第二代居民，父亲是政府职员，比较耿直，母亲是小学教师，家里兄弟姐妹众多，他排行第四，上有大姐、二姐、三哥，下有小妹，生活比较拮据），心理（敏感、自尊、理想化）。创作者对于小四是持理解、同情立场的，偶尔有对他幼稚、单纯、理想化的痛心与惋惜。

（4）赋予主人公一个真实可信的动机，让他去行动，并为这个行动设置各种障碍，进而形成冲突，发展成情节。小四的动机是得到小明的爱情，并渴望在一个动荡时世里保持一份纯真的情怀。但是，他的动机遇到诸多障碍：小明过于世故、成熟、功利，让他的纯情显得可笑又可悲；世界过于复杂、动荡、冷酷，小四得不到安慰、鼓励、指导，只能任由自己的迷茫与冲动支配自己的行为。

（5）在情节发展链条中，除了为主人公设置压力下的选择，也要在适当的时机发展升级冲突，以进一步考验人物，营造更为紧张、强烈的冲突。影片的情节拐点来自小四爱上小明，压力下的选择体现在这些地方：被老师误会之后，是妥协还是坚持；看到小明与小马的关系之后，是默认还是反抗；小明尖锐地嘲讽小四的幼稚时，小四是认可失败还是绝望争取……当小四对小明，甚至对整个世界都失望之后，他遇到的实际上就是"升级冲突"。此前，小四的选择不过是坚持还是妥协的问题，但面对自己投入了深情，寄托了希望的小明，小四无法再退缩，他面临的难题是对世界与人性仍然保留希望，还是以一种决绝的方式完成自己对于这个世界的控诉。

（6）考虑情节的高潮与结局，既要呼应主题，也要考虑影片的类型与风格。情节的高潮是小四用刀捅向小明，结局是小四被判刑，人生从此黯淡，他的家庭也将因此深陷灾难与痛苦。

在这个过程中，杨德昌的主情绪、主题把握都是清晰的，对题材的挖掘与处理远远超越了原社会新闻的惊悚性、娱乐性和道德劝诫性，对于人物态度也是明确的，这样才能保证影片无论涉及多少个人物，都能保证一种凝聚力。否则，影片就容易迷失在诸多人物和情节的洪流中不知所措，对于最后要表达的主题也模棱两可，不知所终。

 ## 5.4　电影素材的来源：社会新闻（二）

我们再以下面一则社会新闻来进行编剧实践：

连云港"女生遭扒光殴打"案宣判　主犯获刑6年半

新京报讯（记者林斐然）5月11日，江苏连云港广播电视大学一女生多张被扒光衣服殴打的照片热传，此后，5名涉案嫌疑人被连云港市海州警方控制。

日前，连云港海州区人民法院以故意伤害罪和强制侮辱妇女罪判处本案主犯郑某六年六个月有期徒刑，其他四名被告分别被判处六个月至三年六个月有期徒刑不等。

据了解，郑某因琐事与孙某产生矛盾，怀恨在心，伺机报复。5月10日晚，她发现赵某和孙某通过手机在聊天，让赵某将孙某约出。

见面后，郑某怀疑孙某偷了其手机，和杨某、万某和封某4人对其拳打脚踢、用石头和烟灰缸砸头等手段进行殴打，并脱光孙某衣服拍裸照，剪其头发。杨某等人又将照片放到QQ空间。赵某将孙某约出来后，一直尾随在旁偷窥。

新京报记者此前获悉，5月11日上午，受害学生孙某向公安机关报案后，郑某等5名犯罪嫌疑人被警方刑拘。6月18日，5人被检方批捕。其中，杨某、封某和万某3人案发时仍为未成年人。

10月13日，该案在海州区人民法院少年庭不公开审理，3名未成年犯罪嫌疑人的父母均到庭参加庭审。

检察机关认为，郑某等4名嫌疑人聚众以暴力手段强制侮辱妇女，应当以强制侮辱妇女罪追究4人的刑事责任。赵某虽然整个过程没有参与殴打，但是明知事情结果，却采取了放任的行为，已构成犯罪，应与其他4人一起以故意伤害罪追究刑事责任。（《新京报》，2015年11月8日）

要将这则社会新闻编写成一个电影剧本，创作者同样要做以下工作：

（1）明确主题。面对这则社会新闻，我们会发现有多个切入点：家庭教育和学校教育的失败导致的学生人格缺陷，性情冷漠；法制观念的淡漠导致的人生悲剧；个体在网络时代下的自由与尺度；时代性的自私、冷漠、功利导致的人性灾难……不一而足，但创作者只能选取一个主题。假如，我们确定这样一个主题：人性的嫉妒与残忍导致灾难性的后果。

（2）思考这个主题是只停留在现象表面，还是具有更为深广和普遍性的内涵；同时也要思考主题与时代的关联。这则新闻的发生有清晰的时代背景，其发生的土壤、发酵的方式、处理的方式等，都与时代密切相关。创作者应该将这个故事放置在一个具体的时代语境中，通过情节的展开、人物的塑造完成对于时代的某种表达。

（3）塑造主人公，明确创作者对于主人公的情感立场。我们选择以打人的郑某作为主人公，我们对她的情感有同情的因素，但主要批判其偏执、冷漠、残忍。接下来，我们要确定人物的三个维度：生理（18岁，女性，长得有些中性化，不受女生欢迎，也不受男生喜欢，身高168公分，体格偏胖，有轻微的甲亢），社会（出生于连云港，父母都是造船厂的工人，在她8岁时离异，她和母亲生活，母亲未再嫁；父亲酗酒，离婚后断断续续给过一些抚养费；她学习成绩一般，勉强考上当地的广播电视大学），心理（有点自卑，但又想通过男性化的作风来确立自己的女性魅力，曾经为几个受欺负的女生出过头；比较敏感，疑心比较重，嫉妒心比较强，对人比较冷漠）。

（4）赋予主人公一个真实可信的动机，让他去行动，并为这个行动设置各种障碍，进而形成冲突，发展成情节。郑某一直对孙某怀恨在心，因为孙某体现的是女性化的温婉秀气，颇受男生欢迎。而且，孙某对于郑某一直有些鄙视,认为郑某穷酸、男人婆、自以为是。郑某的动机就是确立自己在男性中的地位与魅力,同时狠狠地打击孙某的"嚣张气焰"。或者说,郑某的动机是出于嫉妒对孙某的打击报复,是出于自卑心理的"自我修正"。这是一个典型的青春期的心理问题,本不会酿成大祸,但由于缺乏来自师长的关心、指导,又缺乏健康的自我认同,郑某一步步变得偏执而疯狂。

（5）在情节发展链条中,除了为主人公设置压力下的选择,也要在适当的时机发展升级冲突,以进一步考验人物,营造更为紧张、强烈的冲突。在报复孙某并确立自己地位和价值的过程中,郑某也有过犹豫:是在言语上羞辱孙某,还是在精神和肉体上彻底摧毁孙某?是自己单枪匹马地羞辱孙某,还是利用另外几个女同学的嫉妒心与报恩心,形成一个小团体?拍了孙某的照片后,要不要放到网上去,让孙某身败名裂?至于升级冲突,当郑某对于孙某的打压从言语羞辱上升到肉体摧残、上传裸照,其性质已经变了,郑某人性中的嫉妒正一步步升级、失控、扭曲。

（6）考虑情节的高潮与结局,既要呼应主题,也要考虑影片的类型与风格。情节的高潮是郑某疯狂地殴打孙某,并拍摄裸照,并现场上传到网络上。结局是郑某和其他几人被判处有期徒刑。

从上述编剧实践中,我们可以看出,一个想法,一个题材,要转化成一个剧本,中间还隔着无数辛劳的思想劳动。说到底,编剧虽然是一个艺术创造过程,其实也是一个技术活,个人的天赋、才情固然重要,但也离不开最基础的艺术创作技巧。掌握艺术创作技巧不一定能保证我们创作出优秀的电影剧本,但可以让我们少走弯路。

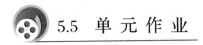

5.5 单元作业

根据下面一则社会新闻,完成一个微电影剧本的构思:

大学生郑德幸以一种清醒而决绝的方式,结束了21岁的生命。

他从宾馆的8楼跳下,跳楼前,给父亲郑先桥发了一条短信:"我跳了,别给我收尸","来世做牛做马报答你们"。亲属们试图阻止他,无数次拨打电话，他只接了一次，嘟哝了几句重复的话"不行了，不行了"，挂断电话。时间是2016年3月9日晚7点40分。

种种迹象表明，巨额欠款成为压倒他的最后一根稻草。

郑德幸是河南牧业经济学院2014级饲料与动物营养专业大二学生，自2015年2月开始赌球，冒用或借用同学身份信息网贷，欠下60多万巨款。

他的父亲——河南郑州一位农民，一生的积蓄只有7万元。

在人生的最后4天，他远赴山东青岛，试图通过打工还款，完成自我救赎，但欠款像一座无底洞，吞没了他。

第六章
电影编剧分析举例

6.1 微电影《红雨》的编剧分析

九分钟微电影《红雨》(2012)的剧情如下:

> 车祸现场,父亲醒来时发现自己的女儿红雨被人掳走并留下勒索字条。父亲报了案但案情没有什么进展。就在百般焦急之际,父亲发现女儿自己回来了,但女儿却忘记了被绑架时发生的事情。父亲请来心理医生帮助红雨回忆经过,却逐渐道出一个惊人的故事:红雨在车祸现场被吸血鬼赋予了力量,她杀死了两个劫匪之后从容地回家,但未曾预料自己其实也成了吸血鬼。

我们可以通过还原这部影片的创作过程来分析其剧本的缺陷:

(1) 明确主题。由于影片的情节存在断裂和自我消解的地方,其主题表达也就存在诸多模糊和游移的地方。红雨被绑架之后,父亲报案,积极营救,这是一个常规的拯救故事,主题是"正义战胜邪恶"或者"亲情的高贵与伟大"。但是,情节一转,红雨却自己回来了,这等于将前面建构的情节套路颠覆了,前面的主题也就被消解了。本来,影片也可以在"红雨怎样回来"这个悬念上做文章,讲述红雨如何通过自己的努力完成自我拯救,这样,影片高扬的就是个体的智慧、勇气、信心、坚持等品质。但是,当心理医生让红雨回忆如何逃出绑匪之手时(图36),观众看到的却是令人错愕的情节:红雨是个吸血鬼,她轻易地咬死了两个绑匪,从容地走回了家。本来,影片也可以通过心理医生的心理疗救来完成对红雨精神创伤的治愈,但"超能力"的出现,轻易地解决了人物的困境,影响了情节的逻辑性和观众的情感认同。因为,面对一个有超能力的女吸血鬼,观众不用为她担心,也不用为她的处境紧张。

图 36

当红雨变成了女吸血鬼,不仅抛弃了前面那条父亲努力营救女儿的亲情线,也使"正义战胜邪恶"的意图得不到实现,还使本来可以表达的"个体自我拯救"的主题化为乌有。

至于那个男吸血鬼,可能是红雨已经亡故的丈夫,如果按这个逻辑发展下去,影片也可以表达"人鬼情未了"的主题(真正的爱情可以超越生死)。可惜,这条线索的设置非常牵强且单薄,其逻辑也令人生疑:以将妻子变成吸血鬼的方式来帮助妻子,这究竟是营救还是陷害?

总之,影片没有明确的主题,而是在多个可能的主题上浅尝辄止,但又摇摆不定,最终一事无成。这也再次证明了,创作者在创作之初如果缺少了明确的主题指引,剧本的情节将会散乱游移,人物也会模糊不清。

(2)思考这个主题是只停留在现象表面,还是具有更为深广和普遍性的内涵;同时也要思考主题与时代的关联。《红雨》的创作者没有任何主题上的野心,自然也没有通过主题表达来呼应、指涉时代的企图与能力。影片完全陶醉于自我感觉良好的惊悚氛围营造与出人意料的情节转折,放逐了"时代"的出场。

(3)塑造主人公,明确创作者对于主人公的情感立场。影片的主人公应该是红雨,但观众对她知之甚少,只知道她20多岁,比较漂亮,但情绪低落,神情恍惚,其他可能影响人物设置的因素则付之阙如:红雨的母亲去哪里了?红雨和父亲的关系如何?红雨有丈夫吗?红雨和丈夫的关系如何?红雨的丈夫亡故了吗,因为什么原因亡故的?红雨的教育背景和职业状况如何?红雨的性格、心理状态如何？不是说这些信息对于人物塑造生死攸关、缺一不可，而是说影片在塑造红雨时根本就是模糊不清的，观众不了解她，自然不可能真正认同她的困境和选择，也难以在她身上投入情感。

除了主要人物之外，影片中两个绑匪、红雨的父亲、心理医生都是高度符号化的存在。红雨的父亲可能是位教授，至于什么专业的教授观众无从知晓，对剧情也毫无影响。这位父亲的其他维度基本上没有介绍，他在影片中的存在感非常弱，甚至毫无意义。至于两位绑匪，是职业罪犯还是临时起意，他们的背景信息如何，都可以为情节的发展提供不同的着力点，但创作者陶醉于各种情节套路（绑架、吸血鬼、人鬼情未了、精神创伤等）的混合，无视电影编剧的起码要求，使影片中的人物没有任何真实感或者打动人心的力量。

（4）赋予主人公一个真实可信的动机，让他去行动，并为这个行动设置各种障碍，进而形成冲突，发展成情节。影片中，父亲的动机是营救女儿，但这个动机没有遇到障碍，因为红雨自己回来了（图37）。这意味着，父亲这个人物的塑造是失败的，父亲营救女儿这条情节线索也是多余的，因为未能形成冲突。——"所有的戏剧就是冲突。没有冲突就没有人物，没有人物就没有动作，没有动作就没有故事，而没有故事就根本不会有电影剧本。"[1]

红雨的动机是如何从绑匪手中逃脱出来，影片理应为她这个动机设置多重障碍：绑匪的凶残、时间的紧迫、环境的不熟悉、力量的不对等……然后，红雨在极端困境中爆发出惊人的力量，凭一己之力战胜了绑匪，完成了自我拯救。这是一个常规的情节剧的情节设置方式，未必深刻，但可以很精彩。

图37

可惜，红雨根本没有遇到这些困难，她凭着一个吸血鬼的本能，轻而易举地就完成了自我拯救。情节的紧张性、悬念感都崩塌了，观众除了不知所措之外，不会有任何感动与惊叹。

---

[1] [美]悉德·菲尔德著，《电影剧作者疑难问题解决指南——如何去认识、鉴别和确定电影剧本写作中的问题》，钟大丰、鲍玉珩译，中国电影出版社，2002年出版，25页。

(5) 在情节发展链条中,除了为主人公设置压力下的选择,也要在适当的时机发展升级冲突,以进一步考验人物,营造更为紧张、强烈的冲突。由于编剧的失职,《红雨》没有主情节,没有主悬念,也就没有主情绪,主人公红雨是一个被动型的人物,她不需要任何作为,她被一个吸血鬼吸了血之后,变成了一个女吸血鬼,凭着本能就杀死了绑匪,从容地回到了家。在这个过程中,红雨不需要进行压力下的选择,更不可能遭遇升级冲突。简而言之,影片的情节看起来峰回路转,其实是在各种情节类型和俗套中随意切换,强行转换,根本没有基本的现实逻辑和情绪逻辑,人物完全没有随着情节的推进而进一步展示其性格的真相、人性的真相。

(6) 考虑情节的高潮与结局,既要呼应主题,也要考虑影片的类型与风格。正常情况下,《红雨》的情节高潮应该是红雨如何巧妙地战胜了绑匪,从困境中逃脱出来,结局应该是父女团圆,绑匪伏法。但由于影片的情节设置摇摆不定,主题也模糊不清,《红雨》缺乏情节高潮,结尾处红雨也变成吸血鬼的真相莫名其妙。

《红雨》在编剧方面是失败的,创作者未能在创作之初就确立主题,进而以此为基础明确主情节、主悬念、主情绪,并设置好主人公。从结果来看,《红雨》呈现出人物模糊、情节支离破碎、逻辑生硬、主题游移等缺陷,而这些问题,本应在编剧之初就解决好。

6.2 微电影《桃子》的编剧分析

微电影《桃子》(2013)(图38)的情节如下:

> 桃子在一家整形医院做电梯管理人员,负责为病人及家属运行电梯。此外,桃子还在一家私人的舞蹈培训机构做清洁工。桃子在这个城市里似乎孤苦无依,她也渴望爱情,但见了一次网友之后就深深地失望了。
>
> 一次,舞蹈老师因为突发情况没有来,桃子自作主张为孩子们示范舞蹈工作,遭到了孩子家长的谴责和嘲笑。桃子黯然神伤,所有人都下班

微电影编剧：观念与技法

图 38

后，桃子一个人在舞蹈房里起舞。跳完舞后，桃子挽起裤腿，观众惊讶地发现，桃子是位双腿截肢的残疾人。

《桃子》的导演是著名导演周晓文，他曾经执导过中国电影史上知名度非常高的几部电影：《最后的疯狂》(1987)、《疯狂的代价》(1988)、《青春无悔》(1990)、《二嫫》(1994)、《秦颂》(1996)等。这就不奇怪，《桃子》在艺术上体现出非常精致、蕴藉的特点。但是，我们仍然要清醒地意识到，《桃子》在编剧上存在着一定的缺陷，影响了这部微电影达到更高的成就。

《桃子》的原型人物是廖智，是一个在汶川地震中失去双腿的舞蹈老师，又在玉树地震中失去女儿，并与丈夫离婚了。在这些接踵而至的苦难打击中，廖智并没有屈服或消沉，而是继续跳舞，用坚韧的人生态度和独特的舞蹈风格感染着无数人。廖智的故事可以拍成一部非常好的励志纪录片，通过场景再现、人物访谈、他人评述等方式，将廖智所遭受的痛苦、挫折，以及在痛苦和挫折中奋然抗争，前行不止的精神呈现出来。当周晓文选择用故事片的方式来讲述这个故事时，就会遇到我们在编剧过程中所遇到的全部问题，需要以一种重新创造的姿态来完成剧本的编排：

(1) 明确主题。从人物原型来看，这应当是一个励志的故事，即表达"在逆境和苦难中坚韧不拔，执着追求梦想和人生价值"的主题，《桃子》也有这种意思，但是，影片在主题的集中与明确上出现了偏差，导致了主题的分散，各个主题之间互相牵扯，力量被消解，未能形成凝聚力和情绪冲击力。

从桃子身残志坚地想跳舞的情节来看，影片的主题确实是励志方面的。作为一个清洁工想跳舞而受到旁人奚落和嘲笑时，桃子的眼里充满了委屈而倔强的泪水。影片还有另一条线索，桃子在家里见了网友，想发展爱情，但那个网友无论从外形、气质、谈吐等方面来看,实在是不堪入目。从前一条线索来看,影片想表现桃子追求梦想的沉重,这种沉重来自身体上的残缺,也来自社会的冷漠与偏见。在爱情线索里,桃子却尖锐地感觉到理想与现实的差距。再从桃子买西红柿时犹豫不决的细节、她的居住条件、她打两份工的处境来看,影片还可以发展出另一个主题:一个卑微而贫穷的个体如何在大城市里挣扎着求生存。可见,影片对于励志主题的表达并不坚定,而是犹豫不决,不时想另辟路径,导致核心主题的情绪力量不够。

(2) 思考这个主题是只停留在现象表面,还是具有更为深广和普遍性的内涵;同时也要思考主题与时代的关联。如果聚焦于励志的主题,影片的情绪表达可以很饱满,能让观众深为感动同时又若有所思,并鼓励所有处于逆境中的个体奋勇向前。可惜,编剧对此没有充分的理论自觉,主题力量被分散了,这种情绪和思想的表达就比较微弱了。

这个励志的主题也可以和时代产生关联,在更清晰的时代语境中表达特定的时代内涵。遗憾的是,《桃子》与时代的关联不多,导致主题的内涵比较单薄。

(3) 塑造主人公,明确创作者对于主人公的情感立场。观众对于桃子了解不多,例如她成为残疾人的原因,她在残疾之前是做什么工作的,她的家庭出身如何,她以前的情感和婚姻状态如何,等等。正因为人物的维度不清晰,观众难以真正理解她的痛苦与渴望,也就难以在她身上投射更为深沉的情感。

正因为桃子的信息不具体,观众就难以理解她为何要继续跳舞,也难以理解她为何会饥渴到和一个明显不入流的网友谈恋爱并见面。观众甚至可以这样猜测:桃子是为了赚钱而跳舞,桃子是因为寂寞而想找男友,或者是为了物质上有所依靠而需要找一个男人。这将使人物的精神魅力大打折扣。

创作者对于桃子的情感立场也略显犹豫,应该在同情、钦佩、反思等情感中明确一种,这样才能厘清情节发展的重心和方向。就现在的内容而言,观众会钦佩桃子想跳舞的努力,会同情她生活上的困窘,但可能会质疑她找男友的动机。

(4) 赋予主人公一个真实可信的动机,让他去行动,并为这个行动设置各种障碍,进而形成冲突,发展成情节。影片中桃子的动机似乎有三个:继续跳舞、获得爱情、在大城市里生存下去。按常理，创作者只能在这三个动机中挑选一个，其余的可以兼顾，但决不能喧宾夺主，甚至不能花太多笔墨，以免影响情感的集中性。但是，影片却有点贪多求全，三个动机都有涉及，也为三个动机设置了各自的障碍：桃子想继续跳舞，但必须直面身体残疾的现实，还要遭遇旁人的嘲笑与不理解；桃子想收获令人心动的爱情，但与她见面的却是一个猥琐而笨拙的人，手也有残疾，与气质典雅高贵的桃子相比，完全不搭调，观众甚至不知道她急着找男朋友是由于情感饥渴还是想改变困窘的现实；桃子想要在大城市里生存下去，遭遇的是工作比较低端的处境，只能做医院的电梯值班员、舞蹈学校的清洁工，明显收入不高，生活拮据，但又看不到改善的希望。

　　这三个动机以及相伴随的障碍，都可以独立发展成一部微电影，并表达不一样的主题。继续跳舞的动机可以是励志的主题（或者精神的轻盈与身体的沉重所带来的痛苦的主题），获得爱情的动机可以是个体在理想与现实的差距中终究意难平的主题，在大城市中生存下去的动机可以是自强不息的主题，也可以是梦想的轻盈与现实的残酷相互冲突的主题。但是，影片在这三者之间难以取舍，未能平衡和集中，影响了影片的主题表达和情节设置。

　　更重要的是，爱情的动机与梦想的动机在情感高度上并不匹配，桃子爱情的出发点、形态、目标都显得比较初级，甚至带有一定的生理性因素（桃子在地铁上看到小情侣旁若无人地亲吻，心生艳羡；桃子家里的电视机里正在播放动物世界里动物的交配）。影片将这两个动机并行安置在桃子身上，不伦不类，影响了人类的塑造。如果创作者一定要将桃子的这三个动机并列，就需要参考《卧虎藏龙》等影片的编剧思路，在每条线索里都以不同的方式完成对于同一个主题的证明，但《桃子》不具备这样的理论自觉和实践把握能力。

　　（5）在情节发展链条中，除了为主人公设置压力下的选择，也要在适当的时机发展升级冲突，以进一步考验人物，营造更为紧张、强烈的冲突。桃子面临的压力下的选择应该是她身体的残疾与想跳舞的梦想之间的两难，也可以是桃子想跳舞的渴望与旁人的嘲笑之间的尖锐对立，但影片对于这两者表达得不够饱满，不够充分，观众难以借此深入桃子的内心，影片也难以借此让桃子的选择打动观众。

由于影片主题不明确，主情节和主悬念不集中，未能成功设置升级冲突。本来，桃子在爱情那条线中可能会遭遇升级冲突。例如，有一个各方面都差强人意的男人想与桃子结婚，前提是要她放弃跳舞的梦想，安心做全职家庭妇女。桃子就面临一个升级冲突：爱情和生存可以拥有，但要失去梦想。这时，桃子的选择才能真正凸显跳舞在她生命中的重要性，也才能真正彰显桃子性格中的倔强、坚持。

（6）考虑情节的高潮与结局，既要呼应主题，也要考虑影片的类型与风格。影片的高潮是桃子跳舞被旁人奚落并嘲笑之后，独自一人起舞，并重重地摔倒在地，独自在沐浴器下嗟叹感伤。结局是开放的，观众不知道桃子还会不会继续跳舞，以及她能否找到真正心仪的人。考虑到影片的主情节不明确，这个高潮和结局在前面的情节中缺乏铺垫和渲染，最后的情绪冲击力略显单薄。

影片在情节设置上还出现了重大偏差：编剧没有将人物的动机与障碍之间的冲突作为情节发展的推动力，也未能将人物最后能否实现动机作为主悬念，反而精心遮掩，又不时暗示，将桃子是个两腿截肢的残疾人作为主悬念。当知道桃子是个残疾人时，观众固然很意外，很感慨，但影片的创作目的不是为了精心设置这个悬念并在出人意料但又情理之中时抖开包袱，而是为了表现一个特定人物的处境与追求。在这一点上，《桃子》处理得不够理想。

6.3　微电影《初吻》的编剧分析

微电影《初吻》（2010，导演邱琦）时长只有9分钟，其剧情如下：

赵欣在相亲多次后即将和未婚夫步入婚姻的殿堂，在她面前，一段幸福美满的生活即将拉开序幕。然而，在赵欣的心中，还有一个未了的心愿，这个心愿，关乎她的初恋情人刘亮。可是，在前来祝贺的朋友中，赵欣并没有看见刘亮的身影，代替刘亮而来的，是一份特别的

微电影编剧：观念与技法

礼物。

赵欣所收到的礼物是一段钢丝，这段在别人眼中平常无奇的铁丝，却勾起赵欣和刘亮之间所拥有的独一无二的记忆。时光仿佛倒流回到两人的青葱岁月，从前的一幕幕栩栩如生地出现在了赵欣的面前，汹涌而来的记忆令她潸然泪下，不能自已。

整体而言，《初吻》的编剧手法娴熟而老道，体现出创作者高超的构思能力和视听表现水平。

从人物塑造来看，编剧没有机械地将人物的全部信息披露之后再来展开情节，而是直接从场景入手，在场景的展开中让观众以一种主动的方式去了解情节前史以及人物的性格特征。当然，这个剧本的重心并不在于刻画人物，展现人物的命运轨迹，而是通过两个有代表性的人物来回首青春、回首初恋，从而感慨我们成长之后所失落的那些美好回忆和美好情感。因此，影片中的两位主人公赵欣、刘亮并不是圆形人物，而是扁平人物，编剧并不指望观众看到两个内心复杂、性格多侧面的立体人物，而是希望通过两个符号化的人物来讲述一段普遍意义上的初恋故事，从而引起观众的共鸣和思索。

当然，"扁平人物"并不意味着没有特点，或者没有性格。编剧在一个场景里就完成了对两人性格特点的揭示：

影片的2分23秒，赵欣回忆青春期的那个夏日午后，地点是一个人迹罕至的胡同，赵欣满带疑惑和紧张地寻找刘亮。在这个过程中，影片展示了赵欣的衣着打扮：最简单的白色球鞋，没有穿袜子；扎着马尾辫，素面朝天；上身穿着白色T恤，下身是浅白色的背带短裙。这个场景里的赵欣，衣着打扮都透出干净利落、不带刻意修饰的特点，浑身充满朝气，但又显得纯洁可爱、单纯朴素。这也提醒我们，编剧要调动一切视觉手段尽可能地在人物一出场的时候就使观众对其特点、气质有一个整体、直观的把握。这个场景的核心冲突是刘亮为了体现对赵欣的爱意，别出心裁地搞了一个充满"惊喜"的生日祝福仪式：将自己藏在一个纸板箱里，箱子外面写着"贵重物品，小心轻放"，还画了一个调皮的笑脸。当赵欣好奇地去抽箱子里"一枝独秀"的玫瑰时，刘亮"破壳而出"，手持玫瑰，投入地为赵欣唱生日祝福歌。赵欣又惊又恼，气得哭了起来。这个冲突可以概括为"刘亮充满创意和恶作剧的表达爱意方式与矜持单纯的赵欣产生了矛盾"。在这个场景里，我们大致了解了刘亮的性格，他是一个爱冒险，富有激情的人，同时也是一个耿直憨厚的阳光少年。

至此，我们大致了解了两位主人公：赵欣比较矜持含蓄，刘亮比较奔放直爽。这种性格设

图39

定代表了青春期少男少女的大多数情况，而且编剧并不指望人物在情节发展过程中完成根本性的性格变化。因此，能在一个场景里展示两人性格中最鲜明的特点和差异就够了。我们在设置这种"搭档"人物时，一定要注意在他们的性格中制造差异和冲突。如赵欣和刘亮，两人性格明显不同，他们之间就会有冲突。有冲突，才会有"戏"；有冲突，情节才能发生和发展。试想，如果刘亮不是这种略带莽撞的性格，怎么会造成之后的强吻并钩住嘴唇的糗事（图39）？没有这件糗事，青春期的这段情节如何能够顺利推进？

再看《初吻》的情节设置。由于影片有两个时空：现实时空是即将走进婚姻殿堂的赵欣在看刘亮托人送来的礼物（那段从牙箍上剪下来的钢丝）；过去时空是少男少女的刘亮和赵欣因为接吻导致意外，只好去医院剪断钢丝。影片的情节主体是回忆时空，现实时空只是起到一个"勾连"的效果（当然也有主题表达上的意义）。

我们主要分析回忆时空的那段情节设置。在这段情节里，刘亮躲在纸板箱里对赵欣表达生日祝福是一个铺垫，是编剧为了向观众交代两人的性格特征而必须有的一个暗示性场景。情节的真正开始是刘亮强吻赵欣，结果被牙箍的钢丝刺穿了嘴唇。这个点可以视为情节拐点。因为这个点之后导致平衡被打破，他们无法再继续体验浪漫而美好的恋情，必须尽快解决这个窘境。或者说，主人公在这个情节拐点之后有了一个强烈的动机（剪断钢丝），他们开始克服各种障碍追求这个动机。按照正常的编剧思路，这个过程应该是一波三折的，主人公追求动机一定不会顺利，而且还会在一番努力之后导致冲突不断加码甚至升级，最后主人公付出巨大的努力才实现（或没

有实现)目标。

考虑到时长,《初吻》无法在两人摆脱窘境的过程设置太多障碍,只好让两人在经历了"自我解决—寻求修鞋大婶帮助—上医院"的过程之后就解决了问题。应该说,这个解决过程(克服障碍追求动机的过程)比较平淡,未能体现障碍的升级或者质的变化,"自我解决"与"寻求修鞋大婶帮助"都是比较一般化的解决思路,也未遭遇多大冲突,无非是稍微努力一下就证明无效。

他们只好去医院寻求帮助。这时,编剧为人物设置了一个压力下的选择:赵欣的母亲就是这家医院的,而且这天上白班。这个压力对于青春期的少男少女有一定的杀伤力,因为他们是早恋。编剧让刘亮比较轻易地克服了压力,顺利完成了选择:霸气地将赵欣抱进医院。按理说,人物在压力下作出选择时,必须让观众相信他只能这样做,必须这样做,"我"是他的话也会这样做。在刘亮这个举动里,观众固然感动,但其实心存一丝疑惑:只要还有另外一家医院,他们就应该会逃离赵欣妈妈所在的医院;既然这里出现了赵欣对于早恋被妈妈发现的恐惧,但随后的情节中没有任何呼应,这就说明这个细节存在的意义不够充分。

当然,《初吻》的重心并不在于讲述两人少年时代的那件糗事,而是通过两个时空的对比,完成对于"成长"的某种感慨。也就是说,《初吻》是双线并进的情节设置方式。编剧在遇到两条或多条情节线索时,会将每条线索梳理成因果式线性结构,然后再打乱顺序,或者进行交替穿插。

在《初吻》中,编剧担心观众会迷失在多条线索发展中的压力是没有的。因为,影片的时长有限,两条线索也十分简单,还存在明显的人物妆容和空间、色彩、光线的对比,观众不会混淆。更重要的是,编剧选择了比较高明的时空过渡法(或者说剪辑法):让现实时空里的赵欣端详刘亮送来的礼物,这个礼物又分两个部分,一是一张写着"贵重物品,小心轻放"的纸条,二是那段钢丝。于是,赵欣每看到一个部分,就自然而然地想起与这个物品相关的场景。这样,编剧实际上在两个时空过渡时为剪辑师找好了剪辑点。从影片的最终效果来看,编剧的这种设置体现了巧妙的心思,也实现了较好的效果。

我们知道,编剧应该先确立剧本的主题表达,然后才能开始构思情节的走向和线索的安排。没有"主题"的规范和制约作用的话,"初吻"这样的题材可以有多种情节设置的方向,如"父母的干涉如何压制青春期的美好爱情",或者"青春期的热烈浪漫如何在世俗偏见中凋零",等等。编剧却另辟蹊径,通过两个时空的对比将观众的思考引向另一个方向。

当一个剧本中有两个时空时,这两个时空最好能在某种维度上产生对比的效果,进而在主题表达上产生互文或对话的意义。如果《初吻》中的现实时空仅仅是为那段回忆的出场提供一个机会,那现实时空在剧本中的存在意义将十分薄弱。反之,如果现实时空和过去时空既能形成一种结构上的交织和平行,又能对主题表达产生积极的意义,这才能体现编剧的精妙构思。

《初吻》中现实时空与过去时空在多个维度形成了对比关系。如赵欣在过去时空里简单的衣着打扮,就与现实时空里的盛装打扮形成了强烈的对比。现实时空里,赵欣的衣服以红色系为主,身穿红色的旗袍,这呼应了结婚的场合和气氛。同时,赵欣的头发不再是那种简单舒适的马尾辫,而是精致地盘起,还要插花,加上耳朵上的吊坠,以及精致的妆容,都与过去时空的平淡朴素形成对比。这说明,成长所带来的固然有成熟、美丽,但在某种意义上也失去了某些更直率更自然的品质。

再看两个时空里赵欣的状态。在现实时空里,赵欣一直是精神饱满、笑意吟吟,她唯一潸然泪下的时刻是看到了刘亮的礼物并想到了那些如歌往事之后。回忆时空里,赵欣却是率真而质朴的,她哭了三次,一次是被刘亮的恶作剧吓哭了,一次是钢丝取不出来急得哭了,还有一次是想到妈妈这天就在医院时吓得哭了。回忆时空里的赵欣是真性情,想哭就哭。现实时空里,赵欣可能更成熟坚强了,不会哭了,但这也表明她失去了自由表达情感的机会和勇气。果然,现实时空里,赵欣独处时想到那个夏日午后哭了,但一听到司仪叫新郎新娘闪亮登场的声音,立马擦干眼泪,利索地收拾好刘亮的礼物,袅袅婷婷却又决绝地开门出去。

再联系开头那几句对白,我们更能明白赵欣在长大之后究竟变了多少。在片头,人物还没有出场时,编剧设置了人物的画外音对话。其时,应该是赵欣站在门口迎接宾客,其中一位女宾说:"哇,欣欣好漂亮呀!这次总算修成正果了。"短短的两句话,却透露了许多信息。前一句话是客套性的恭维,可以忽略不计,重要的是后面一句"这次总算修成正果了"。这暗示观众,赵欣在此之前一直在相亲或者谈恋爱,但总是未走到结婚这一步。这一次终于结婚了,说明此前赵欣一直不满意。观众会好奇,赵欣这次的结婚对象究竟是一个什么样的人?编剧当然不会通过字幕或者别人之口透露新郎的信息与性格特征,而是选择了最高明也最难的方式:通过呈现的方式,调动观众的主动性去概括人物信息。

在影片的1分15秒,赵欣的丈夫出场了,标准的新郎打扮:西装革履,头发整齐。新郎来到化妆室,看到新娘正在梳妆打扮,故作惊讶地走到旁边,对伴娘说:"哎哟,你看我老婆,今天多漂亮啊!"这一句话表明新郎情商很高,会说话,会讨人喜欢,是比较圆滑机智的人(与刘亮那种直爽的性格形成对比),是在社会上八面玲珑的人,也是在与人交往中如鱼得水的人。随后,赵欣征询丈夫的意见,她应该戴哪个饰花。新郎装作十分投入地比较鉴别了一番,然后为赵欣选择了饰花和佩戴的方位(图40)。马上,新郎就走开了,问赵欣:"哎,还有烟吗?"这说明,新郎走进化妆室根本不是为了看望新娘,而是为了找烟。但是,新郎善于掩饰和表演,能够在不同的场合照顾所有人。这时,新郎的手机响了,他回应:"哎,陈总,对对,国贸。"这个接电话的细节看似无意,但其中隐藏了诸多信息,从新郎结交的朋友来看,新郎应该是生意场上的人,至少是有一定社会地位的人。再看他们举办喜宴的地点,是国贸,感觉上应该是当地很高档的酒店。这也暗示新郎是一位有一定经济实力的人物。

至此,观众通过归纳与总结,知道了赵欣的丈夫是什么样的人:有一定社会地位和经济实力的成功人士,情商高,为人圆滑但又让人觉得舒服的有阅历和能力的人。这类人,当然和青春期那个莽撞的刘亮形成了强烈的对比,同时也暗示赵欣之所以这次终于"修成正果",是因为她一直在找一位有钱有地位、会做人会做事的如意郎君。赵欣对待婚姻的主动选择与清醒判断,使影片走出了"父母干

图40

涉"与"自由爱情"冲突对抗的情节俗套。因为,从过去时空到现实时空,影片留下了一个巨大的情节空白点:赵欣和刘亮曾经爱得那么热烈,为什么成年后未成正果?是外力的作用,还是现实的差距?影片暗示,原因是成长之后带来的务实与功利。赵欣可以在少女时代无保留地爱上刘亮,但也会在成长之后从现实层面选择能给自己带来利益最大化的夫君。

《初吻》对赵欣丈夫的介绍方式,再次证明了编剧的电影化思维方式是多么重要。对于电影来说,人物信息的揭示是鼓励通过场景和动作来完成的,如果一定要借助人物的对话来交代,那么这种对话既要是自然的、生活化的,又必须设置丰富的"潜台词",使观众能够像一位无意中听到人物对白的旁观者一样,从中捕捉到与人物特点和情节发展密切相关的信息。在电影中,场景和动作是优先于对话的,场景的呈现会比对话更自然,对话又比旁白和字幕更自然。

假如,编剧为了避免用旁白来介绍新郎,设置两位宾客在聊天:

甲:新郎是做什么工作的,怎么能够在这么高档的地方办婚宴?
乙:你还不知道啊?新郎是天河贸易公司的老总。
甲:天河,这可是我市最有名的贸易公司了,身家得有几千万吧。
乙:何止几千万,至少有一个亿。
甲:怪不得赵欣会嫁给他。
乙:如果光有钱也算了,这新郎长得也一表人才,待人接物都十分成熟。
甲:赵欣可真有福气,这简直是白马王子啊。

看起来,编剧也没有直接介绍新郎的身家和为人,而是让观众"偷听"宾客的一段对话来"归纳"关键性的信息。但是,这种方式与场景相比,明显太过刻意。而且,这个场景里根本没有冲突,完全是为了交代人物信息而生硬地加上去的,只会让人觉得多余。假如这两个宾客对后续情节没有任何意义,这样突兀地出现也会让观众觉得莫名。

在影片的8分38秒,随着新娘完成了回忆之后擦干眼泪走出化妆室,并"呼"的一声关上房门,走进结婚的现场,影片其实可以结束了。但是,编剧在此之后又加了一个结尾,让刘亮用画外音念了他随着礼物一同送给赵欣的一封信。并在刘亮念信的同时用画面展现护士正在收拾一张病床,病床上挂着的信息卡片写着:刘亮,27岁,血癌,病危。

观众对这个结尾褒贬不一。编剧可能认为赵欣在长大之后迅速抛弃了对于爱情不切实际的浪漫想象,变得务实、功利、世俗,选择了多金又体贴的丈夫,早就将刘亮排除在理想的结婚对象名单之外。在这样一个越来越市侩的世界里,纯情的刘亮像是孤独的坚守者,注定是这个世界的一个异类,只能以死亡的方式自我放逐。或者说,刘亮的死亡也是"纯情"在这个世界的"死亡"。从这个角度来看,这个结尾其实是有隐喻意义的,延伸了编剧对于主题的表达。只是,从剧情发展的正常逻辑和编剧的基本规律来看,这个结尾又是突兀的,没有任何铺垫(开头有人为刘亮送来礼物,观众只是认为两人不好意思见面),而且有强行煽情的味道,刻意向"虐心"的韩剧致敬。

《初吻》的意义来自现实与过去两个时空的构建,以及两个时空之间的对比与对话。就现有的完成情况来看,编剧对于现实和过去两条情节线索的表现都是完整的(虽然过去时空那条线索未必令人满意),两条线索都有清晰的"开端—发展—高潮—结局"脉络。因此,这个让刘亮病逝的结尾就显得相当莫名,它不属于现实时空这条情节线的必然结局,是编剧强加上去的,其中的断裂和跳跃痕迹相当刺眼。这个结尾虽然在主题表达的角度上是有意义的,但从编剧的角度来看并不算成功。

总体而言,微电影《初吻》的编剧成就还是有目共睹的,编剧在两条线索的交织和编排,用电影化的方式来介绍人物、交代情节和暗示主题方面都比较成功。即使现实时空那条线索篇幅比较短,但信息量仍然十分饱满,并通过设下悬念的方式让观众一步步跟随赵欣进入回忆时空。

尤为难得的是,现实时空不仅在主题表达上十分重要,而且编剧还保证了这条线索的情节完整(接到刘亮托人送来的礼物是这条线索的情节拐点,之后就一步步揭秘这个礼物是什么东西,这些东西暗含的意义是什么)。当然,编剧在过去那条线索的处理上还缺乏亮点,冲突比较平淡,缺乏情节发展所必需的曲折和紧张度(当然也和剧情长度有限有关)。此外,结尾的处理也略显刻意,不仅破坏了现实时空那条线索的完整性,还将观众从陷入沉思的状态中拖入质疑、批判的疑惑之中。

6.4 十分钟短片《百花深处》的编剧分析

我们之所以将《百花深处》(2002,导演陈凯歌)称之为"短片",而非"微电影",除了因为在《百花深处》出现的时候还没有"微电影"这样一个概念,还因为"艺术短片"与"微电影"本来就有某些差异的。这种差异当然不是指片长,而是指制作理念和部分艺术观念方面。艺术短片仍然被创作者纳入艺术的范畴,而且大多没有营销或票房上的压力,更多的是作为某个统一主题下的集锦式艺术呈现,或者为了参加某个国际短片大赛而创作的艺术作品。也就是说,艺术短片是时间缩短的艺术片。而微电影,其产生的背景不一样,它是在网络时代开始流行起来的,也是在数字技术普及之后开始风行的一种艺术样式。微电影的创作者大都来自"草根阶层"甚至仅是电影爱好者。不能说这些创作者没有艺术追求,而是说创作媒介、流通方式的变化,加上创作队伍的整体年轻化,多少会使微电影显得更先锋前卫,也可能更亲切随和,还可能更粗糙随意。当然,从电影编剧的角度来看,我们不必从学理上将"艺术短片"与"微电影"区分得泾渭分明,它们在编剧技法上仍然是相通的。

《百花深处》讲述了一个看似荒诞却令人感觉无端沉重的故事:一位冯(疯)先生请搬家工人为自己搬家,而他所要搬的那个"家"实际上却是不存在的。在冯先生类似于疯癫的坚持之下,一出模拟搬家的喜剧在那片被拆迁的废墟之上上演了。最后,搬家工人在挖出一个铃铛里的铛子之后,对冯先生似乎有了一丝理解,并对已经消逝的北京四合院作了深情的回眸。

《百花深处》不仅在光线、色彩、构图、镜头运动、声音、意象设置、音乐等方面都体现出极高的艺术成就,在主题表达方面也用沉静而忧伤的视角凝视着现代文明进程中那些被抛弃的过往、传统、美德,体现出一位人文知识分子对历史的关注,对历史与现实在承接与传承中巨大撕裂的哲学思考。而且,《百花深处》在编剧方面也体现出高超的技巧和令人惊叹的细节处理能力。

从人物塑造来看,影片中最重要的人物是冯先生和搬家工人的头目(耿乐饰演,下文称工头)。这两个人物的关系不是"拍档型",而是"对手型"。

拍档之间可以通过性格、价值观方面的差异制造冲突，从而为剧情的发展提供必要的曲折与起伏，但他们可能有共同的动机或者说目标，只是对行动方式有不同理解而已。对于对手而言，他们之间性格的差异是次要的，他们因立场不同而传达的隐喻意味才是主要的。在大多数影片中，两个对手之间斗智斗勇，一定是因为他们代表了不同的价值立场、利益集团。大部分时候，我们都可以用正义与邪恶、开放与保守、正直与贪婪、承诺与背叛等概念来指称这类对手。而且，这种观念之争与立场之争往往还可以上升到一定的哲学高度，帮助观众通过他们之间的交锋对更具深度的社会、历史、文化问题有一个形象直观的审视。

由于篇幅限制，编剧不可能将冯先生和工头的全部信息都一一披露。这两个人物也是作为"扁平人物"来塑造的，编剧在意的是他们身上所承载的文化意义和价值观差异。我们只能通过零星的细节大致梳理出冯先生的情况（图41）：年纪大约40至50岁，来自一个破落的显赫家族（家里有紫檀的衣橱，有两进的院子，有大槐树，居住在幽深的百花深处胡同），年轻时学过或者爱好京剧，因而对百花深处胡同，对家里的古物，乃至于对京剧和一切传统的东西都有难以割舍的情感。

至于工头，我们只知道他大约20多岁，是一家搬家公司的司机和小头目，北京人（他感慨"如今呐，就这老北京才在北京迷路呢"。再加上他一口地道的北京腔）。因为他生活在一个新的时代，见惯了北京日新月异的变化，对于"传统""四合院"没有什么记忆和感情。在他的眼里，努力工作，努力挣钱就是人生的唯一目标。（他曾对冯先生说，"行啊，只要给钱的活都干！""别把您的头探出去，甭让警察瞧见了这不给我找事吗？""只要您给钱，您说怎么搬就怎么搬。"）

《百花深处》塑造的虽然是两个"扁平人物"，但人物的维度大体还是清晰的，对情节发展和主题表达有作用的信息都通过

图41

电影化的方式进行了暗示。影片中,冯先生作为传统的一个"符号",并未经历性格的发展和内心的变化,他就是一个停留在过去的人物,因而在现代化的潮流中显得格格不入。对于工头及他的工友,他们在结尾的时候体现了"弧光":他们本来眼睛里只有钱,但最终因为内疚和感动,对冯先生有了更多的理解和同情,在回

图42

望大槐树时脑海里出现了四合院的模样(图42)。当然,工人的这种变化比较牵强,影片里并未提供足够合理的暗示与铺垫,最后的转变有些刻意,只能理解为编剧希望观众也能像这些搬家工人一样,在观影结束后能够对历史和传统有深情的一瞥,有对现代化进程的某种反思。但是,编剧既然是将工头及工友作为"扁平人物"来塑造的,并没有对他们进行个性化的刻画,也并不着力揭示他们性格中的多个角度、多个侧面,观众其实并不苛求他们的性格成长或心理嬗变。他们在影片中只是作为功利冷漠的现代人的指称。编剧让他们在最后变得内心柔软,充满温情,不仅不符合此前的人物塑造方向,也会让观众觉得过于生硬。

从情节设置的角度来看,《百花深处》的冲突主要来自两种观念的冲突:冯先生对传统有情怀,搬家工人却只在乎钱。从动机的角度来看,冯先生的动机是为(已经不存在的)传统家具找一个安身之所。"传统家具"是一种意象,其背后的潜台词或者说象征之意是指"传统文化""传统价值"。冯先生这个动机在高楼林立的现代化大都市里显得困难重重甚至不可理喻。因为,所有现代人都在热烈拥抱现代文明,如现代化的高楼、欧式家具以及电脑等。其次,现代人对于传统早就印象模糊,感情淡漠,他们满足于将传统作为点缀或者道具来装扮现代生活(挂在高楼上的灯笼、仿古琉璃瓦的建筑以及饭店门口的石狮子,还有汽车上"中国结"的挂饰)。而且,整个现代社会的价值观已经变得非常功利了,所有人只谈钱,不谈情怀,更不关心对传统的保护与珍惜。在这种背景下,冯先生的动机很难实现。其中的

障碍归结起来就是：现代化进程所催生的功利主义思想。

工头的动机很简单，就是挣钱。工头的所有目的都是为了钱。为了钱，他们可以搬不存在的虚拟之物，以至于在路人看来是疯子。当然，编剧设置了一个情节上的转折，让工头及工友最后放弃了他们的动机，不要冯先生的钱，开始帮助并理解冯先生。这种变化不是说不可能，而是在影片中缺乏铺垫和暗示，没有一个层层深入的过程和必要的情感动机，观众难以接受而已。

整体而言，《百花深处》的情节设置还算紧凑，冲突的处理也比较自然合理。尤为难得的是，编剧在主人公克服障碍追求动机的过程中，将这些障碍作了隐喻式的处理，最终将冯先生的困难不是指向具体的"人"，而是一种时代性的变迁和观念上的嬗变。这样，观众看到的就不再是一个"搬家"的故事，而是一个有关"历史与现代的碰撞与反思"的问题。这对于所有电影编剧来说都是非常重要的启示以及孜孜以求的理想境界，即情节本身有丰富的"潜台词"，情节发展本身就是对主题一次绝妙的隐喻式表达。更何况，影片中还穿插了大量含义丰富的意象，这些意象包括片头的现代化高楼、电脑、欧式家具、灯笼、鞭炮，也包括"中国结"挂饰、石狮子、口水歌（现代化进程中所产生的毫无内涵的"艺术"）、大槐树（传统的最后坚守者）、铃铛、铛子（传统在现代残存的碎片），百花深处胡同等。这些"意象"有些成为情节发展中必不可少的内容，有些则像是无意中闯入情节脉络中的，但却各自传达了不同的隐喻意义，丰富了影片的内涵空间。

从"冲突律"的角度来说，《百花深处》的情节拐点出现得较早，在情节开始约30秒后，随着冯先生请求工头为他搬家，情节就正式开始了。对于一部只有几分钟的微电影或者艺术短片来说，情节拐点确实应该早点出现。至于人物信息，只能在情节推进的过程中见缝插针地透露点滴，或者在人物甫一出场就通过衣着打扮、动作神情、说话方式让观众对他有一个直观的表面认识。《百花深处》深谙此道。影片开始时，搬家工人正在一幢现代化高楼前搬家，所搬之物全是现代风格的，或者代表现代科技文明的电脑（尤其这电脑还属于一个小孩，可见现代科技正在深刻地影响下一代人）。冯先生出场时，说话语气客气而谦和，头上戴着不伦不类的黄色帽子，上身里面穿着深红色的T恤（饱和的红色和黄色，都是中国古代皇家的颜色），这引发了观众的好奇心。而工头回答冯先生搬家的请求时,直截了当地说:"行啊,给钱的活都干!"这个场景属于介绍性场景,并隐晦地构建了冲突(谦和的冯先生与功利的工头之间的冲突),并让观众看到了情节发生的环境,对主要人物有了初步的印象,为后面的冲突发展作了铺垫。

情节拐点出现之后,按理说平衡被打破,但编剧用了约一分半钟的时间来介绍环境,即现代化的北京已经变得让人头晕目眩。尤其对于老北京人来说,由于熟悉的地标都被拆除或被遮挡,已经分不清东南西北了。在这一分半钟的时间里,编剧无意炫耀北京的时尚与繁华,而是有意识地凸显了"现代北京"的毫无特点,毫无地域特色。所到之处,我们看到的全是分不清地域和国别的现代化建筑。此外,耳畔还充斥着各种令人烦躁的噪声:广播声、警笛声、汽车的发动声音、口水歌的声音。这些声音构成了现代化都市的主旋律,与"百花深处"所代表的那种幽深典雅、宁静古朴的气质形成了强烈的对比,实际上也在下意识地提醒现代化进程中我们所失去的东西。

上述环境介绍与情节发展没有直接关系,仍属于铺垫的部分。但是,编剧通过几个细节将这部分看起来游离于主情节线索的铺垫编织进情节发展的洪流之中:冯先生看着窗外的建筑茫然不知所措,加上几个工人的议论,暗示冯先生可能不是正常人,也暗示了新北京在日新月异的变化中不仅失去了她浓郁的地域色彩和深厚的历史文化底蕴,更暗示了在现代化的进程中,人们失去了内心的价值尺度,变得有些失重和失控,以挣钱为目的而失去了精神上的依托与指引。

随后,当冯先生好奇地将半个身子都伸到窗外去观看时,车后座上几个工友仍然在投入地玩扑克牌(精神上的空虚与荒芜,呼应了失去历史传统的熏陶与指引之后的内心迷失),作为司机的工头竟然也一时没有发现。待发现之后,工头不是关心冯先生的安危,而是指责他:"别把您的头探出去,甭让警察瞧见了这不给我找事吗?"对于工头来说,冯先生的安危并不在他的考虑范围之内,他个人的经济损失才是第一位的。这一段虽然没有推动情节发展,但补充丰富了人物信息和空间氛围,为后面的情节发展逻辑提供了必要的前期预设。

当工头一行到了百花深处之后,影片的情节冲突才算是真正上演了。当然,作为一部偏文艺的短片,这里的冲突并没有到剑拔弩张的紧张程度,而是一些比较温和的抵触。当工头一行发现冯先生欺骗了他们之后，怒气冲冲地离开，在路上又接到公司领导的电话，告诉他们冯先生是个疯子，但仍然要求工头去跟冯先生把账结了。编剧设置这个细节的用意是表现搬家公司领导的唯利是图，连一个疯子都不放过，但从现实逻辑来看，这个细节有些夸张。首先，任何公司领导发现对方是个疯子都只会自认倒霉，不会指望从疯子手中结到账。因为，这个过程注定相当艰难，必将耗费大量时间，对唯利是图的现代人来说算一算这笔时间账就会发现不合算；其次，就算从疯子手上要到了钱，只要家属一告状，不仅可能损失钱财，还可能在道义上处于不利。因此，这个细节不符合现实逻辑，也不符合影片中人物的行为逻辑（不放过任何一笔钱的理念可以理解，但如果收到这笔钱要付出大量时间成本甚至道德成本，经营者也能很快算清这笔账）。

正常情况下，工头听到领导的要求之后，会经历一阵犹豫甚至下意识地拒绝。编剧本来可以在这里设置一个压力下的选择：工头虽然一心只想挣钱，但要他去向一个疯子要钱毕竟于心不忍，或者认为没必要。如果工头有过这种犹豫或困惑之后仍然决定必须要回这笔钱，那对观众还能有一定的冲击力，让我们看到了现代人锱铢必较的本色。但是，工头却没有任何犹豫和疑惑地答应了领导。这种处理方式固然可以让观众看到他们的贪婪与功利，但也失去了对工头内心道德煎熬的一次审视机会。

当"搬家"完成，工头驾着卡车行驶时（这里也有一个情节上的硬伤，即冯先生和工头都不知道搬家的目的地），冯先生惊呼前面有个坑。众人不信，以为不过是疯言疯语，却不料看似平坦的土路上真的有一个坑。这时，众人才醒悟过来，冯先生看似一直活在自己的时代和自己的世界里，以一种拒绝交流和妥协的姿态与现代社会对抗，但他反而是现代社会里的一个清醒者，只有他那双不被功利蒙蔽的眼睛才能看到现代化进程中的"坑"。当工头为深陷泥坑里的卡车轮子铲土时，发现了一个铛子，从而与冯先生先前发现的铃铛合二为一，组成了一个完整的传统文化的意象。当几位工人循着冯先生远去的身影回望那棵大槐树时，他们依稀看到一幅电脑绘制出来的水墨动画，一座四合院掩映在飘落的槐花中，耳畔响起老北京走街串巷的民间艺人的叫卖声。几位工人沉醉其中，只是，一阵风过，四合院消失不见，苍翠的大树在夕阳的余晖中虽仍郁郁葱葱，但无端地涂抹上了一层悲情的意味（图43）。

这个结尾无疑文艺气息浓郁，沧桑意味也十分明显，但理想化的痕迹也难以掩饰。《百花深处》的主情节应是冯先生如何完成他的搬家心愿。当然，由于障碍太多（现实的和时代性的），冯先生最后无法完成搬家任务。编剧也清醒地意识到冯先生注定是一个旧时代在新时代面前的注脚，于是让工人

图 43

搬了一通虚拟之物，并在花瓶破碎时让我们看到了真实的一地碎片，犹言"传统"要么只是虚拟空无之物，要么就是以碎片化的方式出现在现代时空里。如果编剧够狠的话，影片可以在这里结束。但是，编剧为了抚慰观众，用了一种理想化的方式让几位搬家工人完成了心灵的"弧光"，发生了情感上的转变，对冯先生有理解、同情、认同，甚至崇敬。这是十分勉强的。至于让几位工人看到了电脑绘制的以水墨动画形式出现的四合院，将这种勉强再向前推进了一步，让观众误以为他们会在冯先生的感召下成为传统的认同者、捍卫者、继承者。好在编剧还算清醒，让水墨动画瞬间消失，让观众意识到这是一场虚构和假想，刚才那些工人入神专注的表情也像是瞬间的恍惚。至于那些"传统"，只能像冯先生那个铃铛和那棵大槐树一样，在夕阳的余晖中看似熠熠生辉，但实则只是一种回光返照的想象性慰藉。

通过对《百花深处》人物塑造和情节设置的分析，我们已经对剧本的主题表达有了清晰的把握：在如火如荼的现代化进程和现代人的功利虚无中，传统文化以及传统价值正在失去其栖身之所。无疑，编剧是先确立了主题然后才开始人物塑造和情节设置的。如果编剧仅仅关注现代化建设中摧毁了的传统建筑（或者引申一下，现代化进程中传统文化流离失所），就不会花费那么多笔墨来展示搬家工人身上的功利、冷漠与精神荒芜。

总体而言，《百花深处》的编剧成就比较突出，编剧不仅通过非凡的想象力为观众奉上了一出充满荒诞、幽默，但又苦涩沉重的闹剧，而且通过巧妙的艺术手法为观众呈现了具有代表性的人物形象，构建了舒缓有序、张

弛有度的情节节奏。而且,在这些人物形象、情节发展和道具、意象、细节的安排中设置了丰富的"潜台词",从而有效地扩充了剧本的情感内涵和思想深度。

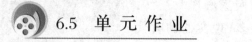

6.5 单元作业

将微电影《红雨》进行重新构思,创作出一个更符合微电影编剧规律和要求的剧本。

第七章

微电影编剧技法举例

7.1 培养电影化的思维方式

电影体现了一种视觉化的思维方式，人物的性格、情感，甚至影片的主题，都要尽可能地通过视觉化的方式予以呈现。即使一些信息必须借助于语言传达（对白、独白、旁白），也忌讳以布道的方式直接宣讲，而是鼓励通过日常化的语言，用一种曲折隐晦的方式将信息夹杂在看似随意的话语中，引导观众通过主动的方式去捕捉、归纳、总结、提炼散落在这些语言中的信息。这个过程，正是电影观赏的魅力之一，对于编剧来说却是最基本的挑战。

为了培养这种视觉化的思维方式，我们可以尝试这样几种方法：

（1）有意识地将抽象、概括性的词语进行视觉转换。

我们已经习惯了文学化的思维方式，要表达某种情绪，要概括某个人的性格时，会下意识地借助文学语言。例如，"我现在很难过""他是一个十足的恶棍"，等等。这些表述在小说、散文、戏剧中可能都没有问题，但在电影剧本中则显得不专业。对此，我们要有针对性地进行思维转换：如何不借助文学语言也能将相同的意思通过画面、动作的方式呈现出来？

假如，我们要在剧本中让一个恶棍出场，此前观众对他一无所知，而且不能用旁白或者借助他人的嘴巴来介绍这个人物的品性，编剧就必须设想相应的动作或场景向观众暗示：这个人是个恶棍。编剧可以这样描写：他穿着花里胡哨的衣服，头发油光可鉴，嘴里吹着轻佻的口哨，流里流气地看着身边路过的姑娘，并响亮地打了个响指。这种描写理论上说没有什么问题，但容易给观众留下表面化、概念化的印象，或者说有些俗套。当然，类型电影大都是俗套，那是指情节套路，绝不是指细节，任何一部俗套的类型电影都会有别具新意的细节呈现。对于恶棍，上述描写固然直观，但难以产生夺人眼球的效果，和旁白、字幕相比也没有高明多少。因为人物一出场就在脑门上写了"恶棍"两个字，不需要观众的概括、归纳。编剧可能是按照他从大量电影、书籍里得到的恶棍形象照搬了一个人物设定，而没有准确地把握"这一个恶棍"的独特性。

我们可以换一种思维方式，不是从表面就知道人物恶棍的本质，而是有意识地制造一种反差，让观众完成认识的思维过程。编剧可以这样写：他穿着笔挺的西装，拎着一个黑色的公文包。他路过一只流浪猫时，一脚将装猫粮的碟子踢飞，然后又将惊慌失措的猫踢下台阶。猫的哀叫声让他露出满意的笑容。这种描写避免了"开门见山""一览无余"，没有让人物一出场显露恶棍的外在特征，而是通过他的行动让观众意识到这是一个恶棍这种思维方式更接近电影的艺术本体特征。

对于剧本中的主人公，我们也需要在他出场时设置一个场景或细节，让观众能够很快就认识他，并喜欢他。如果是创作小说，主人公出场时，我们可能会用上一大段的描写和议论，甚至是别人对他的评价之类的。如：他身材修长，面容俊朗，阳光在他洁白的衬衫上跳动，使他宛如来自海边的一抹清新和蔚蓝。他叫夏梓檬，今年才18岁，跳舞、唱歌都算得上专业水准，更为难得的是，他还是一个学霸，每次大考都能进入年级前三十名。毫无意外，他在学校里被无数女生视为梦中情人，明里暗里的表白据说不曾间断……这段描写对人物信息的披露比较全面，但没有体现电影化的思维方式，其中一些语句高度概括（他还是一个学霸，每次大考都能进入年级前三十名），在电影中可能只能借助旁白才能完成；还有一些语言过于文学化（阳光在他洁白的衬衫上跳动，使他宛如来自海边的一抹清新和蔚蓝），完全没办法用画面或动作来完成这种感觉的还原；还有一些语言表达得略为抽象（他在学校里被无数女生视为梦中情人，明里暗里的表白据说不曾间断），缺乏具体性。对于电影编剧来说，要尽可能地不借助旁白或对白，用纯画面和动作的方式将上述信息八九不离十地传达给观众。

韩国电影《釜山行》开头部分介绍男主人公的身份、性格、处境时，就是在一种生活化的情境与氛围中，不动声色地透露了上述信息：

3. 证券公司办公室，白天

石宇打电话：常务，这个时候我们退出的话，别人会钻空子的。现在还不知道是什么原因，翻盘的可能性也……（妥协）好的，那就这么做了。

什么……(恭维着)不是的,我现在实力还不行呢。好的,那我等着您。好好,再见。

挂掉电话的石宇脸色沉了下来,似乎有什么不顺心的事。他扔掉早晨的垃圾,思考了一下,用公司的内线叫金代理进来。等待的空隙,石宇看到了网上有关泄露生化污染的负面报道,一脸疲于应对。

> 石宇有自己的道德判断,但在权威和利益面前会立刻放弃道德操守。这说明石宇不是一个道德完人,这反而让人物比较真实,接近平常人,能引起观众的认同。同时,这种"低起点"的处理方式也有利于展现随后的"人物弧光"。

金代理敲门进来,恭敬地:接下来怎么做?

石宇:把相关股票挑出来全部扔掉。

金代理:全部吗?

石宇看着网上的评论:嗯。

金代理:这样的话可能会罢市的,还要考虑到市场的安全性,无论怎么样,站在散户的立场上有点……

> 金代理比较耿直,石宇则比较圆滑,不会顶撞上司,更不会做损害自己利益的事。

石宇打断他:金代理,你干活的时候,连散户的立场都要考虑吗?

金代理不说话了。

石宇:全部抛售,现在马上。

金代理答应着想要离开,石宇又叫住了他。

石宇:等一下,金代理,你知道最近的孩子喜欢什么吗?

4. 地下停车库,晚上

石宇从奥迪车上下来,正在和前妻通着电话。

石宇:算了,我们不要因为诉讼之类的白费力气了。要上诉,还是什么随

> 说明石宇对女儿的世界完全不懂。不是他不爱女儿,而是他以工作(赚钱)为重心,忽略了与女儿的交流。

便你。我来抚养秀安。

前妻(OS)：你养什么孩子。你最近和秀安聊过吗？秀安说明天来这呢，就算是自己一个人也要来。你知道吗？

石宇：你说什么呢？

前妻(OS)：真是，真让人火大。

石宇：孩子一个人能去哪？

前妻(OS)：要不然你就带过来。她说想我了，能怎么办？

石宇：明天不行。

前妻(OS)：你知道明天是孩子生日吧？

石宇：知道！

石宇挂了电话，从车里拿出了秀安的生日礼物。

> 通过打电话的方式让观众捕捉到石宇的婚姻状况，以及他因忙于工作而与女儿关系疏远的现实。

> 这段对话里暗示了多重冲突（石宇与妻子、石宇与女儿）。同时，这段话还引出了情节走向（去釜山）。

5. 石宇的家，晚上

石宇的妈妈在处理小鱼干，听到石宇进门迎了上去，接过他手里的东西。

石宇的妈妈：吃晚饭了吗？

石宇：随便吃了点。秀安呢？

石宇的妈妈：吃了晚饭，在自己的房间里呢。

6. 秀安的卧室，晚上

石宇推开秀安的卧室门，秀安躲在被子里正在和妈妈通着电话。

秀安：我自己一个人能坐火车。为什么，妈妈你来车站接我不就行了吗？

石宇故意敲敲房门提醒秀安他回来了，然后开了房间的灯，看到床上秀安躲在被子里的形状。秀安：妈妈，挂了。

秀安从被子里钻出来,生着石宇的气。

石宇坐到床边:没关系,接着打吧。

秀安:已经挂了。

石宇:妈妈说你想去釜山。

秀安默认。

石宇:秀安,爸爸最近事可多了。下周好像可以。秀安不能理解一下吗?

秀安没回答,抗议着。

石宇想到自己还有礼物,递给了秀安:你肯定以为我忘了吧。生日快乐!

秀安拿着礼物发愣。

石宇:愣着干吗,快点拆开啊。

秀安拆开礼物,发现是一个游戏机,又沉默了。

石宇:怎么了,不喜欢吗?

秀安看向书桌,石宇顺着眼光过去,发现桌上已有一台一模一样的游戏机了。石宇这才发现自己失误了,有点懊恼。

> 通过具体的细节表明石宇对女儿的忽略。同时,石宇因为愧疚,使他有可能同意陪女儿去釜山。

秀安:这次是儿童节收到的。

秀安很失落,石宇也很愧疚。

石宇:那……别的,你有没有什么想要的。

秀安:釜山。我想去找妈妈。明天。

石宇:刚才不是说了嘛,等爸爸有时间了,下次。

秀安:不行,明天。每次你都说下一次,明摆着又是骗我。

石宇想说什么，秀安打断了他。

秀安：我不会占用爸爸时间的。我自己一个人能去。

石宇无奈的表情。

7. 石宇的卧室，晚上

石宇脱掉外衣，他的妈妈坐在床上看着他。

石宇的妈妈：最近很忙吗？

石宇：一直都这样。

石宇的妈妈：明天说好和秀安一起去釜山了吗？

石宇：嗯。

石宇的妈妈手里拿着一个DV：太好了。这次去釜山，和娜英……和娜英见个面，吃个饭好好沟通一下。夫妻关系不是那么容易就能剪断的。也要想想秀安。

石宇：妈妈，我自己会看着办的。因为最近是很重要的时期。

石宇的妈妈：也是。你是个大人，你自己肯定会看着办的。白天学园会因为你没来，秀安很伤心来着。对秀安来说，现在也是很重要的时期。

石宇的妈妈把DV放到床上离开了房间。

石宇思考着妈妈的话，将目光放到了床上的DV上。他拿起来，上面是白天学园会上秀安的独唱表演。

——"黑色乌云遮盖住蓝天……"

看着视频，石宇笑了。

> 石宇的价值观是以事业为重，家庭是第二位的。这是他和妻子女儿之间的矛盾所在，也是影片要让石宇完成的转变之一。

> 一部优秀的影片中，一个看似不经意的细节应该有铺垫，有呼应，与后面的情节产生关联。影片结尾处，秀安正是靠唱这首歌才获救。

> 人物的每个选择都不能太轻易或者太突兀。石宇从以事业为重到决定陪女儿去釜山，编剧在这个段落里做了至少三处铺垫：妻子指责他忽略女儿时的羞愧；因买重了生日礼物而感到内疚；看到女儿因缺少父爱而在学校里显得拘谨，更感觉愧疚，于是下定了决心。

——"即使离别的日子到来,再次……"

视频上秀安忘词了,老师虽然鼓励着她,但小朋友们还是发出了笑声,秀安一脸慌张的表情。石宇看到这,说不出的愧疚。

(2) 通过拉片子的方式深入理解视听语言的结构方式。

拉片子,顾名思义,就是将片子"拉长",逐格逐段地分析影片。拉片子的意义就在于通过细致深入地观摩、解剖一部片子,整体而全面地把握它。我们在电脑上拉片子时,很难做到一格一格地分析影片,甚至也难以做到一个画面一个画面地解剖其中的光线、色彩、构图、演员走位、表情、台词等元素,但是,我们至少要完成对一部影片一个镜头一个镜头的解读,才能训练出一种电影化的感觉,进而培养出一种视觉化的思维方式。

影片《海角七号》(2008,中国台湾)的结尾部分,在歌声中勾连起两个时空,传达出面对历史的阻隔无力回天的无助与沧桑之感,我们可以对这个部分进行视觉化的复原:

1.(切)侧面,中景:(众人已离开舞台)茂伯留在舞台上,起了《野玫瑰》的调,劳马入画,吹起了口琴加入伴奏。

2.(切)中景,正面:阿嘉等人还在发呆,马拉桑已经上了舞台,大大也上了舞台,水蛙犹豫着。

3.(切)中景,正面,仰拍:茂伯和劳马在表演。

4.(切,移)中景:水蛙走上舞台。

5.(切)中景:大大开始弹键盘。

6.(切)侧面,近景:茂伯招呼阿嘉上台。

7.(切)正面,近景:阿嘉还在发呆,听到熟悉的旋律后会心地笑了。

8.(切,移)中景,仰拍:阿嘉来到主唱的位置,开始演唱《野玫瑰》(图44)。

9.(切)正面,近景(暖色调):友子和中孝介一行,中孝介说这首歌他也会唱。

10.(切)侧面,近景:阿嘉演唱。

11.(切)正面,中景,仰拍(移):中孝介以屏幕上的身影走向舞台中

图 44

央，阿嘉想离开，中孝介挽留了他，两人同台演唱。

12.（切）背面，俯拍：前景是阿嘉两人，后景是安静的观众，中孝介用的是日语，阿嘉用中文。

13.（化）背面，全景（冷色调），缓缓推近至近景：60年前的友子还在择菜，不经意间看到了旁边的书信盒，打开看到了照片，拿出一封信阅读。

14.（化）背面，全景（暖色调），推至中景：60年前日本人离开台湾的情景，一身白衣的友子非常显眼，她四处张望（图45）。

15.（切）正面，全景：众人向"高砂丸"告别的情景，友子还在张望。

16.（切，移）背面，中景：日本人上船。

17.（切）俯拍，正面，近景（顺光）：一身白色的友子

图 45

像一位天使。

18.（反打）仰拍，中景（横移）：日本人上船（阿嘉和中孝介合唱的《野玫瑰》一直作为背景音乐未断。至此，突然响起了日本教师女儿的画外音，音乐也成了钢琴伴奏）。

19.（切）正面，近景，俯拍：友子茫然若失。

20.（切）侧面，中景（推）：船上的情形，可看到一个男子跪在甲板上向岸上看，忽然返身坐在甲板上（音乐又成了《野玫瑰》的曲调）。

21.（切）背面，近景，俯拍：日本教师趴在船舷上看到了一片灰色中身穿白衣、戴白帽的友子。

22.（切）正面，仰拍，近景：日本教师在看岸上。

23.（反打）俯拍，近景：友子在岸上不知所措（日本教师女儿的画外音还在继续），听到船笛，看向另一边，《野玫瑰》变成了童声合唱。

24.（反打）仰拍，近景，横移：船上挥手告别的日本人，移到了日本教师。

25.（反打）俯拍，近景：友子显然看到了日本教师。

26.（切）特写：友子想迈动的脚。

27.（切，移）仰拍，近景：船舷上趴着的日本教师。

28.（反打）近景：友子期待的眼神。

29.（反打）近景，移：船舷上的日本教师。

30.（切）特写，横移，下降：船上的空镜头（冷色调），下降到岸上告别的人群（全景，俯拍，暖色调，前景是横幅"台湾光复"，镜头继续下降，推，友子的中景，渐隐，影片结束）。

通过这种拉片子的方式，我们可以进一步深化对于一部影片的理解，不仅从宏观上掌握一部影片的主题表达、人物塑造、情节脉络，更可以通过对画面、声音、剪辑的细致分析，真正完成与创作者的对话，在诸多细节中捕捉影片中那些被隐晦表达的微言大义或者流淌在画面和声音中的细腻情感。更重要的是，通过这种拉片子的方式，编剧也能潜移默化地完成一种电影化的训练，有意识地思考在编剧过程中如何通过画面呈现的方式完成情绪的表达。

(3)通过思维逆推的方式将一部影片还原为电影剧本。

拉片子可以一个镜头一个镜头地还原一部影片的视听语言和情绪内涵，思维逆推的方式则是一个场景一个场景地还原一部影片的剧本结构。

场景，是指在一定的时间、空间（主要是空间）内发生的一定的任务行动或因人物关系所构成的具体生活画面。更简单地说，场景是指在一个单独的地点拍摄的一组连续的镜头。在电影编剧时，我们一般是用场景来标注一个个片段，从而构成一部完整的影片。我们可以对一部影片进行场景还原，用电影化的语言将场景里的内容书写清楚。

通过场景还原，我们会意识到，每部标准时长（90分钟）的影片其实场景并不多，少的只有几个（甚至一个），正常的是40—50个。平均而言，一个场景有两到三分钟的时长，一部影片就是通过一个个场景连缀成篇。我们在撰写电影剧本时也要有这个概念，通过场景的设置来完成情节的安排和展开。每个场景还可以称为"一场戏"，编剧的工作就是保证每个场景或者每场戏都既有一定的独立性，能推动情节发展或者揭示人物信息，又能通过时空的转换和剪辑的处理将这些场景勾连成一个完整的故事。

编剧在构思一个场景时，一定要考虑这个场景中的基本内容和元素。例如，这个场景的时间、地点（有时候，时间、地点对于一个场景来说特别重要，甚至直接影响情节发生的可能性和情节的意义）、主角是谁（不是整个剧本的主角，而是这个场景的主角）、这场戏的核心冲突是什么（除了一些过渡性或纯粹交代性的场景之外，每个场景都应该有冲突。这种冲突可以是言语上的、价值观念上的，或者是动作上的）、这个场景对于情节发展或者人物塑造有什么意义（由于每个剧本的场景数量并不多，可想而知每个场景的重要性，它必须成为整个剧本不可或缺的部分，必须以直接或暗示性的方式参与到剧情发展、人物塑造，甚至主题表达中去）。

微电影《最后的枪王》开头部分的场景是这样的：

1. 南伯家中，内景，白天

南伯在擦拭他大号的榴弹炮，背景声音是动画片《美少女战士》。

南伯小心地将鞭炮里的火药收集起来。

南伯将火药灌进炮筒里，《美少女战士》中的对白声更响。

南伯用一块白布擦拭枪管。

电视机里放映着《美少女战士》画面。

南伯的外甥女在看电视,其时,水冰月说:"我要代表月亮消灭你们。"

南伯问:"红红,电视里老说我代表月亮消灭你,为什么是代表月亮?"

红红气呼呼地说:"你不懂的啦,这是时髦,你还是研究你自己的子弹吧。"

南伯尴尬地笑了,举起枪,作瞄准状。

画外传来声音:"南伯在家吗?"

南伯干脆利落地说:"进!"

两个人进门,一人说:"南伯,这是村委会刚下发的文件,听说你有把老步枪,今天我们是来收枪的。"

南伯将枪握紧,往地上轻轻一顿。两人赶紧逃出去。

我们对这个场景的分析如下:

时间(白天)、地点(南伯家)

人物:南伯、南伯的外甥女、村委会的两个工作人员,主角是南伯。

核心冲突:南伯珍爱他那把老枪,但村委会却下发文件要收枪,南伯大怒。

次要冲突:南伯对他的枪爱不释手,并致力于自制子弹;外甥女却喜欢看《美少女战士》。两代人之间存在代沟,互相不理解对方的喜好。

场景的意义:观众大致了解了南伯的性格(和善但耿直,沉默但又威严),也了解了这杆枪对于南伯的重要性,以及南伯终究保不住这杆枪的无奈。同时,我们还看到了南伯与时代的某种脱节,他的喜好,他的思维方式、价值观念难以和这个时尚化、娱乐化的时代融合,甚至他的后辈不理解也不尊重他的爱好,以及他对这杆枪的感情。

这个场景既是铺垫,又是情节的起点,它直接导致了南伯一系列后续动作的发生(进城还枪),对于刻画人物、交代情节发展的缘由,甚至暗示两种观念的碰撞都具有十分重要的意义。

《最后的枪王》开头这个场景是十分成功的，简洁有力地完成了铺垫，并在一分钟的时间里就出现了情节拐点，使情节快速向前推进。更为可贵的是，这个场景是电影化的，它没有借助字幕或旁白，只用画面和少量对白就完成了关键信息的披露，值得电影编剧借鉴。

7.2 编写故事大纲

故事大纲是将脑海中已有的故事脉络、人物形象以更为具体的方式呈现出来，类似于我们写作文时的提纲，但要比提纲更详细一些，一般要包括剧本的主要情节、主要人物和主题等关键信息。

故事大纲的编排非常重要，它可以直观简约地向自己或者投资人呈现故事的大致面貌，从而在大的方向上肯定或否决故事的可行性，在细节上调整、修改、删节部分情节、场景，并可以检测情节逻辑是否通顺、坚实、可靠。显然，故事大纲可以大大节约自己和投资人的时间，以高效的方式完成对一个剧本的整体评价和检测。同时，修改故事大纲比修改已经成型的剧本要方便得多，这无疑是一项更为经济的工作。

在故事大纲中，除了要交代情节的大致过程和脉络之外，还要注意处理好节奏感。以因果式线性结构为例，故事可以分为开端、发展、高潮、结局。这几个部分的时间分配是不一样的，开端和结局时间最短，发展部分时间最长。在故事大纲中，编剧要心中有数，用最含蓄克制的方式完成铺垫，尽快完成情节的开端，将最重要的篇幅放在发展阶段。在发展阶段，编剧又要设想大概有多少个障碍或者说转折，并分配好时间，尽可能保证每个情节小高潮在性质和强度上有递进的效果，从而使情节呈现出紧凑流畅但又张弛有度的节奏感。

故事大纲应突出主线，一些副线和配角可以暂时省略，保证主线、主情节、主要人物饱满充实。而且，故事大纲虽然追求行文简洁，但对于故事中最有新意、最有卖点的部分还是要重点强调，以凸显故事的吸引力。

故事大纲仍然应该具有电影化的特点，尽量使描写具有画面感，尤其忌讳在描述情节发展时还要借助大量阐释性、介绍性的文字来补充信息。例如，一个人物要杀人时,编剧还要去回溯他的童年,他父母之间的关系,以及他大学期间谈恋爱时所遭受的挫败,这就会打乱正常的叙事节奏。

故事大纲是一个电影剧本的骨架,要清晰明了地展示整部影片的情节走向,包括情节结构、人物关系和主题,之后就可以在此基础上分场景,加细节,加次要人物和副线,发展成一个完整的剧本。

关于故事大纲的内容,不同的编剧有不同的习惯和理解,许多有关电影编剧的教材中也会给出不同的范例,因而没有标准答案或者强制要求,但一般而言,故事大纲要包括以下要素:

(1) 故事的开场和铺垫。
(2) 情节拐点(激励事件)。
(3) 情节发展。
(4) 主人公遇到危机或者考验。
(5) 冲突加剧。
(6) 主人公遇到了更大的危机或者考验。
(7) 主人公克服了最后的磨难。
(8) 结局。

这个故事大纲就是"建置—对抗—结局"三段式结构的扩展版,只不过将"对抗"阶段的详细过程略作展开而已。但是,这个故事大纲能将未来故事的整体面貌以一种简练而直观的方式呈现在我们面前,编剧可以很准确地设置各个情节点,并推敲这些情节点在逻辑和情绪上的合理性,以及相应的强度是否与剧情的发展相匹配。而且,编剧可以直接在故事大纲上为各个阶段标上时间点,这样也可以检验情节的节奏是否合理。

这个大纲看起来适合表现以外部情节冲突为主的题材,但同样适用于表现人物内心冲突的题材。当然,大多数影片会打乱正常的叙述顺序,但故事大纲最好按照线性的方式展示情节的大致过程。

 ## 7.3 电影剧本的格式、体例

电影剧本的格式、体例问题,并不是电影编剧最为核心的问题,充其量是个行业规范或者形式问题，真正起决定性作用的当然还是内容。但是，掌握电影剧本的基本规范和格式仍然是必要的，这不仅是与他人（尤其是投资人、导演）沟通的通用语言，实际上也折射了编剧的一种电影化思维方式。

一般来说，电影剧本是按场景来划分的，用数字序号标明就可以了，内容包括地点、时间等。例如：1. 商场外，日。这表明这场戏发生在一个商场的外面，时间是白天（也可以具体到上午或下午）。

在描写具体的场景内容时，编剧要避免像话剧一样在括号里加注过多的说明，尤其是对演员的走位、摄影机的机位、光线等元素的要求，这些元素在电影剧本中都是不需要的，这是导演分镜头剧本考虑的内容。电影编剧主要负责用具有画面感的语言将情节呈现出来。

在电影剧本中，编剧除了要回避一些过于抽象、诗意、哲理化的语言之外，也要避免过于琐碎、具体的场景描写。因为描写太繁琐的话，会妨碍导演、制片人抓住主要情节、主要人物，甚至会因为规定得太过详细而干扰导演的工作。总之，电影剧本不仅要具有一定的可读性，更要有鲜明的电影感（画面感、视觉化、蒙太奇思维）。

例如，日本电影《啊，无声的朋友》（编剧：铃木尚之）剧本的开头如下：

1. 满洲旷野，夜（1944年）
货物火车在远方行驶。火车头的前灯和车尾乘务员室的尾灯幻影般地移动着。

2. 满洲旷野，夜
火车在黑暗中奔驰。

3. 满洲旷野，夜
随着尖厉的汽笛声，火车头迎面而来。
前灯刺目的光芒。
火车在轰隆轰隆的车轮声中掠过画面。
绵延不绝的黑色货车车皮。

4. 同上
一节黑色油漆已经剥蚀的车身，
满洲铁路的标志和车号的数字在星光下隐约泛出白色。

车门微开着,车厢里黑暗无比。
单调的车轮声。
尖锐短促的汽笛声。
单调的车轮声。
5. 车厢内
军曹松本在黑暗中点名的声音。
重叠着其他分队长点名的声音。
……
百濑点火抽烟,他的脸在黑暗中显现。
百濑深深吸了一口烟后,把香烟递给旁边的吉成。
吉成的脸在香烟火星中闪现。
香烟在十三个分队队员之间依次轮转。

在这个开头里,我们可以看到编剧出色的画面感和节奏感,每一个短句都可以还原为一个画面或一个动作,既能为观众提供直观的电影画面感,也能帮助导演设定各种视听元素。更重要的是,编剧还注意加入声音、角度等元素以丰富画面的内容。在行文风格上,编剧没有沉醉于文学上的修饰,而是显得简洁利落。这一切,都显示出编剧出色的电影化思维方式。

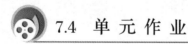

7.4 单元作业

根据下面一则社会新闻,完成一个微电影剧本的构思,并写出故事大纲:

河南一大学生猎捕16只燕隼被判刑10年半

新华网河南频道12月2日电(记者刘金辉)河南新乡一大学生小闫暑假期间和朋友在老家掏了16只鸟,并将部分卖掉,然而这些鸟却是燕隼,为国家二级保护动物,小闫日前被新乡辉县市人民法院判处有期徒刑10年6个月,其朋友也被判处有期徒刑10年。

据了解,1994年出生的小闫原是郑州一所职业学院的在校大学生,

2014年7月14日,小闫在家乡辉县市高庄乡土楼村过暑假期间,和朋友小王在该村一树林内猎捕了12只燕隼。饲养过程中逃跑一只,死亡一只。之后,小闫通过网络发布买卖燕隼的相关信息,以800元7只的价格卖到郑州,280元2只卖到洛阳,另外一只卖到辉县。

2014年7月27日,小闫和小王在该树林内又猎捕了燕隼2只及隼形目隼科动物2只。随后,两人被辉县市森林公安局刑事拘留。

辉县市人民法院审理认定,小闫和小王分两次非法猎捕燕隼和隼形目隼科动物共16只,小闫从平顶山市张某手中购买凤头鹰(国家二级保护动物)1只。

辉县市人民法院判决:小闫犯非法猎捕珍贵、濒危野生动物罪,判处有期徒刑十年,并处罚金人民币五千元;犯非法收购珍贵、濒危野生动物罪,判处有期徒刑一年,并处罚金人民币五千元,数罪并罚,决定执行有期徒刑十年六个月。小王犯非法猎捕珍贵、濒危野生动物罪,判处有期徒刑十年,并处罚金人民币五千元。其他涉案人员也被判刑。

之后,小闫和小王均提出上诉,新乡市中级人民法院二审维持原判,其中,认定上诉人小闫和小王违反野生动物保护法规,非法猎捕国家二级保护动物燕隼和隼形目隼科动物16只,其行为均已构成非法猎捕珍贵、濒危野生动物罪,且属情节特别严重。

(http://www.ha.xinhuanet.com/hnxw/2015—12/02/c_1117331779.htm)

第八章
一次微电影创作的完整过程

8.1 《镜中》故事大纲的评析

这是复旦大学新闻学院2010级本科生马故渊写的故事大纲,名叫《镜中》,我们可以来分析其得失。

镜中(主人公和咨询师由同一演员扮演)

【主题】主人公一直很孤独,但又害怕孤独。故事讲述她是怎样与亲人和解,唤醒爱的能力以及亲近别人的勇气的。

【背景】生物学专业大四本科生刘天歌的妈妈几年前去世了。她的爸爸是个无能的木匠,爱酗酒。一直以来,刘天歌用奖学金、助学金供养着自己和爸爸,她爱爸爸但是又以他为耻,关系很疏离。这种家庭关系影响了她的人际交往,她很想与同学亲近但又显得冷淡,因此总是很孤独。

(以上背景以心理咨询形式穿插,以暗示的方式揭露。)

【开端】刘天歌最近一直失眠,她睡在上铺,害怕坠落。因此她开始进行心理咨询,影片一开始咨询师让她做房树人测验。她画的房子又小又破,一个小女孩孤独一人被一圈篱笆围着,离房子远远的。

【发展】刘天歌面临着毕业。朋友经常聚在一起讨论要不要请家人参加毕业晚会这些问题,她总是在一旁独自坐着。有时,他们会忽然想起她的存在,问她和谁一起走红毯。她摇摇头,他们就又转过头去顾自谈笑。

爸爸打来电话,说他最近买了一注彩票,中了两百块钱,高兴得不得了。这让刘天歌不耐烦地冲他吼,没出息,所有会做的事只是在妈妈死时给她打了一具棺材,她愤怒地吼完又开始后悔。爸爸沉默了。挂了电话,她把寝室里养了一条鱼的鱼缸给砸了。

　　她愈发感到自己的孤独,只能一个人拼命在实验室里做实验。她有一只被单独关起来的做实验用的兔子,她触景生情,把它放回了兔子堆里。

　　【高潮】刘天歌忽然接到爸爸电话,他来到了她的学校。他给她带了她小时候爱吃的麻糍,以前是她妈妈经常做给她吃的,她没有想到爸爸也开始学着做。爸爸还给她带了家里全部的存款,说她就要毕业工作,需要钱。爸爸走的时候,刘天歌忽然叫住他,让他多留几天。她决定邀请爸爸做红毯男伴,她要让大家知道,这是她最爱和最爱她的人。

　　【结局】红毯就要开始了,刘天歌穿着裙子牵着爸爸在后台准备,遇到了好多同学,向她打招呼,夸她漂亮,她向他们介绍爸爸。快要上台了,她忽然想起自己的咨询师。

　　她来到了咨询中心,却发现面前的只是一面镜子,她看到了充满自信的自己。

　　看完这个故事大纲之后,我们能隐隐感觉不满意,但一时又说不出具体的症结所在。一部微电影,似乎也只能有这么多的题材容量,主题也算正面健康,人物的性格和人物之间的矛盾冲突也还算清晰。总之,这是一个挑不出大毛病,但又不算出彩的故事大纲。如果不在写成正式剧本和拍成电影之前解决大纲中的相关问题,最后的成品会将情节、人物和主题中的缺陷加倍放大,甚至让创作者不忍直视。

　　先看主题。主题是方向标,它对一个剧本的情节走向、人物设定起着引导甚至决定性的作用。主题不需要太过复杂,也不需要非常深刻,只要能表达创作者的某个观点就可以了,但主题的表述中要突出冲突与结果。

　　创作者将《镜中》的主题表述为:主人公一直很孤独,但又害怕孤独。故事讲述她是怎样与亲人和解,唤醒爱的能力以及亲近别人的勇气的。这个主题的表述不够简洁明了,虽然也包括了冲突和结果,但这段话里有许多歧义丛生的地方:剧本究竟是想强调"主人公在与孤独作斗争的过程中终于克服了孤独",还是"主人公从与父亲隔膜、厌恶的关系,最后完成了对父亲的理解与接纳",抑或"主人公从自卑、逃避的状态中慢慢找到了自信,能够坦然地面对自己",甚至"主人公从自我封闭的状态,最后唤醒了爱的能力?"这段话里实际上包括了至少四个主题,每个主题都可以单独发展成一个完整的微电影,将四个主题放在一个微电影里却可能一事无成。

从情节内容来看,创作者想表达刘天歌与父亲之间从冲突到和解的过程,但作者在结尾又这样写:"她来到了咨询中心,却发现面前的只是一面镜子,她看到了充满自信的自己。"这样看来,剧本要表达的似乎是刘天歌通过与父亲的和解,最后建构了强大的自我认同,获得了信心与勇气。不是说这种逻辑绝对不可以,而是显得比较牵强,观众也很难在情节发展的过程中自然而然地得出上述结论。

创作者应在故事大纲阶段就完成对主题清晰明确的表达:在父亲的宽容和牺牲面前,刘天歌终于理解并接纳了父亲。这个主题表明剧本将围绕父女之间的隔阂与和解而展开(也就是"冲突"与"结果"),最终歌颂的是亲情,是父亲的宽容和牺牲。也许,将剧本的重心放在父亲身上并非创作者的初衷,但从故事大纲所提供的情节来看,父女之间的和解之所以能够完成确实是因为父亲的转变(虽然这个转变比较牵强,也缺少情感力量),而非刘天歌在修复父女关系中有什么积极的努力(最后邀请父亲做自己的红毯男伴不过是父女关系修复之后的结果,而非原因)。

从故事大纲来看,主人公刘天歌的三个维度还是比较清晰的:生理维度方面,大约22岁,女孩;社会维度方面,某大学生物专业学生,母亲几年前去世了,父亲是个无能的木匠,爱酗酒;心理维度方面,性格冷淡,略微孤僻,内心压抑。其实,对于读者或者观众来说,这样的人物设定仍然是不够的,不是说我们要像查户口一样了解刘天歌的所有信息,而是我们要了解与剧情相关的核心信息,与人物性格相关的关键信息。从情节发展的需要来看,刘天歌所读学校的档次,刘天歌的长相和爱情状况,刘天歌毕业后的去向都会影响刘天歌的心态甚至性格。

假如,刘天歌是个非常漂亮的姑娘,有一个身世不错的男朋友,两人感情很好,就要谈婚论嫁了。这时,刘天歌想到她那窝囊的父亲,隐隐地认为父亲的出现会破坏她和男朋友之间的爱情。这实际上就给刘天歌和父亲之间的和解增加了障碍,使人物之间的冲突更加尖锐,剧情张力也就可以提升一个层次。再假设，刘天歌所读的学校档次一般，生物专业在求职市场上又没什么优势，加上女生所受的职业歧视，刘天歌直到毕业前夕仍没有找到工作。在绝望无助的状态中，刘天歌恨老天不公，恨父亲无能，不能为她提供任何经济保障和人脉支持。这样，刘天歌和父亲之间的和解也将变得困难重重。再或者，刘天歌所读的学校是中国前几名的大学，她已经被保送攻读本校的硕士研究生，是同学和亲人眼中的成功者，但父亲却认为她自私，不尽快参加工作，却浪费时间去读研究生。这时，刘天歌对父亲是鄙视加仇恨，和解之路渺渺难寻。

可见，对人物三个维度的不同设定可以将情节冲突引向不同的方向，可以有效地增加剧情的张力和情感的强烈程度，但是，创作者为我们塑造的刘天歌却多少有些面目模糊。她全部痛苦的根源似乎仅仅是有一个不争气的父亲，而非对自己爱情、未来等方面的焦虑。这对于一名大学生来说难以理喻，也很难引起观众的认同。

这个故事大纲的核心人物就两个，情节主线是父女之间的隔阂与和解，所以，父亲也是非常重要的一个人物，同样需要让观众对他有比较全面深入的了解。在现有的故事大纲中，我们只知道这位父亲是个无能的木匠，爱酗酒，而且目光短浅，境界低下（买彩票中了200元就高兴得忘乎所以），一生无能（一生唯一的业绩是妻子死时为她打了一具棺材）。整体而言，这是一个完全负面的父亲形象，观众在他身上看不到任何正面的、闪光的东西。

为了构成冲突，许多剧本会在塑造人物时有意识地突出前后对比，进而呈现人物转变的"弧光"：从好到坏，从坏到好……创作者先将父亲设置得极为窝囊、失败，后面又展现他对女儿的爱与关心，这就带领观众和刘天歌一起完成了对父亲的重新理解，重新发现：父亲不是世上最无能的人，而是一位有责任心、有担当、有爱心的男人。只是，按照故事大纲的内容，创作者在塑造父亲时出现了偏差，未能注意恰当的铺垫与暗示，导致人物的转变缺乏可能性与合理性。或者说，刘天歌可以对父亲有极大的偏见与误解，但这种偏见与误解应该来自刘天歌视野的限制、心智的不成熟、阅历的有限，而不能来自父亲道德和思想境界上的缺陷、人品上的污点。但从故事大纲来看，父亲买彩票中了200元就忘乎所以确实是没出息的表现，也表明了父亲的思想境界和人生价值观。至于酗酒这个设定更是容易从根本上影响观众对于父亲的认识，会认为这是一个在自我控制力、责任心方面有致命弱点的人。由于创作者对于父亲这个人物的态度比较疏远,基本持俯视的视角,剧本要让这样的人物完成幡然醒悟就比较困难。

从故事大纲来看,《镜中》两个主要人物的塑造都存在一定的缺陷,人物的关键信息未能交代清楚,人物性格对于剧情发展的意义未能表达充分。

再看情节脉络,其实也比较单薄和刻意。父女之间的互动只有两次:一次是父亲中了200元彩票向刘天歌炫耀,引发刘天歌的狂怒;另一次是父亲从老家为刘天歌带来了麻糍和家里的全部存款,让刘天歌感动。仅仅是因为父亲从老家带来的麻糍和存款,刘天歌就实现了与父亲的和解,邀请他做自己的红毯男伴,"她要让大家知道,这是她最爱和最爱她的人"。这种转变太突然了,用这种方式来解决剧本的核心冲突是非常偷懒的方式,过于轻巧。由于刘天歌的情感逻辑观众无从索解,自然也就无法产生共鸣。

按照故事大纲的人物设定以及刘天歌对父亲的一贯认识,父亲即使带来了麻糍和存款,刘天歌仍然会认为父亲无能,只能带来没有实际意义的麻糍和微薄的存款(既然她父亲是个无能的木匠,又酗酒,存款自然不会太多),不能解决她的任何实际困难,也不能使她在同学面前获得尊严。更重要的是,父亲的这两个行为与他一向的行为处事方式有跳跃感,不能帮助观众深刻地理解父亲的内在本质。而且,靠情感铺衍和往事回忆的方式来解决情感问题,是散文比较通行的方式。在电影中,要靠行动去解决冲突,填平鸿沟。

正常的编剧思路应该是,刘天歌一直认为父亲无能、失败(但没有道德瑕疵),她以自己有这样的父亲为耻。毕业前夕,刘天歌就要在一个新的城市工作了,她准备回老家在母亲的坟前进行祭拜,算是对母亲的一种告慰。在老家,刘天歌有机会与父亲相处一段时间,也有机会走进父亲的内心,最后,她终于真正理解和认识了父亲,于是邀请父亲去参加她的毕业典礼。在这个编剧思路中,最大的困难在于编剧设置一些什么样的事例来完成父女之间的和解,这是最核心的情节内容,也是对编剧最富挑战性的考验。

对于故事大纲中的另一条线索:刘天歌心理疾病的疗救,必须以某种方式实现与主线的融合,否则就没有出现的必要。假如主题和主情节是父女和解,就可以将刘天歌的心理问题设置成因为对父亲的怨恨与鄙视所引发的孤僻、自我压抑,当父女和解完成之后,这些心理问题自然迎刃而解。

如果要完善《镜中》的故事大纲,我们可以用简表的方式将《镜中》的故事大纲罗列如下:

1. 大四学生刘天歌性格比较压抑,与父亲关系比较僵,对父亲充满了鄙视和厌恶。(故事的开场和铺垫)

2. 刘天歌准备在正式工作之前回家拜祭母亲。(情节拐点)

3. 刘天歌看到父亲每天就是捣腾木头,极为不屑。(情节发展)

4. 父亲拿出珍藏的一根樟木,准备为刘天歌打造一只小木箱。刘天歌厌烦到了极点,直接拒绝,认为父亲一点出息都没有,根本不知道时代的变化。(刘天歌和父亲之间的冲突加剧,刘天歌遇到了考验,即要不要接受父亲的这份礼物)

5. 父亲坚持赶制木箱。(冲突加剧)

6. 刘天歌和父亲去拜祭母亲,刘天歌发现母亲的坟整饬得非常漂亮,还种了一棵小小的枸杞树。在坟前,刘天歌与父亲发生争吵,认为是父亲的无能才导致家庭贫困,母亲早逝。(冲突加剧)

7. 父亲做完了木箱,木箱里放了几袋麻糍,还有一叠各种面额的钞票。(刘天歌遇到更大的考验,即要不要理解并尊重父亲)

8. 刘天歌终于知道,能力有大小,但父亲的爱意和担当其实一直都在。她邀请父亲参加她的毕业典礼,做她的红毯男伴。(冲突解决)

9. 刘天歌挽着父亲的胳膊,甜蜜地走在毕业红毯上。(结局)

这个故事大纲并不算成功,冲突比较平淡,解决冲突的方式比较表面化,剧情设置没什么新意,也没有令人耳目一新的悬念或者突转,对人物心理的挖掘也不够深入,但是,至少这种剧情设置的方向是对的,保证了主题的集中,情节冲突的紧凑,人物之间互动的展开与深化。这也再次证明,编剧的套路可以很快就掌握,真正的考验在于创意和新意,而这些东西,有部分来自天赋,也有部分来自后天的学习与训练,还包括刻苦的调查、丰富的社会阅历、练达与睿智的人情,等等。

综上所述,《镜中》的故事大纲在主题表达、人物设置、情节安排方面都存在一些不足之处，这些问题必须在大纲阶段就合理解决，否则会对剧本的质量产生重大影响。

8.2 从故事大纲《镜中》到微电影剧本《枸杞》

在写出了故事大纲之后，马故渊同学未能征求多方意见，后来灵光乍现，想到以"枸杞"作为情感线索更合理，于是将题目改成《枸杞》，并很快写出了第一稿剧本。

枸 杞

【场景1：心理咨询室】【摄影棚，人工布光】

大特写：笔在一张纸上用简笔画的方法画出一座又小又破的房子，一个小女孩孤独一人靠着一棵树，离房子远远的。

以下仅为声音

咨询师：房子很破。

刘天歌：嗯。

咨询师：小姑娘靠着的是一棵枯树？

刘天歌：嗯，枸杞树。

> 这个开场比较用心，设下了悬念，也留下了和后文有呼应的细节。在电影化的表达方面，剧本能够用房树人心理测试的方式将刘天歌的心理状态、内心情感隐晦地呈现出来，是个不错的尝试。
>
> 此外，枯萎的枸杞树的意象也契合题目，又暗示了刘天歌对母亲的思念以及她缺乏安全感的心理状态。
>
> 对于编剧来说，一般不用考虑布光问题，只需交代清楚时间和地点就可以了。

年轻女咨询师和刘天歌面对面坐在沙发里，中间的茶几桌上放着一只鱼缸，还有房树人测试的画。刘天歌，蘑菇头，平平的相貌，温顺地垂着眼睛，绞着手。咨询师托着下巴。

咨询师：小姑娘有爸妈吗？

刘天歌：妈妈去世了吧……

> 鱼缸的意象在剧本中多次出现，有强调的隐喻意味，甚至构成了一条线索，表明了刘天歌的心理投射：她像是这条被囚禁的鱼一样，天地狭小，无依无靠。
>
> 这几句对话突出了刘天歌的心不在焉，她沉浸在对母亲的思念和同情中，也表明了她对于父亲的排斥心理。

咨询师：爸爸呢？

刘天歌：不知道，反正不能帮到她吧。她好像一直是一个人。

长长的淡出。

【场景2：饭店】【白天，自然光】

笑声淡入。

圆桌上杯盘狼藉，几个啤酒瓶都空了。某女甲拽着某女乙的脖子狂笑不止，俨然是焦点。身边的男生浩哥也在笑。刘天歌坐在他们对面，也在微笑，但更多的是疲惫地揉着眼睛和太阳穴。

甲：谁会叫上他呀？就他……

乙（同时说话）：怎么着怎么着……

浩哥：等他走红毯是这样走的——

浩哥开始用手指比出外八字的走路姿势。大家又笑了一阵。

甲：哎，那个谁，刘天歌，你跟谁走红毯呀？

刘天歌从手指间露出眼睛，显得调皮。她摇摇头，夸张地拖长句子。

刘：不知道——请个重要的人吧！

乙：你可以给那谁暗示一下……

甲（同时说话）：浩哥你快邀请啊，人家这不还没人吗。

浩哥（搞笑地唱）：我深深地爱你——

大家边和边敲筷子：——你却爱

> 这个场景的切换使开头设置的悬念继续萦绕在观众心头，但剧本却似乎岔开去另表一枝。
>
> 同学之间聚会的场面，创作者想通过"喧嚣""狂热""粗俗"的渲染来凸显刘天歌的"孤独"、"忧伤"。
>
> 但是，这个场面的描写略显低俗，尤其是那首口水歌，除了将同学的下流、无聊呈现出来之外，对于剧情和主题的意义不大。因为，刘天歌的痛苦不在于她的清高与同学的低俗之间的格格不入，而是她在世的孤独感，她与父亲之间的隔膜与对抗感。

上一个傻逼,那个傻逼不爱你,你比傻逼还傻逼……

歌声减弱,刘天歌没有加入,捧着头出神。

【场景3:心理咨询室】【摄影棚,人工布光】

咨询师:你现在的症状是?

刘天歌:就是……我睡在上铺,每天都失眠。

咨询师:什么感觉?

刘天歌恍惚的眼神。鱼缸里的鱼悠然地游动。

刘天歌:很害怕。(停顿数秒)害怕坠落。

【场景4:寝室】【晚上,人工补光】

一只手把手机摁亮,显示时间2:50。黑暗中,床上的人翻了个身。寝室里有室友轻微的鼾声。

书桌上有一只鱼缸,鱼缸里的鱼幽幽地游动,嘴巴一开一合。

床上的人又翻了个身,手机又被摁亮,显示时间4:05。床上的人抱膝坐起,鸟叫声渐入。她用手支着脑袋,开始小声啜泣。

鱼缸里的鱼无声地游动。

【场景5:实验室】【中午,日光灯】

生物实验室里,一大群兔子被关

> 这里引出了情节发展的一个核心悬念:刘天歌该找谁做红毯男伴。但是,剧本的铺垫和强调都做得不够。尤其刘天歌调皮的样子更是影响了观众对于这个问题的重视。
>
> 也就是说,剧本要有意识地铺垫"找谁做红毯男伴"对于刘天歌来说非常重要,而她现在毫无头绪。或者浩哥想做她的红毯男伴,但刘天歌又打心眼里瞧不起他。

> 由于剧本未能在开场之初铺垫好核心悬念,导致观众的关注重心无所适从,无从依托。正因为如此,心理咨询这条线迟迟未能和毕业典礼这条线,以及父女关系这条线交织起来。
>
> 刘天歌的心理症状是孤独、缺乏安全感。由于剧本未能交代清楚刘天歌的三个维度,观众会觉得莫名:一个大学毕业生,不为爱情、未来焦虑,却还沉浸在对母亲的思念,对父亲的厌恶中,这多少有点不合情理。
>
> 假如刘天歌工作、爱情都已安定的话,这种身世的感慨、缺乏安全感的孤独可能就无足轻重。
>
> 这说明,观众对主要人物的尽快了解对于剧情的发展以及观众的情感投入程度非常重要。

> 剧本对刘天歌的专业背景应该有更清晰的交代,并将专业特性与她的性格、情节发展呼应起来。
>
> 实验室的兔子只能表明刘天歌的孤独,而且是一种比较外在的孤单,未能为观众揭示人物更多的信息或者人物更深层次的心理状

在一个兔笼里。刘天歌前面的实验桌上的盒子里孤零零地关着一只兔子,还有一包拆开的快递,里面全是鲜红的枸杞。刘天歌在打电话。

以下对话全为方言。

刘天歌(病恹恹、温柔地):爸,昨天奖学金发了8 000,我给你打过去了。不要去买酒喝知道吗。先把杨村的债给还了。

电话里爸爸的声音(兴高采烈地):晓得了。跟你说,我昨天买的足球彩中了100块,嗬嗬……

刘天歌(不耐烦地):爸你能不能不要买彩票了?

爸爸:咋的了,中了100块还不好?

刘天歌:你要花多少钱才能中这100块?出息。

爸爸:那我一个木匠能有啥本事嘛?

刘天歌(打断):你成天只会干嘛,喝酒、买彩票,然后在我妈死的时候给她打了一具棺材,是吧?我一礼拜做三份工,找工作压力也很大,每天晚上还会失眠!(忽然转普通话)你买的枸杞根本没用!

刘天歌哽咽,挂断电话。她呆立一会儿,喘气难平,捂着脸啜泣,一把把地抓起枸杞,扔到兔子的盒子里,铺了红红的一层。兔子孤独地一动不动。刘

> 态。至于要毕业的人为什么还要做实验,这在现实逻辑上比较牵强。
>
> 　　这里第一次出现了枸杞,但观众没有心理准备,比较突兀,其剧情意义也就有限。而且,按照后面所介绍的父亲,他根本没有这份心思和情意为女儿寄一包枸杞。

> 　　在介绍父亲时,剧本主要通过对话来完成,未能寻找更富视觉化的影像表达。当然,这些对话的潜台词还是比较丰富的,能够为观众揭示父亲的狭隘、懒惰、保守、无能的特点。也就是说,这是一个没有任何正面价值的父亲,这使后面的父女和解显得极为勉强和可疑。
>
> 　　而且,刘天歌对父亲应该比较了解,对他的厌恶和怨恨也比较深,这些情绪不是来自误会和偏见,而是在了解了父亲的本质之后的彻底否定,这就使得后面父亲的转变几乎不可能。

> 　　从刘天歌的哽咽、啜泣来看,刘天歌真正的痛苦是出生在一个错误的家庭而带来的身世坎坷与孤独,在于父亲的无能和狭隘而带来的人世苦难,甚至有着对命运不公的强烈愤慨。在这种映照和对比之下,找谁做"红毯男伴"根本就无足轻重。这也再次证明,剧本对于主情节、主悬念的把握不是很到位,影响了观众的情感投入和追随悬念的动力。

天歌抹掉眼泪，把兔子放回兔群里。

【场景6：心理咨询室】【摄影棚，人工布光】

特写：刘天歌把手伸进鱼缸里，抓住喘息的鱼。

刘天歌声音：没人可以帮我，我一直是一个人。

刘天歌把孤零零的鱼放回缸里。

刘天歌：他们去走红毯，去毕业旅行，可他们离我好远。

咨询师：你刚才说到枸杞。

刘天歌：对，我家原来有一棵很大的枸杞树，我妈去世那年枯死了。

> 这一段心理咨询未能推进情节，内容不过是第一次心理咨询的重复（孤独无助）。只是，刘天歌反复强调自己孤独无助时，却和第2个场景里同学聚会的情景产生了矛盾。在那里，刘天歌的痛苦似乎不是孤独无助，而是她看不上身边的人。
>
> 这里再次提到枸杞树，是对前文的一个补充和发展，让观众意识到枸杞树与母亲的关系。

【场景7：寝室】【白天，自然光】

刘天歌在寝室里转圈，手机里调出爸爸的号码，想了想还是没打过去，趴在书桌的鱼缸前。手机突然响了，是爸爸。

刘天歌：喂？……

【场景8：馄饨店】【白天，自然光】

刘天歌跟爸爸面对面坐着，似乎距离很遥远。刘天歌看着爸爸一口一口吃馄饨。爸爸蓬头垢面的，身上还穿着彰显农村人身份的皮夹克。

以下对话为方言。

刘天歌：爸，你特意跑来干啥？

爸爸停了下来，从身边麻袋里掏出

> 父亲的突然出现令刘天歌和观众措手不及。按照前面的人物设定，父亲不会有这份心思关心女儿（女儿寄8 000元回去兴高采烈，听到女儿打三份工无动于衷）。因此，父亲的这种转变缺乏铺垫，观众也看不出情感变化的必然性。
>
> 从现实逻辑来看，父亲亲自带来枸杞也是一个硬伤和败笔。前次寄枸杞和这次寄枸杞并没有

一大袋东西,打开,全是红彤彤的枸杞,有好几斤。

爸爸:这个对睡眠有好处。

刘天歌(无奈,恼怒):你上次买的就没用,这次又去买这么多,还亲自跑过来?

爸爸:这个不是买的,家里那棵树上结的。

刘天歌(震惊):家里那棵树不是枯了好几年了吗?

爸爸:又发芽了。第一年就结了这么多,一颗也没卖。

刘天歌:怎么会……

爸爸:我一直在给它培土,浇肥,冬天的时候把枝干扎起来。这么多年的树,说死就死了,我不相信。我就相信它还活得了。

刘天歌难以置信地伸出手,抓了一把枸杞,慢慢摊开,脸上因感动而浮现出喜悦。

爸爸:泡着喝吧,睡不着咋行。

他吃了几个馄饨,调羹撞到碗底发出清脆的声音。

爸爸:我就过来看看你。

【场景9:路上】【白天,自然光】

刘天歌和爸爸在走向车站的林荫道上,背景是江湾的人工湖,湖水反射夕阳的光斑。学生穿着毕业服各种拍照,调笑,打闹,毕业气氛很浓厚。

> 相隔太久。前次寄枸杞时父亲显然已经知道家里的枸杞树这次会收获果实,那为什么还要寄?而且,创作者对枸杞的药用价值缺乏常识,枸杞的主要功用是清肝明目、疏肝理气,根本没有改善睡眠的作用。
>
> 父亲的体贴、柔情、执着感动了刘天歌,融化了她心里的坚冰,刘天歌心里的结被轻易解开了,但观众心里的疑惑却种下了。

> 父亲变得勤劳、善良、体贴,和前面刘天歌打电话时观众了解的父亲性格有天壤之别,但剧本却未能提供合理的解释,因此显得生硬。
>
> 这也导致刘天歌邀请父亲做"红毯男伴"缺乏相应的情感支撑。

爸爸：忘了告诉你了，咱们家的债已经还清了。我上礼拜去给人家做了一次木工。

刘天歌：妈妈死后你还是第一次做木工。

爸爸举起包着手帕的小拇指，笑了笑。

爸爸：老了，不行了。

【场景10：公交车站】【白天，自然光】

爸爸和刘天歌坐在公交车站椅子上。站牌上贴着毕业演唱会的海报。公交车来了，爸爸起身，刘天歌看了他一眼。爸爸走向车门，刘天歌突然叫了一声爸。

刘天歌：你要不多留几天，跟我一起走毕业红毯吧？

刘天歌（垂眼）：接下来还有毕业演唱会。我们可以一起去听。

【场景11：红毯后台】【白天，室内灯光】

远远地能看到红毯现场，灯光、音响正在调试。有人拿着话筒说："喂喂喂，这个灯还能再亮一些吗？对对对，哎，这样很好，还剩十分钟就正式开始。"刘天歌穿着一条白色的裙子，头发不再是学生气的蘑菇头，而是盘了起来，与之前判若两人。

刘天歌在给爸爸整理西装，有同学经过，夸刘天歌真漂亮。她羞涩地笑笑。她帮爸爸梳了梳头发，负责的同学匆匆跑过她，大声说准备。刘天歌忽然扭头对爸爸说话。

刘天歌：等一下，我有一件要紧的事。

爸爸：快开始了啊。

刘天歌：我会准时回来——

她拎着裙角气喘吁吁地跑开。

【场景12：楼梯】【白天，室内灯光】

刘天歌匆匆跑上盘旋楼梯。

【场景13：心理咨询室】【摄影棚，人工布光】

刘天歌气喘吁吁地进了心理咨询室，但是里面除了一张沙发和鱼缸，没有什么人。诧异的是，咨询师所在的沙发处摆的是一面镜子。

刘天歌喘着气走到镜子前，犹疑地用手指轻触镜面。她看见了自己，在镜中变得成熟、自信和美丽。（音乐起）

全景：地上铺了一层红红的枸杞，像是红毯一样，一直通向镜子，刘天歌在镜子前站着。

特写：她在镜子里微笑。

> 剧本的结尾，问题都解决了：刘天歌和父亲实现了和解，修复了父女关系；刘天歌也完成了心理治疗，以更加自信的面貌出现在自己面前。只是，这两个情节悬念的解决都显得轻巧而生硬，缺乏过渡和铺垫，也缺乏情绪上的合理性，观众很难产生认同感。
>
> 总体而言，这个剧本谈不上成功，先且不论剧本对画面感、动作性的追求缺乏理论自觉，而且情节发展逻辑不够坚实，人物塑造更是有主观随意的成分在里面。

8.3 微电影剧本《枸杞》第六稿

枸　　杞

【场景1：心理咨询室】【摄影棚，人工布光】

大特写：笔在一张纸上用简笔画的方法画出一座又小又破的房子，一个小女孩孤独一人靠着一棵树，离房子远远的。

以下仅为声音

咨询师：这个房子很简陋哦。

刘天歌：嗯。

咨询师：这是个小姑娘吗？

刘天歌：嗯。

咨询师：她靠着的是什么，是树吗？

刘天歌：嗯，是一棵枯树。

> 显然，作者对于这个心理咨询的场景非常满意，并通过场景的交替与刘天歌平时的生活交织起来，发展成一条完整的情节线索和情感线索。既然是一条线索，就应该体现出一条线索应有的起伏、发展、解决。可惜，剧本在这方面做得不够好，最后的转折虽不乏惊喜，但前面几次心理咨询未能体现出情感的深入、心理深层次情感的探询。
>
> 房树人测试的图像选择费了一番心思，能暗示刘天歌的心境，包括她的焦虑与渴望，但有些画面已经明确呈现的内容就不需要再通过对话的方式来强调（"这个房子很简陋哦。""这是个小姑娘吗？""她

年轻女咨询师和刘天歌面对面坐在沙发里,中间的茶几桌上放着房树人测试的画。刘天歌,蘑菇头,平平的相貌,温顺地垂着眼睛,绞着手。

咨询师:你画的这个小姑娘有爸妈吗?(图46)

刘天歌:有。

咨询师:妈妈去哪里了?

刘天歌:去……我也不知道去了哪里。

咨询师:爸爸呢?

刘天歌:不知道哎。可能在房子里面。

长长的淡出。

【场景2:饭店】【夜晚,自然光】

笑声淡入。"孤独!太特么孤独了。今天一定要罚你们,你们越幸福我们就越孤独。"

浩哥和一对情侣,文亦佳和她男朋友站着,在"喝一个喝一个"的起哄之下情侣喝了交杯酒。大家鼓掌。

浩哥:我刚进大学的时候,就想谈恋爱,就想可以跟妹子一起手挽手逛南京路。

陈梦:你逛得起南京路?

浩哥:看来这才是没妹子的关键。

只有刘天歌以神经质的慢速不懈地用筷子夹起一颗花生米,递到嘴里。圆桌上杯盘狼藉,几个啤酒瓶都空了。

靠着的是什么,是树吗?")。

在这个场景里,我们看到的是一个孤独、缺乏安全感的刘天歌,这就决定了影片的主题建构和情节走向:刘天歌如何摆脱孤独,变得更加阳光和自信。这相对于围绕"刘天歌应该请谁做她的红毯男伴"来发展情节而言,这一稿的核心情绪和核心情节算是比较集中的。

你画的这个小姑娘有爸妈吗

图 46

菲菲坐在刘天歌右手边，鼓掌越鼓越慢，看着刘天歌。直到菲菲右边的女生阿蓝向她敬酒，菲菲才转过头来笑着跟她碰杯。

菲菲：刚刚说到哪儿了……哦，我读生物是因为，我比较喜欢植物。

阿蓝：为什么啊。

菲菲：因为看它们变老很有意思。

阿蓝：你变态啊。

菲菲：谁都会变老的嘛。看着植物就像看着人啊。

她们的对面，梅子和陈梦在谈论请人走红毯的问题。

梅子：请那个谁……（奸笑）

陈梦（同时说话）：你懂什么，红毯怎么能请他啊。

梅子：对哦，你们会成为姐弟组合的。

她们又笑了一阵。特写刘天歌嚼着花生米的侧脸。

梅子：哎，刘天歌，你跟谁走红毯呀？

特写筷子夹的一颗花生米掉进了玻璃杯的水里。

菲菲：天歌？

刘天歌如梦初醒，抬起头来。

刘天歌：啊？

陈梦：你可以给那谁暗示一下……

梅子（同时说话）：浩哥你快邀请啊，人家这不还没人嘛。

浩哥（搞笑地对着甲唱）：我深深

这个同学聚餐的场景里，出场人物太多，观众根本记不住。而且，许多人物后面不再出现，与刘天歌之间也没有互动，说明他们在这个场景里就不应该出场。在一个剧本中，每个出场人物都应该有一番设置，要考虑他们对于推动情节发展、塑造主要人物、表达主题方面的意义。即使某些配角只需要出现一次，也要注意凸显人物的个性。在这个场景里，出场人物足有8个，除了刘天歌的落寞与浩哥的张狂能给观众留下印象之外，其余人物都没有个性和存在感，说明作者对他们也不熟，未能通过言谈举止突出其与众不同之处。

从8个人的聊天内容来看，比较庞杂，未能体现"形散神不散"的集中性。有人表达的是大学未能谈恋爱的遗憾，有人解释当初选择生物专业的原因，有人纠结于与谁一起走毕业红毯，还可以看出刘天歌与浩哥之间有些暧昧。

这些内容看起来展现了大学生活的丰富，聚餐这种场合里话题的跳跃性，但剧本不是生活的现场还原，而是经过艺术加工后的生活，应该使每个人物，每个话题都能为塑造人物、表达主题服务。

从刘天歌在人群中的落寞来看，她的痛苦似乎来自孤独，而这种孤独的外在形态是不能融入集体，在爱情方面不够勇敢，当然还有一种可能是根本看不上身边的浩哥。从后面浩哥唱的那首恶俗歌曲来看，刘天歌在一个庸俗的氛围里，孤独似乎是必然的。

如果这样定位刘天歌的孤独的话，这和后面她与父亲的和解之间又没有必然联系。这说明作者创作剧本之初未能仔细推敲主题表达的方向。

地爱你——

大家边和边敲筷子：——你却爱上一个傻逼，那个傻逼不爱你，你比傻逼还傻逼……

菲菲瞥了一眼刘天歌，也加入了敲筷子的队伍。只有刘天歌用筷子试图夹起杯子里的花生米（图47），却把水杯倒翻了，水慢速地洒了。

图47

【场景3：心理咨询室】【摄影棚，人工布光】

咨询师：你现在还失眠吗？

刘天歌点点头。

咨询师：什么感觉？

刘天歌恍惚的眼神。鱼缸里的鱼悠然地游动。

刘天歌：很害怕。（停顿数秒）害怕从床上摔下去。

> 相对于第一个场景来说，这场心理咨询在内容上没有进一步深入，也未能披露刘天歌更多的心理信息。甚至，观众对于刘天歌痛苦的来源仍然不得要领。

【场景4：寝室】【晚上，人工补光】

一只手把手机摁亮，显示时间2∶50。黑暗中，床上的人翻了个身。寝室里有室友轻微的鼾声。

书桌上有一只鱼缸，鱼缸里的鱼幽幽地游动，嘴巴一开一合。

床上的人又翻了个身，手机又被摁亮，显示时间4∶05。床上的人抱膝坐起，鸟叫声渐入。她用手支着脑袋，开始小声啜泣。

鱼缸里的鱼无声地游动。

> 场景4和5渲染的仍然是刘天歌的孤独。这种孤独究竟是来自失去母亲之后的思念，还是学业的压力，找工作的压力，恋爱的压力，等等，观众不得而知，这就影响了这份孤独的质量，即究竟是浅层次上的孤身一人，还是在人世间所感受到的无助、彷徨，这在主题建构上层次是不一样的。
>
> 但是，这两个场景画面感比较充盈，对细节的关注也比较细腻，体现了电影剧本的特性。

【场景5：实验室】【晚上，日光灯】

生物实验室里，天歌前面的实验桌上的盒子里孤零零地关着一只兔子，还有一包拆开的快递，里面全是鲜红的枸杞。刘天歌穿着白大褂，一只手还戴着手套，另一只手卸下了手套举着电话。

以下通话全为方言。

刘天歌（病恹恹、温柔地）：爸，昨天奖学金到账了。我给你打了5 000。

（停顿，语气变埋怨）干嘛不要，去还债啊。

（声音提高）不用担心我，我打了三份工，钱完全够用。

（冷静，温柔）爸爸，你喝酒了吗？

（冷静，越来越呜咽，爆发）你告诉我该怎么办。自从……自从我妈走后面馆就开不下去了，那你告诉我该怎么办啊！你又不要我的钱！

（停顿，哽咽）这三个月我每天晚上都失眠，你买的枸杞一点没用，要是……要是妈妈还在就好了……

刘天歌哽咽，挂断电话。她呆立一会儿，喘气难平，捂着脸啜泣，一把一把地抓起枸杞，扔到兔子的盒子里，铺了红红的一层。兔子孤独地一动不动。

【场景6：心理咨询室】【摄影棚，人工布光】

特写：鱼在水中悬停，像在空气中。

相对于第一稿来说，作者重新设定了父亲这个形象，不再是完全负面的人物了。这样虽然可能影响情节冲突的设置，但至少向观众提供了一个普通而正常的父亲，不会让观众反感，甚至能引起观众的认同，从而为后面两人的和解提供了现实逻辑上的可能性和情感依据。

通过日常对话的方式来披露人物信息，这是电影剧本所提倡的。但是，观众可能还渴求更多，希望能通过刘天歌打电话的细节，对父亲了解得更全面一些。

刘天歌声音：我好像没有可以依靠的东西。

特写：刘天歌把手伸进鱼缸里，抓住喘息的鱼。鱼在她手里噼啪甩动。

刘天歌：我羡慕我那些同学，他们去走红毯去旅行，那种生活好像不是我的。

咨询师：为什么不跟他们一起？

特写：刘天歌又把孤零零的鱼放回缸里。

刘天歌：他们比我幸福。

咨询师：还有呢？

刘天歌：会……害怕吧。心里好像空空的。

咨询师：你刚才还说到枸杞，这好像对你很重要。

刘天歌：对，我家原来有一棵很大的枸杞树，我妈去世那年之后就再也没有长过枸杞。

咨询师：没长过。

刘天歌：对，我觉得它枯死了。

【场景7：哲资门口走廊】【傍晚，自然光】

刘天歌在空旷的走廊里孤独一人，眼神里全是焦虑。她从身边的植物上揪下一片心形的叶子，一口口地撕扯着。她的手里拿着手机，调出爸爸的号码，想了想还是没打过去。手机突然响了，是爸爸。窗口有鸟飞过。

刘天歌：喂？……

【场景8：面馆】【白天，自然光】

刘天歌跟爸爸面对面坐着，似乎距离很遥远。刘天歌看着爸爸捧着碗一口一口喝面汤，发出吸溜吸溜的声音。爸爸蓬头垢面的，身上还穿着彰显农村人身份的皮夹克。

以下对话为方言。

刘天歌：这里的面味道怎么样？

爸爸：还是你妈做的枸杞面好吃。

刘天歌：你这次过来干嘛？

爸爸停了下来，从身边麻袋里掏出一大袋东西，打开，全是红彤彤的枸杞，有好几斤。

爸爸：这个对睡眠有好处。

刘天歌（无奈，恼怒）：你大老远过来就是为了给我送这个吗？我自己能买到。

爸爸：这个不是买的，是家里那棵树上结的。

刘天歌（震惊）：家里那棵树不是枯了好几年了吗？

爸爸：又发芽了。第一年就结了这么多，一颗也没卖。

刘天歌：怎么会……

爸爸拿出另一个袋子，打开，是一盆小小的绿色植物。

爸爸：我一直在给它培土，浇肥。这么多年的树，不可能说死就死了。它看上去枯了而已。你看我给你扦插了一盆。

刘天歌：这么小……

刘天歌难以置信地伸出手，抚摸那株小小的绿色植物，脸上因感动而浮现出喜悦。

爸爸：枸杞泡着喝吧，睡不着咋行。

他吸了最后几根面条，然后用袖子擦了擦嘴角。

爸爸：上次你在电话里哭把我吓了一跳。你妈走的时候都没见你哭。

> 父亲的职业从第一稿的木匠变成了做面的厨师，这为父亲来上海找工作埋下伏笔，算是一个更合理的更改。
>
> 枸杞的意象再次出现，呼应了题目，也呼应了主题。因为，这是一棵在爱的浇灌下重焕生机的枸杞树结出的果实，犹言刘天歌在父爱的滋养下重新找回自信。因此，这些意象和细节的处理都属上乘。
>
> 只是，观众从剧本中未能感同身受于父亲对刘天歌的关爱（除了带来一包枸杞和一个小盆栽）。此外，父亲对刘天歌缺少精神上的支撑、鼓舞、引领，这会使得刘天歌最后的转变略显突兀。

【场景9：寝室楼下】【白天，自然光】

菲菲从楼道里出来。

菲菲：哎，天歌，是你爸爸吗?

刘天歌和爸爸在楼下面对面站着。刘天歌和爸爸都腼腆地笑笑。

刘天歌：这是我室友。

菲菲打开自行车锁。

菲菲：叔叔，你上楼去坐——天歌，我把你要的书放你桌上了——我还有事，先走了啊，拜拜。

菲菲骑上车离开，刘天歌和爸爸向她挥手。

> 场景9没什么存在的必要，即使是作为一个过场戏也是不及格的，因为没有交代出情感的发展和变化，就影像呈现来说也一定会显得比较单调，观众会和人物一样陷入尴尬的境地。

【场景10：寝室】【白天，自然光】

空杯子接在饮水机的龙头下，刘天歌的手指按着开关，却只流出几滴水。

爸爸在水龙头下帮鱼缸里的金鱼换水。金鱼先是在没水的鱼缸里喘息着，随着水流的流入，很快变得自由惬意。

刘天歌把杯子放回桌上，这时爸爸捧着鱼缸回到刘天歌的房间，放在桌上，此时刘天歌回到饮水机位置，把饮水机的空桶拿下来。

爸爸：没水了啊?

刘天歌：门口有一桶新的。

刘天歌出门吃力地挪进宿舍门。爸爸跑过去抢着搬，刘天歌并不松手。

爸爸：我来我来。

爸爸装在饮水机上。装好了后拍

> 场景10细腻有余而内涵不足，父女之间的互动也不够，许多细节和对话都停留在表面。而且，对于刘天歌来说，父亲来上海打工是不是关爱的一种体现还难以判断。

拍手,并装作随意地关了门,看着天歌,犹豫了一会儿。

爸爸:天歌,爸爸打算到上海来打工。

刘天歌收拾着桌上的书,停顿了一下,并未回头,继续把书放回书架。

刘天歌:瞎说。

爸爸打开了饮水机的热水开关,孩子气地把手背在背上上下抚动。

爸爸:真的啊,你寄过来的钱我都给你存着,你毕业了要用。家里的债还是要还的。

刘天歌不说话,继续收拾书。她翻着桌上的书,翻出来一张明信片,上面是一片鹅掌楸的叶子做成的笑脸。她举着那张明信片仔细看着。

爸爸(低着头):只要你不嫌爸爸丢人,爸爸就过来,找一家面馆做面条。

刘天歌(抬头,把明信片塞回书里):我怎么会嫌你丢人呢?(停顿,略平静一下。此时饮水机的开关从"加热"跳到了"保温"。)可你今年已经48岁了。

爸爸放了几颗枸杞在杯子里。

爸爸:那有啥子关系。我活了一辈子,也只有做的面还拿得出手。我算了算,上海这点工资,五年差不多债就可以还完了吧。你看嘛。

爸爸从裤袋里掏出一张报纸豆腐块,上面的招工启事上写着:基本工资××××。刘天歌走近爸爸,接过报纸看。

刘天歌:在家乡待了一辈子,你真要走哦?

爸爸在饮水机下接热水。

爸爸:这样离你也近一点。(枸杞在热水冲泡下翻滚着。)我去你妈妈坟头上烧了香,当天晚上她托梦,老高兴了,给我准备出门的衣服。

爸爸把杯子放到桌上。刘天歌抱着那本书,用下巴抚摩着。

爸爸:冷一点就喝吧。

【场景11:寝室】【白天,自然光】

早上,刘天歌从床上坐起来,揉了揉眼睛,显得喜悦,显然昨晚没有再失眠。

她往阳台上看去，看到菲菲的背影。她走到阳台的门边倚着，发现菲菲在仔细地给那盆扦插的枸杞浇水。刘天歌认真地注视着她每个动作。

菲菲转头，吓了一跳。刘天歌温柔地微笑着。

菲菲：吓我一跳。你昨晚终于睡着了啊。

刘天歌点点头。一瞬间两人都没说话，视线看着那盆小苗，气氛有点微妙。

菲菲：我去……刷个牙。

刘天歌：我在你借我的那本书里找到了"微笑的鹅掌楸少女"。

菲菲：什么？

刘天歌："微笑的鹅掌楸少女"啊。你用鹅掌楸的叶子做的那幅少女图。

刘天歌转身进门，出来的时候手里拿着那本书，翻开给菲菲看。

菲菲：真的哎。这不是大二的时候，我们几个一起秋游的时候捡的嘛。好久没有一起出去玩了。（停顿，笑）都变成"哭泣的鹅掌楸少妇"了。

刘天歌：是好久没有出去玩了。

菲菲：我们今天要去拍毕业照哎。

菲菲：你想不想……（几乎同时）

刘天歌：我可不可以……

她们同时停住了。

刘天歌：我可不可以跟你们一起？

菲菲笑了。

> 刘天歌究竟经历了什么使得心理疾病得到治愈，其实就已有的情节来说是远远不够的，更不要说我们对她心理疾病的根源本就无从索解，其治愈就越发显得莫名。

菲菲：我们一直在等你呐。

她们继续一起看着阳台外面的风光，高处的风景很开阔。阳光照在她们身上。

【场景12：面馆】【白天，人工补光】

刘天歌去饭店的厨房里看爸爸做菜，热气腾腾的。爸爸戴着厨师帽，做菜的样子很熟练。刘天歌注视着他的每一个动作。

刘天歌：爸爸，我今天带了同学来吃面。

爸爸：好啊，给你们做你妈最拿手的猪肝枸杞面。

饭店的桌上围着四五个同学，其中有刘天歌。有两个同学吃面，直呼味道真好。

一碗面端到了刘天歌面前，红红的枸杞撒在上面。

同学：叔叔手艺好啊。

爸爸：猪肝枸杞面。慢慢吃啊。

刘天歌抬头看爸爸。

刘天歌：爸爸，跟我一起走毕业红毯好吗？

同学看看刘天歌，又看看她爸爸。有同学小声地赞叹了句"哇哦"。

爸爸刚脱下厨师的帽子，将头发的动作变慢了，脸上浮现了不好意思的笑容。

> 场景12存在的意义也不够充分，观众关心的是刘天歌解开心结、敞开心扉的过程和原因，而不是结果。

【场景13：红毯后台】【有阳光的傍晚，人工灯光】

远远地能看到红毯现场，灯光、音响正在调试。有人拿着话筒说："喂喂喂，这个灯还能再亮一些吗？对对对，哎，这样很好，还剩十分钟就正式开始。"刘天歌穿着一条白色的裙子，头发不再是学生气的蘑菇头，而是盘了起来，与之前判若两人。

图48

刘天歌在给爸爸整理西装（图48），很多同学经过她，夸她漂亮。"哇塞刘天歌！""嘿刘天歌！""刘天歌——"有人冲她摆手。她羞涩地笑笑。

她帮爸爸梳了梳头发，负责的同学匆匆跑过她，大声说准备。刘天歌忽然扭头对爸爸。

刘天歌：等一下，我有一件要紧的事。

爸爸：去哪里哦？

刘天歌：我去看一个重要的朋友——哎，一会儿这个结束了我们去毕业晚会看看啊。

她拎着裙角气喘吁吁地跑开。宣传栏上贴着的是毕业晚会的蓝色海报。

【场景14：楼梯】【白天，室内灯光】

刘天歌匆匆跑上高高的盘旋楼梯。

【场景15：心理咨询室】【摄影棚，人工布光】

刘天歌气喘吁吁地进了心理咨询

> 作者六易其稿，《枸杞》的剧本虽然在某些细节方面更精致了，情节的发展稍微通顺了一些，但根本性的问题其实仍然没有解决：人物的立体清晰，核心动机的明确；情节处理上的逻辑合理性、情感的必然性以及相应的节奏感；主题表达上的质朴自然。
>
> 这也说明，创作剧本和修改剧本需要以电影编剧的基本规律作为基础，并以一种高屋建瓴的眼光来观照剧本的整体构思，而不能沉浸在个别细节中不可自拔，从而导致剧本有闪光点却没有整体性的精彩。

室,但是里面除了一张沙发,没有什么人。诧异的是,咨询师所在的沙发处摆的是一面镜子。

刘天歌喘着气走到镜子前,犹疑地用手指轻触镜面。她看见了自己,在镜中变得成熟、自信和美丽。(音乐起)(图49)

图49

全景:地上铺了一层红红的枸杞,像是红毯一样,一直通向镜子,刘天歌在镜子前站着。

特写:她在镜子里微笑。

附

学生微电影剧本

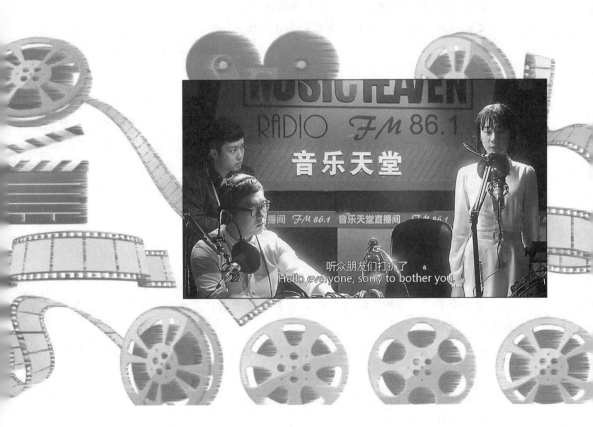

浮 华 一 梦

1. 合租公寓天台，凌晨03：15

老城区某合租公寓的天台上，空荡无人，遍地散落着油漆桶、破脸盆、建筑废材和白色塑料。

天台一角的较高面，四五个啤酒罐子东歪西倒，罐子旁是两个皱巴巴的廉价牌香烟盒，以及一地的烟头，其中一个烟头还冒着零星火花。

高台处边缘，一双脏皮鞋整整齐齐摆放着。

天台视野所及，远方是闪烁的霓虹和凌晨依旧活跃的车流，下方是漆黑一片。

2. 农村公路边洗车店，中午13：00

四五辆车从公路较远端驶来，在洗车店前放慢了速度。

老板暂停手中的电话："唉，先等会儿。大志，又来活儿了，招呼起来。"

大日头下，一米七五的赵大志从洗车店走出，将微黄的毛巾搭在肩上，扯着一边随意抹了抹脸上的汗，给老板一个露齿笑容："得嘞，您忙着。"

老板笑："好小子，他们城里人放假就爱往咱这边跑，你多干点，我也能给你加工资不是？……哎，老王，行了，你接着说……"

说着，拿着手机走进洗车店。

3. 农村家中，晚上22：00

四方小餐桌上，赵父往大志碗里夹了一筷子肉："多吃点，他老王也真是，就差钱多雇个人？"

大志吃着肉，笑："王叔挺好的，这不还说要给我加工资呢！暑假没人愿意干，我不也就能多挣些。"

赵父摇头："你呀，他老王也就看咱实诚人好欺负……"

大志给赵父夹了一筷子肉。

赵父拦下来："哎哎哎？这是做什么，你爸我不累着，吃啥子肉？"

大志:"爸,以后给我留点饭就行,我回来自己热着吃,你和妈一起,早点吃饭。"

赵父:"你妈傍晚吃了点就歇下了,我哪能这么早。再说又不饿,你回来咱爷俩还能边吃边唠嗑。"

语落,赵父扭头看向身后隔断的帘子,探长脖子看了看,回头:咱俩小点声,别吵着你妈……

4. 高中校园绿茵场,早上11:00

主席台旁的比分牌上一红一黑标着比分:2:2,场边双方啦啦队卖力叫喊着。

身穿7号红色球服的黄宇盯着场上的动静:"传球传球,张军,这边!"

张军在对手的围攻中,找到突破口将足球用力踢向大志。

大志在前锋位置上一脚将球射进球门,裁判一声哨响,比赛结束,红队啦啦队跳跃欢呼。

场上,大志和张军碰了个拳。

张军:"队长,干得漂亮!"

大志笑了,一口白牙在阳光下闪闪发光。

黄宇和其他队友凑过来,黄宇作势往张军胸口擂了一拳:"你小子,真不够义气,大志今儿个都进几个球了,也不让我玩玩……"

张军:"哈哈,那是咱队长威风!刚才你那边也不少人盯着呢,你能保证接到球?"

黄宇追打着张军,一群球员笑闹开。

5. 大学校园门口,清早8:00

大志背着鼓鼓的双肩包,看起来有些年头却洗得干干净净。他放下左手提着的大编织袋,右手仍抱着一个写满球友们签名的足球,站在校门前,白净的脸上露出笑容。

一会儿,他提起袋子,挺直腰板,信步跨进学校大门。

6. 新生男生宿舍,早上11:30

大志的床位已经收拾整齐,薄薄的床垫比床板小了一圈,枕头摆在床头正中,床尾叠放着一条薄被。

大志端坐在床边看英文书,不一会儿就翻过一页。

这时,钥匙开门的声音传来,大志抬头,看见一米八高个一身休闲装的张达。张达将钥匙轻松抛到宿舍中间的桌上,推着一个黑色大行李箱进门,后面跟着张达的母亲,她穿着一身贵妇装,手挎着一个粉红色的女士皮包,笑容浅浅。

大志眼前闪过母亲坐在家里床上起身喝药的片段,没来得及多想,抬头便看见张达已经走到他面前,伸手问候:"你好啊,我叫张达,是你的新室友。"

大志有些局促地站起来,左手拿起膝上的书,右手跟张达握手:"你好,赵大志,请多关照。"又朝张母问好:"阿姨您好。"

张母走到对面的床位:"你好呀同学,还没吃饭吧?"

一边打开行李箱,帮张达整理被褥:"小达,带你室友先吃饭去,这边妈给你收拾收拾。"

张达吹了声口哨:"行,走,大志,吃饭去。"

揽着大志走向门口。

大志站定,看向张达:"其实我包里还剩了些馒头,就不麻烦了。"

张达夺下大志手中的书,推着他往前走:"那哪成,走吧,这顿我请!"

大志无奈笑笑,和张达走出寝室。

7. 校园小路,傍晚17:00

下课铃响,学生们三三两两走在小路上,背着背包,衣着鲜艳,有说有笑。

大志独自一人走着,看了眼自己身上的素色衣服,若无其事移开视线,抱紧课本,继续前行。

8. 自习室,晚上19:00

大志埋头看书,盯着书上的字,一手执笔,却没有落下一字,也很久没有翻过页。

一会儿,他抬头,看向窗外,又低头看书,手中的笔唰唰唰快速动了起来。

9. 报告厅,晚上21:00

报告厅里坐满了人,评委席的评委神情严肃认真。

台上，镁光灯打在大志身上。他正进行着流利的英语演讲，声情并茂。他自信而大方地挥起手，一番结语，慷慨激昂。

台下，爆发掌声。一众评委相互对视，不约而同地朝对方点了点头，低声交流着。

10. 宿舍，凌晨24：00

大志举着奖杯，对着从窗外投射进来的月光看着，手指在"冠军"二字上细细摩挲。

一会儿，他将奖杯放进怀里，盖起被子，拥紧奖杯，闭上眼睛，一脸满足。

11. 宿舍，傍晚17：30

张达一手搭在李青（室友）肩上，一手搭在郭栋（室友）肩上："今天我生日，哥几个再叫上几个人一起出去搓一顿，晚上再K个歌，我请客！"

李青、郭栋："行啊！"

大志此时抱着课本走进宿舍。

李青："大志，你来得正好，张达今儿生日，走，一起出去敲他一顿。"

郭栋："对啊，一起一起。"

张达："学霸，走呗，你之前都拒了我几次了，哥们生日再不给面子可就说不过去了。"

大志尴尬笑笑："哪能啊，生日快乐。"

张达："这才对嘛，大家伙儿走着。"

大志看着被李青和郭栋拥着，嘴角挂着大大笑容的张达，默默跟上去。

12. 高级饭店，晚上19：30

十几个人围着圆桌坐着，桌上是满满的菜肴，旁边开了一瓶香槟。

张达招呼各人："哥几个吃好喝好啊，来，走一个！"

李青举起酒杯："来来来，兄弟们，祝达哥生日快乐！"

众人站起，举杯："生日快乐，cheers！"

大志看着张达的笑脸和脸上的满足，轻抿了一口酒，放下酒杯。

13. KTV包间,晚上22:00

夜里的KTV各色灯光闪烁,包间里传来嘈杂的声音:歌声、交谈声、起哄声交杂在一起……

众人拍手起哄:"寿星,来一个!寿星,来一个!"

大志伸向一旁麦克风的手顿了一下,很快收回来。

张达拿起另一个麦克风:"大志,一起啊。"

大志摆摆手,微笑:"没事儿,你才是今晚的主角,你来!"

张达的歌声响起,又是一阵掌声和欢呼声。

14. 宿舍,凌晨01:00

床上,大志翻了几个身,睁开眼,脑中闪过张达在饭店和KTV爽快买单被众人拥着的情景,揪紧被子蒙上了头。

15. 宿舍,晚上20:00

大志在电脑前看足球比赛,"漂亮!"他用力拍了一下桌子,将手中的啤酒一饮而尽。

这时,他突然看见网页底端的一个足彩广告:猜猜看,谁是下一场的冠军?千万奖金等你来!

他想到了足彩,开始在网上搜索相关资料,浏览足彩网站和贴吧。

16. 自习室,晚上23:00

大志盯着电脑屏幕对票,一行一行慢慢浏览校对,此时电脑显示注码为200元。

17. 宿舍,凌晨00:00

大志收到信息,提示账户收到8 000元,一个打挺从床上坐起。

18. 宿舍,早上10:00

李青:"哟,达哥换手机啦?刚出的苹果诶!"

郭栋:"这好像是刚刚大志放这儿的。"

此时,大志进门。

李青:"大志,你这是……发了?"

大志笑,耸耸肩:"就赚了点小钱,不多。"

郭栋:"这叫小钱? 大志,你小子本事啊! 请客! 必须请客!"

大志笑容加深,拍拍胸脯:"行,今晚我请,吃哪你们定!"

李青笑:"大志,没想到你也会请客吃饭呢,还把你那'板砖'换成了苹果!"

大志挑眉:"这话说的,都是兄弟不是? 再说,那手机不是用久了没舍得换嘛,现在用不惯了就直接买个新的,哥又不差这点钱。"

郭栋:"是是是,以后跟着志哥混,有事儿您说话。"

19. 宿舍,晚上22:00

大志对着电脑抓头,眉头紧锁,手机信息显示:"账户余额不足100元。"

李青从上层床铺探下头:"志哥,前几天跟你说的专辑买到了吗?"

大志收起懊恼神情,马上锁上手机屏幕:"我问过店家了,过几天就到。"

李青:"得嘞,谢谢志哥!"

大志:"客气!"

李青躺回床上,大志松了口气,抿紧唇。握着手机好一会,他拿起手机走到阳台边上,关紧阳台门。

大志:"爸,您睡下了吗?"

赵父:"还没呢,孩子,啥事?"

大志:"这边生活费不够用了,您能再给我点吗?"

赵父:"这样啊,行,你要多少,爸明天给你汇过去,别太紧着自己吃用。"

20. 自习室,晚上23:00

看着电脑屏幕上的赔率数字,大志愤怒地踢了一脚桌子。他关闭了网上足彩页面,却还是不甘心地继续刷着足彩贴吧,看足彩"大神"的评论和预测。

21. 校园小路,傍晚17:30

路边的墙上张贴着各式各样的网贷广告,大志犹豫站住,最终走了过去。

22. 寝室,下午14:00

手机信息闪烁,提示10 000元到账。

大志咬咬牙,双手握紧拳头,自顾自打气:"这次一定能赢回来!"

23. 十字路口,凌晨01:40

大志独自一人站在红绿灯前,红绿灯不断交替,他点燃一根烟,用大拇指和食指捏着,凑到嘴边,笨拙地深深吸了一口,吐出的烟喷在手机屏幕上。

烟雾散去,屏幕上网贷平台的催款通知清晰起来:"您的账户欠款已达100 000元,请于一个月内还清。"

24. 合租公寓,早上11:00

大志从学生宿舍搬到了合租公寓,不到25平米的私人空间里铺满了一张张报纸,他翻看着上面的招聘广告,一边圈圈画画做着记录。

25. 某公司办公室,早上9:30

经理拍大志的办公桌:"小赵,你最近怎么总不在状态?再这样下去,我看你趁早给我滚蛋!"

大志猛然抬头,尴尬:"经理,抱歉,最近确实有点事儿……"

经理瞪眼:"别跟我说事,你当公司养你是吃闲饭的吗?我再给你一次机会,实在不行你就走人。还有,没做满一个月再加上你这工作质量,哼,你这试用期工资还有待商榷。"

语落,转身离开。

大志追上,为难:"经理,试用期工资咱之前都说好了啊,您看这离一个月也就不差几天,我保证好好干……经理,经理……"

26. 马路边,傍晚18:50

大志在马路边来回踱步,终于从裤兜里掏出手机。

大志:"爸,最近家里怎么样?地里收成还好吗?"

赵父:"还行,你又不是不知道,这地也就你爸我一老头子有一茬没一茬地照看着,半个月前你打电话过来第二天就赶上收成了,我一看这麦子长得哟,孩子,你都好久没回来看过了,这麦子,长得可真好,亏了这麦子,我才……"

大志出声打断赵父:"爸,那您现在还有余钱没?"

赵父:"怎么,你又缺钱啦?你这孩子花钱的速度也太快了,大城市生活也不是这么个消费法呀……唉,你是不是遇上什么事了?有……"

大志不耐:"爸,您甭瞎想,家里到底还有没有钱?我有急用。"

赵父:"孩子,这钱你都花哪了?不是爸说你,家里这么支持你,你可……"

大志:"投资。"

赵父半信半疑:"投资?"

大志安慰:"嗯,就是投资,大城市的事情您不懂,说了也白说。相信我,我能把钱……"

顿了下:"挣回来的。"

大志脑中浮现前两天的情景……

大志在寝室吃着盒饭,只有青菜配白饭。

郭栋:"志哥,你最近是不是手头有点紧?"

大志一脸窘迫:"没……"却突然不知道说些什么……

回忆停止,画面切回马路边,大志挂掉电话,捏紧手机。

大志(OS):"这次一定可以翻盘的!我不会输!"

27. 合租公寓,凌晨02:30

某网贷平台提示贷款申请提交成功,大志浏览着多个网贷平台并申请贷款,拆了东墙补西墙。

然后他将户头上剩余的所有钱分成几笔在足彩网站上下了大注。下完注,他的眼里布满血丝。

28. 某公司门口,早上9:00

大志从公司大门走出,一手捏着一个薄薄的信封,他熟练地点燃一根烟,夹着烟猛吸了几口,随后甩手将烟丢在门前的地上,踩灭,离开。

29. 合租公寓,晚上20:00

赵父:"孩子,你妈昨天病情恶化了,上次你那10万块钱投资先收回点,县城医院催着要钱呢,你赶紧地,先汇3万块回来给你妈救急。"

大志沉默一会:"行,过两天钱就能到了,我带回去看她。"

赵父高兴:"哎好,你妈这几天就念叨着你呢!你可快点,别让你妈等急了。"

30. 合租公寓,凌晨01:00

大志看着球赛的结果,手拍桌子站了起来,又无力地重重瘫坐在椅子上,一双眼睛盯着屏幕,黯淡无光,眼睑下挂着大大的黑眼圈。此时的他头发凌乱、胡子拉碴,满脸倦容。

翻开手机信息,显示100多条催款通知,他苦笑。

31. 大学校园门口,傍晚17:00

大志提着大编织袋,被正走进校门的张达叫住。

张达:"大志,好久没见你了,怎么,最近没休息好?"

大志有些僵硬地笑笑:"这不赶论文嘛……"

张达:"哎,学霸,你也要注意休息。对了,你最近是不是惹到什么人了?这两天总有人来学校找你,看样子不是什么好惹的。"

大志略微吃惊,又马上恢复镇定:"哪能啊,重名了吧?"

张达:"哈,我猜也是,不过,你自己也要小心点。"

大志:"嗯,我会的。"

这时,几个流里流气的壮实男人朝这边走了过来,一边比对着手里的照片,一边加快脚步。

大志神情慌乱:"那个,我还有点事儿,先走了。转身跑进学校里。"

为首男人:"赵大志,他娘的,你给老子站住!"

男人抓着张达:"你是那小子同学吧,去把他给我叫出来。"

张达挣扎:"松手,你们认错人了吧。"

男人不屑,向张达挥了挥手上的资料:"认错人?妈的,就是化成灰老子也认识他,瞧瞧,这可是他自己登记的资料。"

张达瞪大眼睛:"这,怎么会这样!这么多钱!"

大志躲在不远处大树的阴影下,脸色难看。

男人大声嚷嚷:"哼,借钱的时候装大爷,要钱的时候就给爷装孙子,啊呸！今天说什么也要让他把钱吐出来。"

众男人："对,让他把钱吐出来！"

张达快速抽身跑回学校："我去帮你们看看。"

男人继续大喊："回去告诉他,兄弟们可都是有家伙的,敢不还钱,哼！"

大志闻言打了个寒战,忙将身子往树后缩。

32. 合租公寓,下午14：00

桌上横放着一个安眠药瓶,盖子放在一旁,瓶子是空的,旁边还立着小半杯水。

大志从床上爬起来,面容更憔悴了,他揉揉眼睛,开了手机。不一会儿,手机涌进200多条新消息提示。

李青："志哥,没事儿吧,昨天学校都传疯了,你真的欠了那么多钱？！"

郭栋："大志,你还好吧？他们都说……唉,不管怎样,你小心点。"

张达："大志,需要兄弟帮忙的话我还是可以帮你填一点的,还是那句话,你自己小心。"

赵父："孩子,你买车票了吗？你妈可能等不及要用钱了,你还是先把钱汇回来吧。"

辅导员："赵大志,你的事情给学校和同学们都造成了不良影响,情节恶劣,请收到信后马上到我办公室来一趟！"

陌生信息："小子,赶紧还钱！"

陌生信息："别让老子逼你出来！"

……

赵父一个电话突然打进来,响铃一秒,大志马上按下关机键,把手机丢到一边。

拉开窗帘,伸手挡住刺眼的阳光,看着窗外的车水马龙。楼下有几个高大的身影移动,他心虚地拉上窗帘,狭小的房间再度陷入黑暗。此时,一行泪顺着他的脸颊滚落。

33. 合租公寓天台,凌晨03：10

大志编辑着短信："爸,妈,对不起,我回不去了……"

微电影编剧：观念与技法

短信发送成功，大志泪流满面，拿起旁边的一罐啤酒猛灌了一口，从天台较高处站起，走到边缘，将皮鞋脱下摆齐，站起身，扭头看地上的皮鞋苦笑：最后一次，还是脚踏实地吧……

教师点评：

这是复旦大学新闻学院2015级学生李彤创作的剧本，是《微电影编剧的方法与实践》课程的期末作业，成绩评定是B+。

剧本体现了较好的电影编剧思维，有一定的情节容量，情节发展过程也比较完整，悲剧性的结局对于观众也有一定的启示。当然，剧本还存在诸多不成熟的地方，有进一步提高的空间。

剧本的开始几个场景通过电影化的方式努力凸显赵大志的淳朴、踏实、孝顺、体贴，同时又充满青春朝气的特点。这时的赵大志处于人生的"高点"，至他结局的"死亡"，就是人生的"低点"。在"高点"和"低点"之间，勾勒的不仅是赵大志人生的下行轨迹，同时也是人物性格、价值观的下行"弧光"。这都体现了创作者对于电影编剧基本技巧的掌握。

但是，赵大志走向堕落的原因与契机剧本处理得并不理想。创作者认为，赵大志是出于对张达人生得意的嫉妒而走上赌球之路，这未免有点简单和肤浅，同时也体现出创作者对于赵大志的陌生，未能深入人物的内心深处去把握其心理特点和性格特点。

对于主题建构来说，赵大志是出于虚荣和妒忌，还是出于贪婪，抑或由于幼稚而迷上赌球，进而在网贷的泥沼中不可自拔，最后的效果是不一样的。从现有的剧本内容来看，创作者认为赵大志放弃踏实的人生态度，渴望人生捷径，从而导致悲剧。归纳起来，剧本的主题是：生活没有捷径，踏实勤奋地工作才能获得安宁与幸福；不劳而获的心理只会令人陷入贪婪的陷阱导致万劫不复的悲剧。这个主题超越了对虚荣、贪婪的表面化批判，上升到一种人生态度，体现了创作者良好的思维水平和对主题深度的提升。这是值得肯定的地方。

整体来看，剧本的节奏控制得不好，情节拐点进入得太慢，应在建置阶段尽快将人物介绍清楚，或者直接进入对抗阶段再抽空介绍人物的三个维度。但是，剧本共33个场景，除了第1个场景是结局的预演，创作者直到第16个场景才出现"情节拐点"(赵大志尝试足球赌博),这必然导致节奏拖沓。

同时,人物转变的契机处理得太简单,对观众而言缺少感染力以及感同身受的共鸣。剧本用了15个场景的篇幅来展现网络赌博之前的赵大志,这时的赵大志阳光乐观、朴素踏实,他对现状的不满来自张达生日宴会上被众人簇拥的那种成就感。仅此一点就颠覆赵大志一直以来的性格、人生信念和价值体系,这未免有点草率。可见,剧本为赵大志的转变设置的冲击点和刺激点不够,更没有通过压力处境下的两难选择让赵大志完成主动性的蜕变(如母亲治病不够钱让他产生快速致富的冲动)。至于赵大志偶然暴富之后的那种张狂之态,也不符合剧本对赵大志的性格设定,有想当然的成分,没有将自己代入人物内心,去感受,去揣摩,然后进行画面和动作的表现。

在对抗阶段,创作者的情节安排意识比较强,大体循着"主人公遇到危机或者考验—冲突加剧—主人公遇到了更大的危机或者考验—主人公(没有)克服最后的磨难"的思路处理情节发展。问题在于,由于剧情重心的设置出现了偏差,创作者在关键的对抗阶段篇幅过少,剧情发展比较仓促,有一掠而过的表面化倾向,忽略了对人物心理的细腻刻画。而且,人物比较被动,压力下的选择也几乎没有。这都会导致情节缺少冲击力和感染力。

此外,剧本中充斥着太多对话,这是大多数初学者容易犯的错误。因为,用对话来推动情节或者交代人物心理相对而言是最容易的,但电影编剧却要舍易取难,努力通过画面和动作来完成情节的发展和人物的塑造。至于剧本中那么多短信内容,在最后的画面呈现上也会遇到困难。

每个场景中精确的时间标注也没有必要,除非整个剧本发生一个确定的时间段里。这么精确的时间如果一定要在影片中呈现的话,不外乎通过钟表、手机或人物对话来完成,这会显得很刻意。而且,剧本的情节发展有一定的时间跨度,这种时间标注并不会对观众造成紧张感(除了个别时间体现了大学生的学习、生活节奏)。这都说明在本剧本中,大致的时间提示就够了。

锦鲤抄——画师与鲤

注：本剧本根据古风歌曲《锦鲤抄》改编

角色介绍：

男主角伯白：画师，二十有六，居国都，丰神俊朗，德艺双馨，为人谦和有礼，与世无争隐于市，喜绘鲤。

女主角阿灿：妖，伯白家中荷塘一金色锦鲤化成，十八岁样貌，单纯善良不谙世事故不惧生，喜画师。

配角：寻美、木山君、画坊主、地神

1. 国都主街集市，外，仲夏，日

大旻王朝盛帝年末，国都晏城的集市热闹如往常，伴着街道树上的阵阵蝉鸣，街边小贩吆喝着各自的生意：

"各位客官看一看，瞧一瞧喽！最新小说出炉，道士下山异闻录，大旻密辛之三——三六皇子夺嫡预测，老王家畜牧养经验集等各种内容应有尽有，5钱一本，不要错过！不要错过！"

"包子！包子！2钱两只大肉包子！"

伯白和寻美二人站在街心桥边，望向集市。

寻美："大旻密辛……有趣，有趣，百姓们已经开始讨论夺嫡之事了，看来盛帝退位，新帝继位之事又有的一番折腾了，听闻某些地县纷争已起，宵小之辈趁机肆意妄为，最近就连国都不是很太平啊，太子无能，也不知这帝位会交由哪位皇子了。"（望向街道）

伯白："哪位皇子继位，岂是我等寻常之辈所能决定的，只是夺嫡之争不可避免，只求各地纷乱能及时平息，百姓都能安居乐业就好。"（望向街道）

寻美："是了，是了，不说了不说了，伯白兄刚刚看过了新住处，觉得如何？知道你喜静爱鲤，兄弟我可是特地为你挑选了那处西城院落，院落虽小，但看

那荷塘潋滟的,要不是家中琴筝太多无处安放,我都想常住呢。"(目光转至望向伯白)

伯白:"自然是无可挑别的,我不过几支画笔,几副画架,用不了多少地方的,寻美兄若想来坐坐的话,自是欢迎。"(笑)

寻美:"哈哈哈!那好那好,到时候我就带上琴在你那儿常住了啊。"

伯白(作揖):"前方就是画坊了,我去购置一些笔墨纸砚,寻美兄就送到这儿吧。"

寻美:"那就就此别过,院子已差人打理过了,你就放心住吧,照顾好自己。"(拍拍伯白的肩膀)

话毕,二人别过,寻美从桥上离开,伯白则一人沿着主街道,向前方的画坊走去。

2.画坊门前,外,仲夏,日

伯白购置了新的画笔,在画坊门前与店主告别。

画坊主:"我们坊所出的这种羊毫笔毛质最细最软,画出的线条细腻却有力,画师您还是一如既往地爱绘锦鲤呀,何时能赠我一幅,我把它悬挂在画坊之中,多好!"

伯白:"不敢当不敢当,这么多年还是您家的纸好用,待伯白画出一幅满意的锦鲤图,一定赠与您。"

哒哒哒,街道上一行士兵飞速乘骑而过,口中呼喊着"让道了!让道了!"

画坊主:"那你可得赶紧画了喔,如今这世道不是很太平啊,听说这三皇子和六皇子明里暗里争的可厉害,喏(示意伯白望向街道飞驰而过的士兵),现如今国都尚且如此,我这画坊也不知能在此开几日就要搬家喽。"

伯白正准备回画坊主话,继而听见又是一番哒哒哒的马蹄声,往右一瞥,只见一看上去十七八岁的女子(阿灿)正准备横穿街道,脸上浮现着对周围一切事物都感到陌生又新奇的笑容,却毫未注意到即将奔驰到身前撞上她的马蹄。"吁……"伴随着马上士兵的紧急勒马,伯白在看到这一瞬间时,出于本能未做犹豫考虑便冲上前去将那女子救于马下,转身拉入自己怀中。

士兵大声呵斥:"哪里来的丫头,不要命啦!"呵斥完便策马离去。

画坊主看到这一幕吃惊地望着又闪身到自己身前的伯白和那位女子(阿

灿)道:"哎哟哎哟,画师没事吧?这位姑娘没事吧?"

阿灿还未从刚刚的那一瞬间中反应过来,只是茫然地点头说着:"没事",随后注意到站在身旁已经放开自己了的伯白,眼神中带着惊讶和不敢表露的欣喜,想了想便不停鞠躬着对伯白说:"多谢公子救命之恩,嗯……(对如何称呼自己想了一下)小女无以为报,请问公子怎么称呼,嗯……(继续停顿思索组织语言)家住何处,日后定将回报!"

画坊主:"你的救命恩人呢,是咱们都城有名的画师伯白兄啦,小姑娘今天这么不小心,好在画师及时救你于马下,得好好感谢人家才是!"

伯白:"不敢当,姑娘日后出门在外一定小心便是,今日伯白之举完全是见者应当,无需回报的。"(面向阿灿,注意到阿灿头上的一支嵌有红菱的莲花簪)

阿灿:"伯白……(思考状)画师,我记住啦!谢谢你呀!"说完这句话后立马脸色一变,停顿一下便又急着说:"啊啊,那今天就到这儿啦,谢谢!谢谢!我有急事儿,就先走了,白画师救命之恩日后定将回报!"说完便狂奔至画坊旁的一个巷子里不见了。

画坊主:"哎,这小姑娘也真是……"(表情做责备状)

伯白淡然一笑,随着画坊主说道:"不碍事。"随后又对画坊主作揖说道:"坊主,那伯白就此告辞。"

画坊主:"行,行,画师请慢走,日后常来哈。"(做恭敬送客状)

话毕,伯白带着包装好的新的画笔离开画坊向城西新家而去。

3. 西城伯白院中,外,初秋,日

伯白搬入西城院落已有一段时间,初秋园中荷塘中的荷花还未完全凋零,莲子已经熟待采摘。此日日头正好,晴空万里,院中放着伯白的画架与绘画用具,放置在画架上的画纸中绘有一幅还未完成的金色锦鲤图遨游于荷叶之间的图像,在伯白的画具旁,树下放置着一架古琴以及弹琴之人盘坐的竹垫。

此时伯白、寻美以及另外一位看似与之前二人同样年纪的年轻男子(木山君)一同来到院落之中,那男子貌相不同于伯白的清秀白皙,寻美的明亮开朗,而是更显笔挺深邃。望向身边的伯白和寻美,眼神坚毅,带着渴求,说道:"家父王位即将禅让于我,二位兄台当真不愿出山相伴助我吗?"

寻美:"木山君说笑了,我与伯白二人早已归隐多年,虽仍身在国都,但确是更想做做这弹琴执笔等闲散之事了。"

伯白接着寻美的话看向木山君道:"亲王与少王爷您皆仁义爱民,无论哪位皇子继位新帝,也定能尽心辅佐,至于幕僚之事,木山君,伯白独自一人习惯了,有你和寻美这两位朋友已感激不尽了,待日后伯白做好了准备自会尽心尽力为您效力。"

木山君知道是劝不动了,便豁然一笑道:"君子一言,驷马难追,木山也不强求二位兄台了,亲王府随时恭候二位兄台。"

三人对话途中,池塘中的锦鲤不停地在荷叶间翻覆跳跃,吸引了三人的注意力。

木山君:"唉!伯白兄好福气啊,看这锦鲤跳跃翻腾,定是看着你只顾着和我们说话,没照顾到它们便生气了吧?哈哈哈哈!"

寻美:"伯白院中这些锦鲤,自伯白搬来以后便一直如此,想必伯白平日没少同这一池锦鲤相伴嬉戏吧,恐怕这一池鲤鱼早就成精只认伯白喽。"(笑)

伯白:"这锦鲤灵气得很,我本就爱绘锦鲤,一人在家时便搬着画架画画这池中的鱼儿,逗逗它们,也算是互相做个伴吧。"(颔首微笑)

说罢,伯白回到画架前开始描绘池中的锦鲤,寻美坐至古琴前和着这秋日弹奏,木山君则坐在二人中间的石制桌椅上品茶欣赏这荷塘景象。三人时不时对当下政事发表观点,时不时又互对诗词,伴着荷塘、池鲤,景象一片和谐。

4. 西城伯白院中,外,暮秋,夜

搬至院中已久,暮秋之际,荷花已凋零,院中叶落。是夜,伯白一人身着素衫,坐在池塘边的栏杆上,手中拿着鱼食,专心地逗弄着早就已经汇集在池边的几条锦鲤,目光中带着温柔又带着些许落寞。

此时有一只通体金黄的锦鲤格外显眼,在伯白眼下,在池水中不停地转着圈,拍打着自己的尾鳍,鱼嘴不停向上吐出大小不一的泡泡,泡泡漂浮起来,映着伯白家中微黄微暖的灯光向黑夜星空中飘去。

伯白早就注意到了这条金黄色的锦鲤,手中拿着鱼食,微笑地看着它道:"你这小家伙怎么这么精神,搬来这里许多天,这一池鱼儿,就只有你每天都这么开心地在我在我面前晃悠。"鱼儿依旧不停地晃动着尾巴,向伯白欢欣地吐着泡泡,伯白思索了一会儿道:"鱼儿,我与你有缘,既然你这样欢喜与我为伴,我就唤你'阿灿'吧,寓意灿烂热烈,永远开心幸福。"说完,便自足地笑了笑,仿佛像是希望自己也像这条锦鲤一般。

得到名字的金色锦鲤高兴得立马在伯白面前做了一次鲤鱼跃龙门。

伯白看到如此景象,心满意足道:"好了好了,夜深了,鱼儿也快快歇着吧,明日还需再去画坊买些画纸,就不与你闹了。"

说罢,伯白起身回房,回房途中,感觉身后有人在看着自己,猛然回头一望,只是看到了池边空空伫立的假山石而已,遂而笑笑摇摇头,心想是自己多虑了,便安然回房歇息了。

此时假山石后面有一抹明黄裙子的一角迅速收起不见了。

5. 画坊,内,暮秋,日

第二天,伯白来到画坊购置一批画纸。路途中不停回头,总感觉有人跟着他,可是回头一看又是什么都没有发现,来到画坊前,碰到画坊主。

画坊主:"画师您来啦,刚刚在看什么呀?"

伯白笑笑:"没什么,就是觉得最近一直有人跟着我却又不上前,可能是最近没休息好多虑了吧。"

画坊主:"刚刚没看见有人跟着您呀,哎,这次是来买画纸还是画笔还是其他画具呀?"

伯白:"是了,家中有条锦鲤,想好好画画它,您这里有质地不易晕染的画纸吗?"

画坊主:"有有有!又画锦鲤呀,喏,新进画纸,耐用……"

画坊主话还未完全说完,阿灿便突然不知道从哪儿蹦出来了。身着明黄襦裙,头上还是插着那支莲花簪,手舞足蹈的样子。

阿灿:"就是这个纸!我为画师买下了!2两银子够了吗?哎……画师您好,好久不见呀!"(一脸春光灿烂)

伯白正想说话,阿灿又马上抢道:"画师您不用客气,我这不是想报答一下您上次的救命恩情嘛。"

伯白没有反应过来,第一次碰见这样性格的女子还处于懵怔之中。

阿灿："就是上次您在画坊前的士兵马下救了我,小女无以为报!哦对了,忘记跟您说了,我有名字的,我叫小灿,灿烂的灿!"(对着伯白笑眯眯)

伯白反应过来了："小灿(对这个名字想了一下),好巧呀,我的一个朋友也名带灿字呢。"

阿灿："嘻嘻,这么巧吗?这个是不是叫作缘分呀,既然是这样的话,画师您能不能教我画画呀?"(面向伯白做乞求状)

伯白貌似被阿灿的直白吓到了,看着阿灿那春光灿烂的样子竟然也像是被感染了,脸微微泛红,咳了一声,道："姑娘想要向在下学画画,在下没问题的,只是姑娘是否要先得到家中父母的许可呢?"

阿灿抢着道："许可许可!我做什么都行,我家就在你家前,哦不,我是说我的父母很开明的,而且他们也觉得女孩子应该学学这些东西的。不用担心不用担心!您看我画纸都买了,画师您就教教我吧!"

伯白思索一番后,不好意思地说："既然如此,那姑娘您请回家后再向您的父母告知此事,伯白家住城西,您随时都可以来蔽舍学画。"

阿灿："太好啦,那我们这算是师徒了吗?师父好!"(欢欣跳跃)

伯白不好意思笑着。

画坊主见状道："哟,姑娘你行啊,伯白画师这破天荒愿意收你为徒啊,好好学!多多来我这儿买纸啊!"

阿灿："知道啦,知道啦!一定会认真学习的!"

说完对着伯白一笑,伯白也回应一笑。

6. 伯白院中,外,初冬,日

伯白一人生活惯了,孤独的时候便与不会说话的锦鲤对坐,或静静相伴,或对着池中鱼儿闲聊些个人对政治、对生活、对画技提高的感想。自从上回碰到了小灿姑娘后,清冷的院子突然就热闹了起来。阿灿定时出现在伯白家中,向伯白学习画画。

阿灿定力不行,坐了一会儿便坐不住了,便蹦蹦跳跳跑向荷塘边,向池塘中围过来的锦鲤做鬼脸,一边做着鬼脸一边笑着望向伯白问:"师父,这荷塘里的锦鲤们可喜欢您啦!"

伯白抬头笑了笑,说道:"鱼儿们都是有灵性的,你对它们好,它们自然是对你好的。只是最近没有太见到阿灿了,哦对,小灿你的名字里的单字灿,就与我池中金色锦鲤一样,它叫阿灿,灿烂热烈之意,扑腾扑腾的样子还与你挺像的。""抱歉,不介意我用你与锦鲤相比吧?"

阿灿(窘迫状):"不介意不介意!那条金色锦鲤可能有什么其他的事情没来吧,哈哈……师父对我也可好了,我也会一直对师父好的!"

伯白颔首微笑不说话。执笔开始画池中的锦鲤以及在池边与鱼儿打闹的阿灿,认真细致地想要把这一幕画下来。(充满感情)

就这样从秋分到霜降,从霜降又到惊蛰,伯白的院子里一直都有阿灿学画的身影出现,伯白会画阿灿,阿灿学会了画画后也会偷偷在伯白身后画着伯白。二人相处和谐,却一直没有谁去道破那心中的小思慕之情。

7. 伯白院,外,春,日

夺嫡之争进入白热化阶段,两位皇子双方势力对峙终于也开始影响到了国都的百姓生活,家门口不复以往的平静安宁,两方势力对仗一触即发。百姓也都绷着神经过日子,不敢随意出门,国都内时常出现从地方逃亡至此的人。在这样的时势下,政府机关无法顾及百姓日常生活秩序的维护,各种坏人开始肆意妄为。

伯白家门外停着几辆马车,马车上坐着几名王府小厮。

伯白院内。

木山君:"伯白兄,当今局势紧张,寻美君已经搬离现住之地前往我府中别苑暂住,城西这边并非安全之地,伯白兄可愿意同寻美君一同暂住我王府别苑?马车与下人已经备好,今日即可搬离。"

伯白:"多谢木山君照顾,既然木山君有如此好意,在下自然是愿意的,只是在下日日与这院中锦鲤相伴,就此抛下他们实在不舍,担心无人投食,加之在下有一学画徒儿,明日会前来学画,未向她道清缘由就这样离开也实在是不忍,待我明日见到她后……"

伯白还想解释,木山君打断道:"木山明白了,伯白兄即便是对这不能思考的生灵也重情重义,那待今日伯白兄将一切打点妥当,木山明日再来接伯白兄如何?"

伯白:"实在是感谢木山君的照顾,伯白之后定会倾力相报。"

木山一边说一边走出伯白家门："那么伯白兄明日我再来寻你,你今日要保重。"接着对着身边的一个小厮说道："阿武,今晚你就留在画师院中,保证画师的安全。"

阿武："是,少爷!"

说罢,木山便上马离开,伯白向其作揖告别,返回院中。

8. 伯白院,内,春,夜

木山君离开后的这夜,伯白正在厅中倚着木椅思考如何安置家中这一池锦鲤。

突然听见邻里家中大喊一声："有强盗!啊!走水了!"

待伯白反应过来时,火势之大已经蔓延至伯白院中,木制房屋瞬间火,伯白却依旧困于房子的厅堂中,木架结构着火后即刻生出阵阵浓烟,熏得伯白找不到出去的方向,房梁被烧断了一根,木梁向下倒塌,差点砸中伯白。在院外打盹的王府小厮发现时迅速赶往房门外,却苦于火势太大没有办法进入房间内。

屋子已经开始烧起来了,小厮向房内大声呼叫："伯白先生!伯白先生!"却并没有人回应。

而此时房中的伯白早已被浓烟熏得头晕目眩,跪倒在地了。就在众人忙着扑灭瞬间蔓延整个街道的火势,小厮急跳脚时。便看见一道明黄混着赤红的女子身影迅速冲进伯白屋内,小厮伸手叫唤还未来得及出声,女子已经闪身入内不见了。屋内伯白已经意识不清的时候,突然感受到一股清凉之力开始环绕自己的周身,迷迷糊糊看到自己身边有一人,浓烟中难以仔细看清其面容,只能感受到他没有足够的力气背自己离开,便留在自己周身施法设置屏障保护自己,就在这样的思考中,伯白晕了过去。

9. 木山王府别苑,内,春,日

伯白躺在床榻上,闭着眼睛,紧皱眉头像是在做梦。

伯白梦境:重现了之前晚上房屋失火,自己被困,恍惚之际却看到有一人入内为自己施法设障,用清凉水幕包裹着自己隔离开了蔓延的大火……

梦毕,伯白意识回流睁眼醒来,看到了围坐在床边神情焦急的寻美。

寻美看到伯白醒来，松了一口气道："我的伯白兄你可算醒了！"

伯白迷茫道："这是哪里？我怎么了？"

寻美："这里是王府别苑，你出事后昏迷的几日都在此处修养，木山君找你当晚，你房子失火，幸好木山君留下一小厮照顾你安全，否则后果不敢设想！"

伯白："我是被王府仆人所救？"（头疼疑惑状）

寻美："可不是嘛，哎你快躺下再休息休息，醒来就好醒来就好。"

伯白躺下，继续睡了。

10. 伯白院中，由房内转外，春，日

伯白在木山王府修养多日，痊愈后，想到旧府中的各项事务还未打点，便找上木山君，道："多谢木山君府中多日照顾，在下现已痊愈，思虑到旧院中锦鲤未安置，我那学画的徒儿恐怕现在也找我急疯了，我还是先回一趟院中处理一下余下的事情吧。"

木山君："也好，就让寻美兄和伯白兄一同前去吧。"

伯白作揖感谢后，便与寻美一同返回旧院。

伯白西城院：

二人推门而入，入目便是院内失火后的一片狼藉。伯白跑向荷塘边，发现荷塘中池水干涸，莲叶全都枯萎了，荷塘中的锦鲤全部不知所踪。

二人震惊之余，伯白跑入自己的房中，眼前也全都是木头烧焦后的景象，往往前一跨步，忽而在脚下踩到一个硬物，伯白俯身拾起，擦净其上的灰烬后，才发现手中所拿的，是一支嵌有红菱的莲花簪。见到莲花簪的瞬间，伯白瞳孔骤缩，开始耳鸣，脑中不停浮现出之前梦中被人所救的那一幕，想要努力辨清那人的模样，却始终无法看清。

寻美见状大惊道："伯白兄，你没事吧？！哎你手中拿的这个簪子是什么？"

伯白："寻美兄，我最近总是梦见，失火时有一人护在我身边，那人会法术，并不是王府中的小厮，这莲花簪，我曾见过我那学画的徒儿小灿头上也曾佩戴过……"

寻美："我们出去说，伯白兄你说的可当真……"（作势扶伯白出房）

地神："他的梦确实为真。"

寻美正在询问之际，突然在二人身旁树下出现了一样貌似耄耋老者的人对他们如是说道。

伯寻二人见此老者大惊无语，目光露出疑惑。

地神："我乃此处地神，府邸位于这荷塘之底，这荷塘里的鱼儿在这荷塘中生存多年，日夜吸收这一方池水的灵气，便幻化出了人的意识。那只与你日夜为伴的金色锦鲤更是在这世间存活了百年，能幻化出人形。"

伯白（惊）："阿灿？……"

地神："是了，阿灿就是小灿，小灿就是这荷塘中那只金色的锦鲤呐，你刚搬来之际，她才刚能幻化成人形不久，看到院子里来了一个新主人，还是个爱画锦鲤的画师，自是十分新奇的，那日她第一次以人形出街，什么都不知道，什么都不懂就被你救下，便对你心生了追慕之情了。"

接着地神停顿一刻，思虑状望着池水道："着火那晚，你梦中出现的救你的那个人，就是阿灿呐，她没有力气将你背离，就只能就地施法布水屏将你保护在内，反而丢了自己的性命，哎……"

伯白和寻美二人皆震惊，伯白表情痛苦伤心，"阿灿，不，小灿她，她怎么……"（神情无助），问地神："地神大人，请问能有什么办法挽回吗？"

地神望向二人，捋捋胡须，摇头，继续向伯白道："哎……鬼怪动情，必成灰飞烟灭，这是命中注定啊，你手中的那枚莲花簪，是阿灿最喜欢的物件，我已施法，你透过这发簪上嵌的红菱，看看阿灿的记忆以作念想吧。"

11. 伯白院中，外，春，日

听见地神如此一说，伯白颤抖着双手举起莲花簪，透过红菱看到了阿灿的记忆碎片：

红菱中的幻象，阿灿的视角：

① 伯白与寻美来到院子里当天，池中一群鲤鱼，阿灿（声音出现）："哎哎哎，伙伴们快来看，这是新来的主人吗？"伯白走过，样貌声音进入阿灿的眼耳之中，阿灿："哇，主人好清秀啊，声音也好听！啊还这么有礼貌……好喜欢哦！"

② 二人画坊初见，阿灿看见救自己的恩人是伯白的那一瞬间，内心已经奔腾呼啸了，阿灿："伯白，画师，我记住啦！谢谢你呀！"说完这句话后立马脸

色一变,停顿一下便又急着说:"啊啊,那今天就到这儿啦,谢谢!谢谢!我有急事儿,就先走了,白画师救命之恩日后定将回报!"说完便狂奔至画坊旁的一个巷子里不见了。跑到巷子里阿灿才低头看自己的脚,要坚持不住了,才刚幻化出人形,鱼尾巴要漏出来了。(垂头懊恼,返回院中池塘)

③ 池塘内锦鲤间的对话,阿灿:"那当然了!画师说了,别人对你好,你自然就要对他好!画师于我有恩,嗯……这于情于理我都是应该报答他的!"

其他鱼:"给他命也愿意?"

阿灿:"怎么不愿意了,画师那么好,可是一个人看起来有那么孤独,好想陪陪他呀。"

其他鱼:"哟呵,这说着说着怎么还脸红了呢?"(笑)

④ 各种阿灿身影:池塘边假山石后,阿灿时不时忍不住幻化成人形了便躲在石头后面偷看伯白,有时候会偷偷跟踪伯白上街,看看他平时都做些什么的身影(伯白此时忽然明白了为什么觉得一直有人在跟着自己)。

⑤ 簪子中浮现的最后一幕:大火中,阿灿支撑在昏迷了的伯白身边,已经奄奄一息,却还在施法,最后一刻道:"师父,以后徒儿没办法来学画了,也没办法再给你晚上吐泡泡了,师父要保重……"

阿灿的记忆到此结束,寻美和地神纷纷感叹,伯白仍然处于震惊和恍然大悟的情绪中,留下泪水。

12. 六年后,伯白旧院,仲夏,日

新帝继位已五年有余,木山君也已继承亲王爵位,伯白随后被木山君纳入幕僚团队,是好友亦是智囊。

一路车队停留在伯白的旧院,院子门口挂着"鲤苑"二字牌匾,伯白从车上走下。

小厮:"公子,您今天要在鲤苑待多久呢?少王爷,哦不,王爷他明日恐怕还要找您议事……"

伯白:"我就今天在这里……"

说罢遂推门而入,园内一切修缮如新,池中荷花遍布,锦鲤腾跃,厅堂内挂满各种锦鲤图,这其中有一幅少女池边与鲤嬉戏之象,画中少女细看便知是当年的阿灿。

伯白望向这幅画,笑了笑,遂从房中取出笔墨纸砚,挪至池边,执笔开始绘鲤。

13. 伯白西城旧院,仲夏,外,日

年复一年,蝉声阵阵,伯白就这样从少年到老年,每年都在仲夏时节回到鲤苑,与这荷塘锦鲤相伴吊唁。

最后一幕:白发老人池边绘鲤,题名《锦鲤抄》,落款伯白。

教师点评:

  这是复旦大学文物与博物馆学2013级一位女同学创作的剧本(应作者要求,隐去姓名),是《微电影编剧的方法与实践》课程的期末作业,成绩评定是A。

  当然,剧本《锦鲤抄——画师与鲤》并非无可挑剔,稚嫩或粗糙的地方在所难免。例如,剧本对于伯白其人着墨太少,观众难以了解他的过去(家庭出身、爱情经历、人世经历、绘画技艺的师承等)。类似的问题当然也体现在伯白的友人寻羡身上。剧本隐藏了一条"时世动荡"的线索,观众有理由知道,在这样一个乱世,为何伯白与寻羡如此超脱,只求归隐?究竟是出于对艺术的痴情从而远离政治,抑或是看破繁华之后的睿智,还是天性淡泊从而执意于自我享受?这些信息的获知都有赖于观众知道伯白和寻羡是什么样的人,他们经历过什么。

  创作者像是凭空创造了伯白与寻羡,将他们设定为"高洁脱俗"之人,但他们又有少王爷这样的朋友,甚至最后做了王爷的幕僚,这对于人物最初的性格定位和政治立场来说都是一种矛盾。对于伯白这样一位功成名就的画师,其谋生手段是卖画、授徒,还是接受少王爷的接济,对于其性格刻画来说旨趣也将相去甚远。尤其是"丰神俊朗,德艺双馨,为人谦和有礼"的伯白,他的爱情经历是怎样的,他的爱情立场是怎样的,都会影响观众对于他和阿灿之间关系的意义解读。

  可见,即使是这样一部立足于"古风歌曲"的剧本,电影编剧的基本规律仍然不可抛却,创作者对于主要人物的三个维度要有清晰全面的了解,才能准确地捕捉人物的心理状态和行为逻辑,从而使人物塑造和主题表达有明确的方向。主要人物身边的配角，也要考虑参差呼应的效果，对主要人物的性格或人生立场形成某种映衬关系，从而丰富剧本的人物谱系和主题表达的层次。

剧本的核心内容无疑是伯白和鲤鱼精阿灿之间的爱情故事，这也是剧本的主题所在：真正的爱情可以超越物种、生死和时空。这类歌颂爱情的故事我们在许多爱情题材电影中已经屡见不鲜，中国的《聊斋志异》中也时常出现。因此，此剧本的亮点不在于主题的独特或深刻，而在于表达主题的方式有创新之处。这种创新之处除了体现在文字、意境、场景等方面的古韵上，更体现在时代背景对主题建构的积极作用。

初看起来，剧本中关于皇家夺权的民间演义，甚至少王爷继位的焦虑都与主线无关（若真的无关，只好删去），但实际上这构成了剧本中一个非常重要的舞台。在这个舞台上，夺人眼球的戏码是变幻莫测的政权更迭、血雨腥风的政治斗争，但在不起眼的角落，普通人更愿意关注一己的幸福与生存感受。或者说，当时局变动不居时，世间仍有不变的情感感人至深。伯白与阿灿的爱情故事无关宏旨，不会成为政治生活的重心，却超越了政治斗争的波谲云诡，成为最朴素、最动人的坚贞与永恒。也许，政治时局永远处于动荡之中，但人世间仍有不变的情愫缠绕心间。

剧本中的"政治"与"人妖情"正可以在多个层面上形成对比关系：动荡与坚贞、肤浅与深刻、虚伪与深情。这说明，创作者在处理"政治"这条暗线时，有着主题建构上的考虑，有力地丰富了剧本的内涵层次和表达效果。

剧本的结构安排大致是合理的，建置、对抗、结局三个阶段脉络清晰、节奏明快，情节悬念和煽情点的处理都可圈可点。当然，如果要使伯白与阿灿之间的爱情更打动人心，就应该超越这种俗套的"英雄救美""美人以命相报"的情节设定，尽可能地挖掘两人相爱背后的情感逻辑。例如，伯白内心压抑，为人消极，他在阿灿身上感受到了热烈灿烂的乐观天性，这种天性感染了他，也鼓舞了他，使他开始对人生秉持一种更加积极的态度。这时，爱情的动力就可以超越好奇、可爱等表层的因素。至于阿灿，他爱上伯白的动机，感激其相救，仰慕其才华，只是起因，应该进一步凸显伯白身上的精神力量（如坚定、高洁等），以从内心深处真正吸引阿灿。

后　　记

我读大学的时候就开始尝试写小说,虽然自己读的是中文系,也学过一些文艺理论,也读过许多名家的小说,但真要写的时候却突然发现仅凭热情和灵感根本不可能写出一篇像样的小说。那时候,我只认为写散文是真的不用学,只要有情怀,有感悟,有一颗敏感多思的心灵,再加上还过得去的文笔,每个人都可以写出一篇及格线以上的散文。所以,我有一段时间致力于写散文,技艺也确实在不断的磨练中越来越纯熟,许多回忆、感触、思考都像是自然流淌一样一气呵成。后来,我一路读硕士研究生和博士研究生,就没有时间和精力再写散文和小说了,而是被论文耗尽了全部才情和灵气。

几年前,我又尝试写小说,写的是中篇和长篇,我想抛开所有的规律、禁锢,任凭自己的感觉驰骋,将自己心中的块垒尽情释放。当时,我完成了一部20多万字的小说,但自己并不满意,由于内容敏感,也从未拿出去发表或出版(当然也未达到发表或出版的水平)。自此之后,我似乎是完成了少年时期的一个梦想,又开始心平气和地写论文,做课题,规规矩矩地上课。

2012年,我开始真正研究电影编剧。我此前在博士生阶段开始学习影视文学时,其实也算了解了电影编剧的一些皮毛,加上后来博士毕业论文写的就是有关电影改编的内容,也算是有一点理论储备,但是,这些储备都只是零星的、杂乱的,甚至是无意识的。2012年,由于教学的需要,也由于自我提高的冲动,我开始认真地阅读麦基的《故事——材质、结构、风格和银幕剧作的原理》(罗伯特·麦基著,周铁东译,中国电影出版社,2001年)一书,随后又阅读了《编剧的艺术》(拉约什·埃格里著,高远译,北京联合出版公司,2013年)一书,以及各种各样有关电影编剧、微电影编剧的书籍。这些书使我真正从一个理论高度对编剧的艺术有了系统的了解和掌握。随后,我通过自己尝试编剧和担任各种微电影剧本大赛、微电影大赛的评委等机会,对电影编剧有了更为深入、全面的掌握。2015年,许肖潇老师邀请我在COURSERA平台上为全球学生开设《编剧:像导演一样编剧》的课程,我胆战心惊接受了挑战。在完成那门课程的过程中,我撰写了5万多字的教案,但由于自己不习惯视频教学的方式,也未能透彻理解在线教育的一些独特性,课程效果可能不算理想,但对我而言,毕竟完成了一次实战演练,并趁机对微电影编剧又有了进一步的理解与掌握。

2015年的暑假,我又尝试用电影编剧的知识指导自己开始小说创作。我发现两者在许多方面是相通的,尤其是在主题建构、人物塑造、情节设置方面,都可以找到许多可以相互借鉴的内容。在这个过程中,我抛弃了此前那种只凭感觉从事小说创作的自发状态,也有意识地疏远了大学时学的许多高深莫测的小说理论,而是像创作一个剧本一样用编剧的技巧来指导小说创作。那个暑假,我用一个月左右的时间完成了一个中篇小说,虽然仍不完美,但在质量上感觉比上次的长篇小说高了好几个段位。这对我是个极大的鼓舞,虽然我不会因此专心致志地从事小说创作,也不是说我的小说创作已经达到了极高的水准,而是我第一次发现有了最基础的理论指导,艺术实践可以取得长足的进步。这也使我更加坚信电影编剧有规律、有技巧,而且这些规律和技巧都可以用"大道至简"的方式讲述出来。

2016年,我开始为复旦大学的学生开设《微电影编剧的方法与实践》课程。这门课程面向全校学生开设,一个班只招收15名学生。在课堂上,我遇到了来自各个专业的学生,他们大部分都对电影有兴趣,对微电影拍摄有基础,对微电影编剧也感到好奇。在授课的过程中,我一步步地引导他们完成观念上的转变,完成基本技法的掌握,有机地将理论阐述、实践举例、影片分析、剧本分析、现场创作融为一体。一个学期下来,学生自认为学到了很多东西。其实,我没有告诉他们,我学到了更多。

在开设《微电影编剧的方法与实践》的同时,我也在将此前写的教案不断扩充,博采众长但又全部经过自己的消化和理解,最终形成了这本《微电影编剧：观念与技法》。

  当然，由于本人的创作经历不够丰富，在一些具体的技法方面可能会显得抽象甚至空洞，但就本书所涉及的微电影编剧的思路、观念、规律和基本的技法而言，绝对是通用的，也是在无数优秀的电影中得到验证的，是能对创作实践产生富有启发性和指导性的意义的。至于本书在一些细节方面的瑕疵或漏洞，有待我在进一步的创作实践和教学活动中进行修正，同时也希望大方之家不吝赐教！

  最后，本书得以顺利出版，我要真诚地感谢复旦大学中文系2015级博士生胡小兰同学对本书出版工作的协助，还要感谢马故渊、李彤等同学热情地提供原创剧本作为案例研究。

2017年3月于复旦大学文科楼

图书在版编目(CIP)数据

微电影编剧:观念与技法/龚金平著.—上海:复旦大学出版社,2017.9(2020.9 重印)
ISBN 978-7-309-13190-1

Ⅰ.微… Ⅱ.龚… Ⅲ.电影编剧 Ⅳ.I053.5

中国版本图书馆 CIP 数据核字(2017)第 193832 号

微电影编剧:观念与技法
龚金平 著
责任编辑/郑越文

复旦大学出版社有限公司出版发行
上海市国权路 579 号　邮编:200433
网址:fupnet@fudanpress.com　http://www.fudanpress.com
门市零售:86-21-65102580　团体订购:86-21-65104505
外埠邮购:86-21-65642846　出版部电话:86-21-65642845
上海春秋印刷厂

开本 787×960　1/16　印张 15　字数 226 千
2020 年 9 月第 1 版第 3 次印刷

ISBN 978-7-309-13190-1/I·1062
定价:35.00 元

如有印装质量问题,请向复旦大学出版社有限公司出版部调换。
版权所有　侵权必究